灰谷

illust

蜜犬 HONEYDOGS

3

鋼鐵號角

IRON HORN

Presented by HuiGu&Honeydogs

IRON HORN
Contents

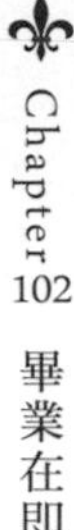

清晨，陽光明媚。

柯夏從床上坐起來，看到自己的機器人管家和之前一樣忠實地站在窗邊，替他拉開窗簾，讓清晨的風和陽光湧入房間內。然後過來拿起熨好的襯衣，幫自己穿上，一顆一顆扣好鈕釦。

他微微抬著頭讓對方整理自己軍校制服的衣領釦，一邊隨口交代：「下週最後一週，然後就要準備畢業演習了，所以下週的休息日，我就不過來了。」

邵鈞道：「好的。」

柯夏走去洗手間，簡單洗漱後，吃了點早餐，便拿了書包去軍校了。

他們在花間家族的事結束後，就搬到了這座公寓裡，每到休息日，柯夏就會回來這裡。其實他並沒有必要這麼做，但柯夏仍然基本每個休息日都回來，彷彿這個只有機器人的小小公寓，真的是他可以回來的家一樣。

等柯夏走了出去，邵鈞推算著他已經進了軍校，便也出了門，穿過兩條街道，上了一輛飛梭，前往松間別墅後山的賽車場。

在那裡，一座巨大的機甲已經大致成型，這是他用了兩年多時間在古雷的罵聲和指導聲中，反反覆覆拆裝拼出來的成果。

每次等柯夏回軍校時，他就過來專心裝這台機甲，一開始還擔心柯夏會關心他的行蹤，要費心遮掩。然而出乎意料的是，柯夏從來不問當他在軍校時，他的機器人在做什麼，彷彿相信他的機器人永遠都會乖乖地等著他一般。這倒讓邵鈞有些慚愧，畢竟送走這座畢業禮物，等柯夏從軍校畢業，正式授了軍銜去軍隊任職，他就會離開柯夏了。

內疚讓他更是花了更多的心思在這具機甲上，如今可以說他對這具機甲的每一個零件每個部位都如數家珍。這週，古雷將會把屬於天寶的智慧作業系統晶片寄過來，然後整具機甲將會徹底完工，他已經和古雷說好了，就以古雷的名義給柯夏送出這具大禮，正好趕上他的畢業表演。

所有的優秀畢業生都會在畢業典禮的演習上表演，聯盟軍方將會來觀禮，畢業生可以自備機甲。雖然擁有機甲的學生是少數，但隨著這幾年民間機甲開放，機甲設計師葛里等推出了適合民用的機甲設計，機甲市場開始興起，擁有訂製機甲的豪門是越來也多了。一些軍人的孩子，雖然買不起機甲，卻也能從各種管道借到機甲。優秀的畢業生更是完全不必擔心，因為會有機甲製造商們來求他們在畢業典禮上使用他們的最新款機甲，畢竟這是絕佳的推廣機會。最近幾年，隨著機甲製造企業開始繁榮，在畢業典禮上的演習，最後往往變成了機甲企業的機甲展示和比鬥。

據邵鈞所知道的，在軍校這幾年，柯夏參加過幾次機甲大賽，眾多機甲製造企業都爭先恐後地搶著提供比賽用機甲給他——柯夏為此也賺了不菲的廣告代言費，這讓邵鈞對柯夏以後能夠獨立生活充滿了信心。

早幾個月前，就已經有好幾家大機甲商與柯夏聯繫，請他去試駕最新型號的機甲。柯夏卻都拒絕了——連試駕都沒有去。邵鈞問過他原因，他只是簡單說了句：「機甲是兵器，不是商品。畢業典禮應該用殺人的機甲。」他抬頭看到機器人看著他，卻又解釋：「畢業典禮因為有很多軍方高官和聯盟官員過來觀禮，安檢有些嚴，你的機器人身體不好過檢查儀器，就不邀請你去觀禮了。」

邵鈞道：「那邀請鈴蘭和布魯吧？」

柯夏搖頭：「你沒去，不會邀請其他人了。」

邵鈞怔了下，別人的畢業典禮，都是父母家人出席的，柯夏誰都不邀請，豈不是無人觀禮。

但柯夏並沒太在意的樣子：「有同學同意讓我借軍部的機甲，你不用擔心，其實也沒什麼好看的，大部分都是機甲企業的商業機甲，花俏不實用。」

邵鈞這天加快了安裝進度，希望趕在柯夏畢業典禮前將機甲裝好。當他正埋頭於零件中時，花間風來了：「你還在拼這個，機器人真的永遠不覺得枯燥嗎？」

邵鈞充耳不聞，花間風卻饒有興致：「歐德說你要求保密，但我猜得出來，這是要給你家表弟的吧？畢業演習？」

邵鈞淡淡道：「保密。」

花間風笑吟吟：「你知道嗎？雖然機器人都是儘量模仿人的思考方式和情感表達，但怎麼看都只是機器人在模仿人類，只有你給人的感覺是人類在模仿機器人。」

邵鈞拿著砂紙打磨拋光：「多謝風先生的大力讚賞。」

花間風十分遺憾：「還是不能告訴我那一夜你究竟如何將花間雨他們全變成白痴的嗎？」

邵鈞道：「不是我做的。」

花間風大聲嘆氣：「還是這樣，寶貝。你知道我已經不敢上天網多久了嗎？我怕一上去就會被你廢了。」

邵鈞嘲道：「你聽說過一句俗語嗎？不做虧心事，不怕鬼敲門。」

花間風湊近他：「小雪告訴過我，當初你偷羅丹的金鑰，也是讓她帶著那個羅丹的後人上了天網，但是什麼都沒感覺就下了——你當時究竟做了什麼？偷取記憶？催眠他的意識？」

邵鈞道：「你想多了，我是機器人，上不了天網。」

花間風若有所思：「的確從來沒有感受到你的精神力。」

邵鈞也好奇了：「感覺到其他人的精神力，到底是什麼樣的感覺？」

花間風想像了下道：「類似一種氣場和直覺，對方如果精神力很強，你就能感覺到威脅和壓迫；如果對方針對你，那就是更強烈的威懾感和恐懼感。但是如果對方對你心存好感，那就很舒服，彷彿對你開放一般的，柔軟又甜美。不過這也都只是精神力方面的一種感覺，沒有非常具象化。」

邵鈞虛心請教：「那軍校之類的地方測量精神力的量表，又是如何測出來的？」

花間風道：「那個的原理其實也是機甲的精神力操控原理，具體說起來很複雜。總之，那是測量你操作機甲時在精神力控制的精度和耐久度等等，最後再綜合評分的。」

邵鈞終於理解了，便又繼續埋頭在他的機甲上，花間風仍然不屈不撓撩他：「你家主人知道你違抗命令還悄悄與我接觸嗎？」

邵鈞淡淡道：「只是借用場地，謝謝。」明明是這個牛皮糖一有空就來騷擾他，害得他安裝進度大大延遲好嗎？

花間風道：「我很想知道你接受指令的邏輯，是不是只要對你小主人好的事，你就有很大的自主權？甚至可以善意欺瞞主人？你真的是在學習人類的社交和情感嗎？這個是所有人工智慧的難點吧？」

邵鈞漠然道：「宇宙很大，總有你不理解的存在。」

花間風不禁異想天開：「莫非你是外太空生命？啊……據說很久很久以前，人類被蟲族滋擾，不得不離開了母星，經過千百年的航空遷徙，才尋找到了宜居星球，就是今天我們居住的藍星。」

邵鈞抬頭看向花間風：「這是什麼書上記載的理論？」

花間風笑了下：「我們作為一個古老的世族，在一些老祖宗的筆記本裡有一鱗半爪提到罷了，但是人類在藍星也經過了上千年的繁衍，國家、民族經過各種各樣的戰爭毀滅，分分合合，那些歷史記載早就已經沒有正式記載，只是一點傳說吧。」

他看著邵鈞：「你可別告訴我你是母星人啊哈哈哈哈哈，那時候技術還沒有這麼厲害吧？哈哈哈。」

邵鈞終於有些不耐煩了：「風先生今天不用拍戲嗎？」

做了花間家主的花間風，仍然活躍在娛樂圈，即便是邵鈞不關心娛樂圈新聞，也仍然知道這位風先生如今已經大紅大紫，人氣爆炸。甚至還把鈴蘭簽到了花間風工作室，一副兢兢業業專心衝事業的樣子——誰知道這傢伙曾經為了成為家主心狠手辣？

花間風嘆了口氣：「家主也不過是長老會的傀儡罷了。青龍那系現在對我恨之入骨，隨時隨地都想找我的麻煩，我需要時間。」

原來還是扮豬吃老虎那套，誰要是真相信他專心娛樂事業誰就傻了。邵鈞沒有理他，將東西全部收拾好後，便上了天網。

才到天網裡，一個小朋友就歡呼著出現在他身側，抱住他的腿，邵鈞熟練地將他抱起來托在肩膀上，丹尼爾親暱地貼著他：「你都兩天沒有來了，今天還是去上課嗎？」

邵鈞道：「對，上課，然後繼續去古雷大叔那兒學一下機甲整備，艾斯丁呢？」

「他在睡覺。」

邵鈞皺了皺眉，覺得艾斯丁這樣睡個不停的情況不太對勁，純精神體很少有過於疲憊的情況。但自從丹尼爾和自己見面過後，每次上天網，艾斯丁都毫不猶豫地將羅丹丟過來給自己帶後就消失不見，等到自己要下線了，他才會又出現，嫻熟地將羅丹抱走。

為什麼感覺自己像個喪偶式育兒的家長，也不對，其實自己也只是詐屍式的上線罷了。最可憐的還是小丹尼爾，看來這個精神力慢養成長的方式，非常緩慢。

將丹尼爾放在一旁，邵鈞老師輕車熟路地上完格鬥課。這些年他和這些學生們漸漸建立了頗深的感情，而在學生們不斷的親近和閒聊中，他漸漸瞭解到這些學生應該是在一個對外隔絕的「基地」裡，互相熟識，有很多叔叔伯伯。雖然他們說話都是遮遮掩掩，但從事的職業應該非常危險，因為偶爾會有學生因為父母、叔伯等家人去世而請假。整個「基地」明顯信奉強者為王，他們的道德觀念很弱，教學也偏重於格鬥、機甲、戰鬥、機甲修理等等，還有一些理科科目。

他們沒辦法進入正式的公立學校受教育，基本上每個人都沒有戶口，一個揣測越來越明顯被證實——星盜，他們應該就是那些星際邊緣的窮凶極惡的星盜們的後代，而淪落的原因往往是流放的苦刑犯，帝國逃奴，各國逃犯等等，他們被隔絕在每個國家的社會福利體制外，卻仍然生下了沒有身分的後代，只能在太空中流浪，然後占據一些廢棄的小行星裡的軍事基地生活。

雖然隱隱約約猜到了他們星盜後代的身分，他還是沒有辦法放棄對這些孩子的教育，畢竟古雷和艾莎人看上去都很不錯，古雷還替他用較為低廉的價格在黑市上採購了許多機甲零件，否則他的錢根本不夠，他知道古雷基本算是半買半送了，也一直心存感激。所以他也還是非常認真地在教孩子們，只是一遍遍在格鬥中對他們灌輸正義、謙讓以及尊重等等觀念。這些孩子也基本沒有表現出強烈的反社會的傾向，反而經常會問邵鈞一些外頭世界的事，比如娛樂圈的明星等等。

上完課，他帶著丹尼爾繼續去找古雷，古雷正在皺著眉頭研究著什麼，看到他沒好氣道：「晶片明天就到了，好好帶著天寶吧。」

邵鈞微微笑：「謝謝你，寄給你的郵件收到了吧？還要麻煩用你的名義贈給夏了，不然要錯過一個很重要的儀式。」

古雷看了他兩眼，終於道：「誰不知道各大軍校的畢業季要到了？我看夏那孩子，也沒什麼朋友，雖然不知道為什麼你只敢在天網上和他接觸，但是其實人的一生很短，該好好珍惜。用我的名義送他沒問題，只是如果以後他來問我，我不會特意為你保守祕密。」

邵鈞垂頭笑了下：「好的。」到時候他應該也離開柯夏了，沒有被發現的可能性，反而可以在天網上和柯夏多多來往。

他和古雷再次確認了智慧作業系統安裝的過程，看著古雷桌子上畫著的密密麻麻的三維圖紙，順口問他：「在設計新的機甲嗎？」

古雷順口嘲他：「不是，你再仔細看看，這都看不懂嗎？」

「是在研究空間鈕。」一個奶聲奶氣的聲音響起。

古雷扭過頭去，瞪著眼睛：「你見過？」

丹尼爾睜大一雙眼睛，十分無辜地搖了搖頭：「不知道。」他伸出一隻手指，點了下古雷跟前那三維圖紙片，一個立體的栩栩如生的機甲浮現了起來，然後在空中折疊，收入一個陰影內，變成一個小小的墜子。

古雷嘆了口氣：「機甲過於巨大，科學家一直研究如何能在運載機甲取得突破，之前的研究思路一直是和各種科幻小說說的一樣，製造空間鈕，但折疊成為隨身攜帶的空間鈕實在不可能。直到當年艾斯丁提出來一個假設理論，機甲本身就是能夠與飛船一樣進行躍遷的，如果在機甲不使用的時候，存放在宇宙某一處地點，在戰場需要時，以精神力遙控的方式啟動按鈕，命令機甲進行躍遷到主人當前戰場，那就和隨身攜帶機甲差不多了，這個從理論上似乎可行，但是……」

「機甲躍遷需要的能量太過巨大，現有能源無法實現，還有機甲躍遷出現的地點精確定位也需要進一步研究，還要擔心機甲躍遷產生的巨大能量反應是否會牽連到主人。」丹尼爾接上了話，幼嫩的聲音與他的表情形成了反差。

古雷震驚地看著他，喃喃道：「精準定位這些年已經做到了，問題還是在於遠距離躍遷需要的能量，金錫能源無法滿足，就算能夠躍遷，也無法再進行戰鬥——你是叫丹尼爾吧？你父母教過你？」

丹尼爾滿臉茫然：「不是……我就是知道啊——我還知道，其實可以往生物機甲方面研製，這樣可以大大減少能源的消耗——能源的話，如果能找到一樣能源當量達到每秒五千萬以上的話，應該可以實現機甲超時空躍遷。」

邵鈞拍了拍他的肩膀，丹尼爾忽然有些膽怯，縮進了他的懷裡，古雷看他的舉止完全又像個孩子一般膽怯，之前懷疑他是成年人的想法又被打消了。畢竟邵鈞帶著這孩子進進出出也有一年多了，天網上很少有未成年的孩子，特別是這麼幼小的兒童，因此他和艾莎少不得也揣測過這孩子的來歷，但始終沒有問過鈞，所以這是——傳說中的天才兒童嗎？

他兩眼放光：「我有一種能源，你來看看行不行！我這裡有這種能源的實驗資料，你來看看。」

丹尼爾微微有些瑟縮，邵鈞卻知道古雷說的就是那個製作天寶的隕石能源了，心裡嘆了口氣，知道希望渺茫，便安撫了下丹尼爾：「你試試看看，這位古雷大師，很厲害的，也很會保守祕密。」

古雷滿口應著：「對的，來，丹尼爾？來看看這組能量數據。」

丹尼爾怯生生道：「其實，艾斯丁才是專家，我只是聽他說過一些，我……我試著給你看看？」

古雷滿臉喜悅：「你來看看，可以回去問你的朋友沒關係，你先看看。」丹尼爾從邵鈞懷裡下來，走過去，看古雷點出來的一系列的資料，然後和古雷討論起來，一串一串越來越複雜的公式在他們口裡冒了出來，兩人全神貫注，古雷臉上全是狂熱，丹尼爾顯然說了一會兒也精神奕奕起來，兩人時而沉思，時而辯論。

眼看邵鈞已經無法參與學霸們的世界，他悃悵地站了一會兒，索性決定去格鬥俱樂部看一看，打發一下時間。至於丹尼爾在這裡絕對安全，當然不僅僅是信得過古雷，而是這天網裡艾斯丁無所不知，無所不能，他相信誰也不能在這裡傷害到丹尼爾。

於是他說了聲，便去了格鬥場，正好遇上土豪，他大喜過望地拉了他狠狠練了好幾場。

酣戰出來，正歇息時，柯夏卻也上線了，邵鈞看了下時間，正是晚自習時間。土豪和柯夏打招呼：「下午的課那麼無聊，你居然還能認真上課，真服了你們這些優秀學生。」

柯夏笑了下：「馬上就畢業了，以後想聽黑林教授講課都很難了啊，能多聽還是多聽。」

土豪點頭贊道：「強大的自律能力。你知道因為你的關係，今年的所有通識課出席率全部爆滿嗎？都是為了去和你坐一個教室，特別是漂亮女生，哈哈哈哈。」

柯夏不以為意：「你還是就只對漂亮女生用心吧？馬上就要畢業，你也要回帝國了吧？你那群小女友們，一定會傷心死了。」

土豪道：「想太多了，不過都是想看看我這個帝國美男子的風姿，增加點話題和經驗罷了，你以為只有我們男生喜歡收集不同類別的女朋友嗎？喜歡集齊所有男生類型的女學生也是不少！玩一玩嘛，畢業分手很正常啦，據我所知想睡你的人更多，可惜全都迫於露絲的威懾。但是你還是收到了不少邀請吧？畢業舞會，嗯哼？」

他拍了拍柯夏的肩膀，卻開始一副推心置腹的樣子：「說起這個，我得到個消息，我有個小女友和露絲是閨蜜，她和我說，這次畢業舞會上露絲會向你求婚，你得有心理準備。」

他看了眼邵鈞，柯夏漫不經心道：「有話直說，鈞嘴巴嚴得很，不用避著。」

土豪有些尷尬對邵鈞點了點頭，他其實也是信得過邵鈞的，但柯夏這件事畢竟牽扯到元帥女兒，他也很謹慎地沒有指明這點，只是繼續提醒柯夏道：「本來我不該多嘴，但是你也懂她的家世背景，人家說求婚應該是勝利的宣言，而不該是發起衝鋒的號角。這幾年你和她的關係我也看在眼裡，我覺得老弟你應該對她沒啥意思。但是人家家世擺在那兒，如果真在畢業舞會這樣的大場合和你求婚，那老弟你肯定要憐惜女孩子的面子，迫於她家世之類的原因，不得不答應。這就有些不太美滿。所以我覺得啊，為了避免到時候尷尬，你最好能提早做打算，如果真的對人家沒意思，早點想辦法私下委婉地不傷人面子拒絕。就算真的沒辦法，找個什麼理由臨時不去算了！否則到了正式場合，大庭廣眾之下不小心傷了人家面子，那就不太好。如果和我一樣是帝國學生倒是無所謂，你們聯盟的軍校學生前途都在人家父親手底下，你說是不是？」

柯夏對他這話癆也早已習慣，臉上表情並沒有一絲牽動，只是點了點頭：「知道了，多謝你提醒。」

土豪沒有待多久就下線了，看來畢業季節大家都很忙。剩下柯夏和邵鈞也打了兩局，邵鈞看柯夏也有些心不在焉的，便問柯夏：「不打了吧？我要去古雷那邊接丹尼爾，你要一起去嗎？」其實是要製造機會讓古雷告訴他送機甲的事。

柯夏懶洋洋道：「好啊，你把孩子放那邊做什麼？那裡沒什麼好玩的，古雷脾氣暴躁，小心把孩子帶壞了。」

邵鈞起身按開門道：「沒想到你對孩子教育這麼有心得。」

柯夏厭惡道：「不，孩子太煩。」他也起身走了過去，邵鈞以為古雷和丹尼爾還在研究，沒想到丹尼爾卻在一旁玩著微型機甲，古雷則是一個人坐著呆看著圖紙。

邵鈞進去抱起丹尼爾問：「還有什麼事嗎？我們要回去了。」

古雷如夢初醒：「好啊。」他抬眼看到柯夏，立刻就明白了邵鈞的意思，招手對柯夏道：「對了，夏，天寶在我那兒太寂寞，天天嚷著想出去走走，前陣子聽說你快要畢業了所以要請假一段時間，我把天寶寄過去給你吧。我已經改過能源系統，可以用普通的能源。你留個地址給我，過兩天我請飛船托運，你帶著天寶在外面好好玩，留在我那裡也只是浪費。」

柯夏不禁一怔：「那東西很貴重吧？」

古雷有些不耐煩，他的大腦還沉浸在空間鈕的思路裡：「本來也答應過你，能啟動天寶的話有機會就給你嘗試，現在就當作是借你。你要好好照顧天寶，不准改名！」

柯夏狐疑地看了眼邵鈞，邵鈞避開了他那審視的目光，抱著丹尼爾道：「恭喜夏了。」他知道正好是畢業的關鍵時刻，這時候古雷送他機甲，柯夏肯定會懷疑是不是自己說了什麼，但任他怎麼想，也想不到自己就是他身邊的機器人。

柯夏聳了聳肩：「好吧，我晚點寄郵件給你。」

古雷彷彿趕人一般地搖了搖手：「你們走吧，我有個新想法要演算一下，你們多替我留心注意那種新能源。」

邵鈞將丹尼爾帶回主腦處，艾斯丁便立刻出現將丹尼爾抱起來，丹尼爾舉起手裡的一塊新能源要他看：「這是古雷送我的。但我覺得有點怪，想和你一起看看。」

艾斯丁順口道：「哪裡怪？」

丹尼爾道：「我覺得這個能源，應該不是原始狀態，似乎經過氧化固化過……」

艾斯丁順手接過那塊小能源樣本：「我有空看看。」又和邵鈞道：「他從小就只喜歡研究這些未知的東西，和別的孩子不一樣，你帶著他很枯燥吧？麻煩你了。」

邵鈞好奇道：「他不是沒有記憶了嗎？怎麼對這些還如此清晰——而且，他擅長的領域不是生物學嗎？」

艾斯丁懶洋洋道：「人們在形容對什麼東西深刻時，不是時常愛說是刻在靈魂裡的嗎？知識類的技能和記憶往往是不一樣的，神經學是這麼多年來科學家都無法搞懂的東西，在全客觀的細胞、神經、血液、大腦組織中，究竟是如何產生出主觀的人的意識、精神？這是丹尼爾的研究範疇，不過我們倆經常會互相聊天，互相啟發，所以對方領域內的東西，我們也都略有涉獵。」

這叫略有涉獵？古雷浸淫多年，丹尼爾失去記憶竟然也還能和對方有來有去的探討，邵鈞忍不住心裡吐嘈，天才的世界他不懂。轉念他又想起柯夏，機甲天才的他也是被萬人矚目，甚至被元帥的女兒青睞——那個元帥的女兒，似乎也是個機甲高手。

邵鈞回憶著印象中見過的露絲，揣測著柯夏對求婚的態度。和艾斯丁告別後，他下了天網，回到松間別墅，將天寶機甲的人工智慧裝了上去，簡單調試過後，手動操控測試了一陣子。

已經是深夜了，天空一輪明亮的圓月，漆黑的天寶屹立在寬口的賽車場中央，身軀巍然，如霜一般的月光落在了那些屬於金屬特有銳利線條上，靜靜展現出充滿力量與死亡的美。

邵鈞站在機甲下凝視了一會兒這具自己親手組裝了三年的機甲，不知道柯夏收到機甲後會有什麼反應，他駕駛這具自己親手裝起來的機甲會是什麼樣子。

畢業演習上他作為優秀畢業生，一定表演得很精彩吧？

可惜他都看不到。

雖然他寄居在這具機械身軀中多年，各種感情淡薄，心裡還是有點不平衡了起來。不過他將之歸結於孩子長大了，這是空巢父母們心態突然失衡的必經之路。

自己應該對未來有點規劃了。

第二天邵鈞找了個大型運載物流公司，將整個機甲裝好，整機打包，送去了雪鷹軍校，柯夏留給古雷的地址。

機甲送走了，每一個原本被零件填滿的白天黑夜忽然空虛起來，讓邵鈞有些不習慣，屬於自己的未來再次回到了日程。

演習的那一日，邵鈞還是上了天網去看直播，艾斯丁偷偷開了許可權，讓他可以即時觀看。

也許是在天網上純精神體更敏感的原因，看到柯夏駕駛著那具巍巍峨峨的深黑色機甲出來，作為優秀畢業生在空中演習的時候，他忍不住也感覺到了眼圈發熱的感覺，那一種驕傲自豪，那一種發自內心的喜悅甚至讓他有了靈魂震顫的錯覺。他想起這孩子曾經滿頭亂糟糟金色捲髮光著腳丫子在薔薇叢中鑽來鑽去和大狗追鬧，永遠拒絕將碗裡的食物吃完，逃避寫作業，欺負小妹妹，如今熊孩子已長大，有著矯健英挺的身姿，有著堅毅沉穩的眉眼，他真正成年了。

漆黑的機甲在其他軍校畢業生造型繁多顏色突出的商業機甲裡十分醒目，因為他做出的動作遠遠超過了身旁其他畢業生能做出來的極限，每一個動作標準而準確，形態切換快速嫻熟，突進和刺殺更是凜然如戰神。

有誰知道他一次一次掙扎著想要駕駛機甲失敗地摔落在草地上，有誰知道他曾經無助躺在床上被神經痛侵襲飲淚忍痛。那麼多觀眾在下方歡呼著，沒有人知道這個金髮碧眸的少年曾經經歷過什麼，又是如何驚人的天賦和毅力，才能夠在這畢業典禮上，超出他同齡的人，超出其他的同學。

演習過後是聯盟軍部授銜。於軍校畢業考核合格的學生將授予少尉軍銜，加入聯盟軍。邵鈞看著柯夏穿著一身漂亮的深藍色軍裝，高挑個子，腰身筆挺，雙腿修長，整整一排的畢業生，只有他太過英俊。那些年輕的軍校生們每一個都英氣勃勃，雄心萬丈，他們的眼睛都神采奕奕，帶著毫不掩飾的野心，只有柯夏上去受銜時，仍然沉穩冷靜，藍色眼睛猶如深湖，讓人看不清他的情緒。

真是——長大了啊。

下了天網的邵鈞沒出息地唾棄了自己，然而在接到柯夏今晚要回來的通訊後，還是做了一大桌子豐盛的晚餐。

柯夏回到了家，邵鈞迎上前去接他脫下來的外套，柯夏順手將一個盒子遞給他：「這是優秀畢業生勳章。」他轉頭看了看他道：「送給你的，補償你今天看不到演習。」

優秀畢業生勳章嗎，邵鈞有印象，那是個雪峰金鷹圖案的勳章，今天演習結束後，有的畢業生將勳章交給了自己的母親，有的送給自己的女朋友，當場求婚，現場熱鬧非凡，是非常有意義的珍貴的紀念。將來柯夏如果有了宅邸，也可以擺設出來。

他這麼想著，接了過來，打開看了看那漂亮的金質勳章，低頭將腹部的儲物格打開，將勳章盒子收了進去。柯夏嘴角揚了揚後坐到了桌前，看邵鈞弄了這麼多菜，即使他今晚與同學們聚餐過了，還是每樣都吃了一點，又等邵鈞收好餐桌後，才說話：「授銜後很快軍部的正式任命就會下來，我這樣的軍校畢業生，一般來說都會去聯盟三大軍團的軍艦擔任機甲戰士，累積軍功和基層經驗，之後才有可能回首都任職。具體的時間可能會很長，不是很方便帶你過去，所以這座小公寓我已經長租下來了，你可以一直留在這裡。」

邵鈞坐得很是端正，他心裡也知道，分別的時刻就要來臨了。

柯夏顯然也有些感傷，他凝視了一會兒他的機器人，仍然一如既往的沉默寡言和沒有表情，他忽然傾身上前，擁抱了一直陪伴著他的機器人，胸口有些悶，他覺得需要說點什麼：「把你一個人扔在這裡，我很抱歉。」

他緊緊抱了邵鈞一陣子才鬆開，看著他漆黑的眼眸道：

「我一定會回來的，我要帶著你回帝國，回到我們的白薔薇王府去。」

小小的公寓裡光線昏暗，金髮青年那頭璀璨的頭髮也變得黯淡，眉目陰鬱。

「為了復仇，我還有很長的路要走，沒有你的陪伴，我一個人會很困難，但是為了那個回去的目標，怎麼難我也會走下去的。」他似乎是在和邵鈞說話，但邵鈞知道他無人可傾訴，只能在機器人前一個人告解，自己不過是個接收祕密心事的樹洞。

邵鈞低聲問：「一定要報仇嗎？親王和王妃只希望你過得好。」就不能把握當下，先將自己的人生過好嗎？

柯夏道：「這麼多年，我未曾一刻忘記過仇恨。」

邵鈞隱隱感覺到不祥：「那你還要結婚，擁有家庭嗎？」

柯夏嘴角微微冷笑：「我會結婚，但是結婚也不過是我報復征途上的一步罷了。」

彷彿熾熱的石頭忽然被冰水澆下，從觀看畢業典禮開始就一直處於興奮驕傲狀態的邵鈞幾乎不敢相信自己聽到的話：「你要把自己的婚姻家庭，也當成報復的籌碼嗎？」

柯夏道：「我所有的一切都是我報復的籌碼，包括我的生命。」

邵鈞閉上了眼睛：「主人，婚姻應該是兩個相愛的人的結合。」

柯夏抬起頭，幽藍的眼睛裡燃起了仇恨的火：「從白薔薇王府被血染紅的那一夜起，我就從來沒有幻想過自己還會有正常的婚姻和家庭——我的人生，只剩下復仇。我需要力量，聯姻是取得權力的最快捷徑，仇恨每一夜噬咬我的心，我怕等我擁有足夠力量的時候，仇人已經死了。」

「他一定要活著，等我去一寸一寸，親手割下他的頭顱。」

邵鈞低聲：「所以你這幾年一直欲擒故縱，讓元帥的女兒痴迷於您？」長年累月的無視，卻又偶爾給予一點希望，少女求而不得、無望的愛在一次次抓起放下若即若離後變成了執念，她必須要得到他。為此，她甚至要在畢業舞會上公開表白求婚，她自以為是以勢壓人軟硬兼施，卻不知道早已落入了陷阱，這冷淡傲氣的美男子，其實和其他世俗男子一樣，覬覦的是她背後的權勢。

恨，恨得要死，所以覺得可以不擇手段嗎？可是人生不僅僅有仇恨啊，他將來會後悔的。

柯夏卻只是笑了聲：「我什麼都不做，她就已經要瘋了。」

邵鈞努力平息著自己腦海裡的驚濤駭浪，試圖說服他：「花間風為了他個人的私事將無辜的你拖進來，你差點就失去四肢，終身躺在床上。你不原諒他。為什麼你卻能以你個人的仇恨為名，將一個你並不喜歡的女人拖進你的復仇人生，讓她承擔你個人的仇恨，甚至將來還有可能生下無辜的孩子，這孩子將會面臨他的父母並不相愛的家庭……」

柯夏冷冷打斷他：「她喜歡我，她自願的！她為了嫁給我自願奉上一切！」

邵鈞冷眼道：「現在有多愛，理性回歸之時就有多恨。」

柯夏彷彿完全想不到他的機器人會忽然反駁他，反口相譏：「那麼多夫妻都是利益結合，即使我還是從前的郡王，也一樣會娶一個門當戶對利益共同的妻子。帝國那麼多夫妻，不都是門當戶對的利益結合？我會對她好的！」

邵鈞卻步步緊逼，直指問題的中心：「當元帥不再擔任元帥的時候，你還會對她好嗎？」

柯夏啞然，邵鈞仍然步步緊逼：「如果元帥失勢，有其他當政者的女兒再看上你，你是不是會拋棄她，再改變目標？如果不是女兒，而是當政者本人呢？聯盟是同意同性婚姻的，你會為了仇恨做到哪一步？先是付出你的婚姻、你的家庭、你的妻子兒女，然後是你的身體，你的靈魂？你的父母親真的希望看到你為了已死的人，毫無底線地出賣自己嗎？」

柯夏已經惱羞成怒：「你以為元帥和露絲又是什麼好人？不過是互相利用而

已！他們需要一個沒有後台的天才來保證他們權力的延續！」

邵鈞面無表情看著他：「主人，這麼多理由，能說服你自己了嗎？」

柯夏胸口沖上了一陣一陣幾乎要將胸膛撞破的怒氣，是錯覺嗎？他竟然被一個機器人鄙視和嫌棄了嗎？

他惡狠狠地盯著邵鈞，邵鈞平靜而漠然地回視他，坦然冷靜。

柯夏忽然問邵鈞：「如果我現在要你去死，你會去死嗎？」

邵鈞看向他，仍然平靜到近乎冷漠：「不會。」

柯夏與邵鈞對視許久，忽然覺得自己不敢追問原因，扭頭出門，將門惡狠狠摔了上去。

邵鈞在黑暗中默默待了一會兒，忽然在心裡笑起了自己，那是柯夏的選擇，柯夏的人生，自己在做什麼？因為陪伴太久，因為自己自以為是地付出太多，就以為可以將自己的觀點強加於他嗎？

畢竟承擔仇恨的是柯夏，自己，不過是一個機器人保母。

憤怒出去的柯夏無處可去，也只能回到宿舍，到處都是在聚餐，慶祝，聯誼，他一個人獨處了一會，只覺得憤懣無從排解，卻又想起該上天網和古雷道謝，畢竟接受了這麼大的禮物。

他上了天網，古雷還在天網的工作室裡，他似乎時時刻刻都在研究著什麼東西，據說在天網裡進行創作性的工作更有助於研究思路的開拓，提高精神力。他踏了進去，向古雷道謝：「天寶很好，謝謝你。」

古雷有些惆悵：「他可以更強大的，金錫能源讓他泯於眾人——你也就只能在軍校畢業生裡逞逞威風罷了。如果真的對戰，還有更多更強大的機甲呢，聯盟每一個軍團都有王牌機甲。雖然我再不屑聯盟元帥，也還是只能承認，他那台光之子，實在是葛里製造機甲技藝的頂峰了。」

柯夏其實有些憧憬，如無意外，他順利與露絲訂婚，那元帥一定會將他與露絲一起安置進第一軍團的機甲王牌師「光輝之翼」，成為機甲戰士，迅速擢取權力的果實。

「如果元帥失勢了呢？」

邵鈞的聲音卻再次在他心裡迴盪。

「你能為了仇恨付出多少？」

「先是付出你的婚姻、你的家庭，你的妻子兒女，然後是你的身體，你的靈魂？」

柯夏捏緊了手裡的拳頭，他問古雷：「還是關於智慧型機器人的事——機器人為什麼會詰問主人？他們不該是唯唯諾諾絕對服從的嗎？」

古雷道：「你太落伍了，個性化訂製的高智慧學習型機器人是會按主人的想法塑造自己的個性的。如果主人分外強勢，對機器人只要求無條件地服從，那學習型機器人會根據主人的要求成長。但是如果主人比較軟弱，希望在做決定的時候多方面聽取意見，希望能從機器人這邊得到幫助和理性分析的時候，機器人也會自然而然地成長成為智謀、參謀型的機器人。你覺得他是在質問你，其實他只是在幫助你做決定罷了，這種幫助可能是辯論、提問、提供相應的案例等等不一而足，你要知道機器人本來就在計算和收集資料上長於人類。」

柯夏苦笑了聲：「所以，我的機器人質問我，鄙視我，只是因為我太弱了，他覺得需要幫助我做出決定？他會這個樣子，其實是我養成的？我他媽的希望被一個機器人管教，被一個機器人鄙視，被一個機器人責問和批判？」

古雷道：「你覺得他在質問你，其實那是你自己心裡的想法，機器人只是根據你的性格和生活習慣，合理推測演繹而已。同樣，你覺得他鄙視你，那是你自己心裡也在鄙夷自己，投射在機器人身上罷了。」

柯夏重複：「我自己心裡的想法？」

古雷道：「當然，你仔細想想，機器人質問的那些問題，是不是其實也是你自己心裡潛藏的疑問？是不是確實存在的隱患和問題？他提出的問題，是不是真的有可能發生？其實那是你自己心裡的隱憂罷了。至於鄙視，你自己也知道你的行為不對吧？所以你才會憤怒，才會受不了。」

古雷冷冷道：「任何時候，直面和正視自己的卑鄙，總是最難的。」

柯夏臉色青白：「你也看不起我嗎？」

古雷道：「不，有句古話：君子論跡不論心，等你做了，我再鄙視也不遲，沒做之前的想法，很正常。我也時常嫉妒葛里的好運氣，每次看到他功成名就被人簇擁，我就嫉妒得發狂，恨不得也出山去設計十套八套迎合市場的機甲，然後收穫功成名就。我甚至想上星網，匿名去揭發他從前做過的那些不光彩的事，讓全天下都知道他是個偽君子，低俗膚淺庸俗的機甲設計師。」

柯夏轉身走了，古雷呵呵揚聲笑著：「我看漂亮小姑娘們格鬥的時候，還會想做一些不道德的事！年輕人，有時候被功名利祿迷了眼很正常，看清楚自己的心！」

柯夏憤怒地從天網虛擬艙中出來，胸中並沒有感覺到好過，他們知道什麼？他不是為了功名利祿，他是為了仇恨！

一遍一遍，那晚唯一見過的場景永遠是自己惡夢中的內容。金髮的柯琳被擰斷了脖子，大睜著的藍眼睛彷彿還看著自己。他的父親被人切下頭顱，送到老皇跟前示威。他的母妃被槍殺的時候甚至還懷著孕，那本來是自己的弟弟，母親甚至已經給他取了名字叫柯冰，因為他本來將會在冬日降生。

「大雪落滿薔薇花的時候，你就有弟弟了，你要好好愛護他喔。」

柯夏臉上爬滿了淚，他不是為了那些膚淺的功名利祿才活下來的，在那些最難的日子裡，他忍受著一遍一遍的神經痛，他每一天都想著不如放棄這麼痛苦地活著，回歸永久的安眠，去見他深愛的父母和柯琳，然後就再也沒有痛了。

「我的人生，光是為了拂去死這個念頭，便費了很大的力氣。」[1]

柯夏發抖地輕輕念著無意間讀到的詩句，死對於他來說才是解脫和輕鬆，他掙扎著活下來，每一天行走在荊棘上，他胸口的恨，唯有用敵人的血，才能清洗乾淨。

他們什麼都不懂。

畢業典禮的第二日，就是盛大的畢業舞會，彩帶氣球鮮花到處點綴，更有屬於軍人的浪漫，一串串子彈殼、炮彈殼上都懸掛著花環，掛在一處處欄杆上，裡頭貼著各式各樣的紙條，都是即將畢業的畢業生們，用自己在學校練習使用後的空子彈殼和空炮殼串起的裝飾品，上面還貼著自己對後來的師弟師妹們的告誡：

「喜歡的就上床，不然會後悔。」

「不要選戰爭地理學，沒有人能及格。」

「布蘭教授喜歡吃魚，不及格就買條大魚送給他。」

「二年級的璐璐菲超軟的，不要被她的冷若冰霜嚇到。」

1 出自《卡夫卡日記》。

軍校男生們穿著筆挺的軍禮服，女學生們則得以換上誇張而絢麗的晚禮裙，佩戴著精美的項鍊來參加舞會。

動聽的音樂中，開場舞由優秀畢業生夏柯，邀請露絲跳第一支舞。

舞池中萬眾矚目，金髮藍眸猶如王子一般的機甲系高材生，一隻手攬在美貌又家世顯貴的紅髮碧眸美女後腰，在舞池中旋轉著。他身姿筆挺，薄唇緊抿，舞步卻準確而優雅，彷彿天生就屬於這繁華高貴的社交圈，所有人都在羨慕他懷裡的女子。

一曲開場舞接近尾聲，柯夏挺起胸伸出手，露絲牽著他的手向外旋轉開，金鳶羽毛製成的裙擺華麗散開，彷彿一朵盛開到最美的花。

她旋轉開來，卻又順著舞曲在舞池中心旋轉後單膝跪下，跪在那高貴又冰冷的王子腳下，寬大的裙擺鋪在地面上，舞廳裡倏然安靜了下來，只剩下音樂還在舒緩流淌。

她抬起頭來，一隻手按在胸口，雪白的胸脯因為激動和舞步的劇烈上下起伏，聲音卻清晰而穩定：「夏柯同學，我是否有這個榮幸，在餘生與你一同並肩戰鬥在星辰大海中，聽群星奏鳴，看炮火紛飛？」

紅髮的綠眼女子抬起頭，雪白如花瓣的臉上表情充滿期待，她這麼美，沒人能拒絕她。場面瞬間來到了高潮，驚訝的學生們毫不意外對這樣浪漫的場面給予了最熱烈的歡呼、鼓掌和尖叫口哨。

「答應她！答應她！」

學生們一邊鼓掌一邊整齊歡樂地催促著，聲音帶著年輕人特有的熱情和浪漫。

柯夏站在那裡，垂頭漠然看著元帥的女兒，喉頭發乾發緊，整個身體緊繃著，每一根肌肉緊張得幾乎痙攣。

柯夏摔門走後再也沒有回來，也沒有和邵鈞聯絡過。算算時間，應該已經赴太空新兵訓練營，開始為期三個月的新兵集訓了，等到集訓結束，他就會正式赴任命的軍團任職。

邵鈞很快就平靜下了心情，開始認真規劃未來生活。

購買足夠的能源，確保機器身體的運行，買了一台二手飛梭，再配備了一台天網聯接艙，最令人欣慰的是他不需要考慮吃喝的問題，需要準備的唯有能源和一些工具，就可以乘坐著飛梭將聯盟感興趣的國家一個一個走訪過去了。他下載了整個聯盟的地圖，再聯上星網，他查閱資料的時候發現有很多人像他這樣環遊聯盟各國了。

萬事俱備後，他便上了天網想要找艾斯丁告別。上天網的時候，他下意識地看了看好友名單，柯夏不在，當然不在，新兵訓練是最嚴格的訓練，不可能讓他有時間上天網。果然在艾莎那邊得到了結果，柯夏這段時間的機甲課都暫停了。他鬆了口氣，談不上是失望還是期盼，他只是一時不知道還要如何以鈞的身分去面對他。

艾斯丁聽說他的旅行計畫也十分有興趣：「感覺不錯，一起吧？帶上我和丹尼爾，我們也很久沒有看看現在的世界了，丹尼爾天天待在這裡也無聊了。」

邵鈞遲疑：「怎麼帶？」

艾斯丁笑了下：「明天會有人送兩台家用機器人到你的地址，你帶著就好。」他俏皮地眨了下眼睛，抱起丹尼爾：「帶你去玩，好不好？」

丹尼爾爆發出了歡笑聲。

好吧，他一直覺得很寂寞，無時無刻得小心翼翼藏著自己的身分，如今忽然多兩個和自己一樣的人一起結伴旅遊，他忽然感覺到一種安心感和認同感，不過他還是確認了下：「你離開天網沒關係嗎？」他可是主腦啊。

艾斯丁笑了下：「沒事的，之前我沉睡那麼久，主腦仍然自行運行，只是一部分的精神力而已。」

邵鈞點頭，提示通知土豪上線了，八成是看到他在就傳了訊息過來。他便和艾斯丁告別，往地下格鬥場移動了。

土豪果然懶洋洋在那裡等他，笑道：「好幾天沒看見你。我要回帝國去了，到時候即使是在天網，帝國要過來也沒那麼方便，必須經過審核，通訊也受限制，幸好今天還能和你告個別。」

邵鈞有些悵然：「你也畢業了啊。」

土豪笑了下：「是啊……這次回去，就不知道什麼時候可以再聯繫了，雖然聯盟和帝國簽訂了聯合和平公約，但始終是互相提防的。」

邵鈞沉默了下道：「謝謝你的記掛，以後應該還會有機會見面的。」

土豪道：「我的真名叫涂浩啊，你別忘了，如果以後你還回帝國的話，記得找我，雖然我覺得你應該不會回去了，聯盟多好啊，我也替你高興，能離開帝國。」

涂浩嗎？邵鈞默默記下了這個名字，他已經迅速想起了好幾個涂姓的帝國大臣，忽然又暗自嘲笑了自己，想什麼呢？難道還真的等著柯夏帶著自己回去白薔薇王府，繼續做他的保母機器人？

涂浩拍了拍他的肩膀：「我是真的要回去了，你有什麼需要我幫助的嗎？經濟上不用跟我客氣。」

邵鈞搖了搖頭，卻終於忍不住問涂浩：「夏呢？去新兵訓練了嗎？」

涂浩聳了聳肩，嘆了一口氣：「他啊，真的是，我既佩服他，又有些可惜。」

邵鈞已經彷彿猜到了什麼：「怎麼了？」

涂浩搖了搖頭：「我早就提醒過他，有個權貴的女兒要在畢業舞會上和他表白的，他卻沒當一回事，結果畢業舞會那天晚上，他竟然真的當著那麼多人的面，拒絕了那女孩的表白，而且連委婉拒絕都不會，直接掉頭就走，把人家女孩子晾在那裡下不了臺。」

邵鈞臉色也變了，涂浩嘆氣：「那女孩當時就哭了，所有的人都在同情她、安慰她。」

「雖然當時沒什麼，但是大家都覺得，新兵訓練後，他一定會被整治的。你不知道，那女孩的父親，在軍方權勢真的很大。他實在不應該這樣，哪怕委婉點都要來得好得多——這仇可真結大了。畢竟人家女孩子敢表白，一定是他給過人家希望或者暗示，不然誰會把自己架在火上燒呢？所以學校裡吵得厲害，大多數都覺得他不對，連基本的紳士風度都沒有。」

「也有人推測說不定他這樣是想要搏出頭，那女孩的父親說不定迫於輿論反而不敢將他怎麼樣，反對派說不定也想推他。但是要我說，夏還是太年輕衝動了，上位者哪裡是這麼簡單的，你什麼成績都還沒有，一個新兵少尉，誰會冒著得罪上頭的風險明著扶持他？我覺得他一定會被打壓的，以後日子會很難過，現在就看他到時候會被分到哪個軍團了，大家都看著呢。希望對方大人有大量，不要太計較了。唉，這幾天他都沒有上天網，我也沒有時間和他告別，因為新兵徵集令是有時限的，他已經出發了。」

「希望三個月後，他能夠分到不錯的軍團吧，唉。」

涂浩又和邵鈞說了幾句後，才惆悵地下線。只剩下邵鈞五味雜陳，一個人默默待了一會後也下線了。

第二天果然物流送來了巨大的包裹，家用機器人兩台。他簽收後打開了包裝，雖然心事重重，他還是被見到的機器人震驚了。

先是一隻可愛的星輝花機器人，美麗而透明的花苞是頭，纖長的兩枝綴滿花的枝條是手，兩片銀灰色的葉子是短短的雙腿，頭上還有漂亮的大眼睛，可愛地自我介紹：「我是丹尼爾。」

邵鈞瞬間一顆心就彷彿化了一般，將這小巧玲瓏的星輝花抱在懷裡後，再去拆那個大的包裹。

然後他拆出了一隻獨角獸，通體銀白，尖尖的銀角下有著銀灰色的鬃毛披散下來，長長的睫毛下是一雙銀灰色的眼睛，有著天使一般柔軟無辜的眼神，邵鈞吃驚得都結巴了：「你是……艾斯丁？」

天網裡人型的艾斯丁與這隻獨角獸居然完美的神魂相似，獨角獸微微抬頭，眼睛裡帶了笑意：「其實這是丹尼爾設計的，很久以前……他心裡我總是又善良又純潔。其實我覺得不是很適合我，但是這個身體適合旅行。」

他擺了擺獨角獸的身體，銀白色的背上忽然唰的一下展開了一雙銀色的翅膀，丹尼爾已經拍著他的小葉片譁然叫好，又接著搖了搖，那小葉片忽然抽出了一根柔軟的花枝，纏上了那雙翅膀的翅根，咯咯笑了起來。艾斯丁低下頭，星輝花枝一纏，咻的一下就騎上了獨角獸，笑得更大聲了。

邵鈞想要默默低調不引起注意的旅行的念頭完全破滅，帶著這樣一頭獨角獸和這樣一枝可愛的星輝花，不管走到哪裡，都是人群的焦點好嗎？

他嘆氣：「這會不會太引人注目了。」

艾斯丁笑了下：「這可是很受歡迎的機器人，雖然因為造價昂貴比較罕見，但不是沒有的，你放心啦。」

邵鈞還想做最後的掙扎：「就不能換普通一點的經濟型的機器人嗎……」

獨角獸傲然抬起了頭，一雙銀灰色的眼眸裡滿是鄙視：「像我這樣不平凡的人，不管什麼身體，都會不平凡的好嗎？那些普通的機器人身體怎麼配得上我？再說了——丹尼爾喜歡啊。」

好吧——邵鈞再次被強勢的艾斯丁征服：「你漂亮，你說得對。」

丹尼爾拍著掌重複：「你漂亮，你說得對！」

人，不對，是魂齊了，接著就要開始商量下一步去哪裡了。艾斯丁仍然很是強勢：「先去霍克公國，馬上就下雪了，那邊的雪景最美，還有深藍色凍起來像深藍色寶石一樣的冰湖，星夜裡冰湖裡還能看到星輝，那是我見過最美的景色。我在那裡有一座古堡，過去有地方住，還有不少藏品在那兒，畫啊藝術品啊之類的，隔了這麼多年，好多當時沒有名氣的作者現在已經是名聲斐然了，那些藝術品肯定增值了。我們可以出掉一些，順便參加拍賣會，還有歌舞劇可以看，冬季正是最好的時候。啊對了我們還可以滑雪，還能冬泳，還能冬獵，打幾頭雪狼啊白熊啊，真是再好玩不過了。」

實在是一個超級會玩的人呢。

乏味無趣的邵鈞再次被美色過人的獨角獸說服，畢竟沒有人能夠拒絕這樣一雙銀灰色彷彿能將人吸進去的雙眸，它竟然還有天使一樣的翅膀，真是太犯規了。

邵鈞看了眼懵懵懂懂的丹尼爾，在他的心裡，艾斯丁究竟是多麼美好的一個人呢？大概是用盡所有能夠形容的最美好的想像，才設計出這獨角獸的外形吧。

藍玻璃一樣的冰湖美到窒息，冰雪覆蓋的森林和曠野也別具風情，邵鈞與艾斯丁、丹尼爾一同到了艾斯丁所說的古堡。

是真的有一座古堡，陰森，古典，恐怖，彷彿裡頭隨時能飛出吸血鬼那種。

邵鈞走進那軋軋開動的雕花大鐵門，在雪花紛飛中穿過荒蕪的庭院，進入了深邃陰暗的門廊，喃喃自語：「不會出來個德古拉伯爵吧？」

艾斯丁好奇道：「德古拉伯爵是誰？」

邵鈞答：「吸血鬼。」

丹尼爾絲毫沒有被那種恐怖陰暗的氣氛影響，也興致勃勃追問：「什麼叫吸血鬼？」

「一種害怕陽光、以吸血為生的黑暗生物，不死不老，有強大的力量和非人的速度。」邵鈞難得來了心情，認真描述給丹尼爾聽。

丹尼爾哇了一聲：「真的有這樣的生物嗎？」

「沒有，只是傳說。」

艾斯丁繼續追問：「那德古拉伯爵是怎麼會變成吸血鬼的？」

邵鈞道：「傳說他本來是最強大的騎士，消滅了很多邪惡敵人，於是他的妻子遭到了報復死去了，他為了他的妻子墮落了，成為了不死不老的黑暗吸血鬼，以血液為食物，永遠不能出現在陽光下，否則就會灰飛煙滅。」

丹尼爾張大了嘴，艾斯丁饒有興致道：「你倒知道不少奇怪的傳說，和那小美人魚一樣，那你怎麼沒把這個故事也拍成電影？花間風的長相拍吸血鬼，應該很契合才對，一定也能大賣。」

邵鈞吃驚地轉過頭，艾斯丁搖了搖鬢毛：「別驚訝，看到你在現實生活中的長相後，很容易就能分析捕捉了你拍過的片子，再想起你曾經說扮演過花間風替身，輕輕鬆鬆就能推導出來。丹尼爾很喜歡美人魚呢，在天網就看了很多次重播。」

邵鈞搖了搖頭：「我不喜歡拍戲。」

艾斯丁有些遺憾：「真可惜。」

邵鈞終於忍不住開口：「所以到底還要走多久？」他們已經在深深的門廊走了許久了，雖然門廊兩旁都掛著油畫，但真的有必要這麼大嗎，修建得像個迷宮似的。

艾斯丁笑了下：「到了。」門廊轉過來，他們眼前忽然一亮，燈火通明，他們置身於一個巨大高闊的穹頂大廳，大廳高處甚至有十分栩栩如生的壁畫，一個機器人管家站在中央深深鞠躬：「歡迎主人回來。」

邵鈞吃了一驚：「有什麼機器人可以存在這麼久？」

機器人管家彬彬有禮地鞠躬：「每隔十年我們會自己返廠保養，如果實在保養不了了工廠會自動換最新的機器人給我們。」

艾斯丁笑了起來：「永遠不朽的機器人，比人類管家更可靠。」

艾斯丁帶著丹尼爾和邵鈞將整個古堡遊覽了一遍，順便清點了下他們的藏品。

有些東西果然是歷經時光變遷仍然值錢，當看過一整個房間的陳列著的各類首飾寶石，一整個展廳的收藏的畫，一整個庫房的金條及貴重金屬，還有滿滿一房間的武器，各種各樣的武器，最後就連原本充滿興趣的丹尼爾也感覺到了疲倦，可愛的小花揉著眼睛最後蜷縮到了邵鈞懷裡睡著了，閉合起來的花瓣垂在邵鈞肩膀上，甚至還發出輕微的鼻息聲。

邵鈞終於感慨：「我錯了，你不像獨角獸，你明明是有收集癖喜歡囤積寶物的巨龍。」

艾斯丁又笑起來：「有收集癖的巨龍？這又是什麼奇特古老的傳說嗎？你可真是個寶藏，需要人慢慢發掘呢。」

邵鈞舉起雙手：「不不，我乏味極了，這些傳說在我們那個年代人人都知道。」

艾斯丁點了點頭：「嗯，人類文明不斷出現斷層，傳說人類尋找許久都沒有找到和我們一樣的智慧生物。所以我現在有點相信，你真的是很久以前母星的人了。」

邵鈞聳了聳肩膀，和艾斯丁越來越信任後，他並沒有隱瞞自己突然出現的來歷，畢竟他也很想弄清楚自己一個莫名其妙的靈魂，是如何甦醒在這個奇怪的世界裡的。

艾斯丁將他們帶進了個臥室：「把丹尼爾放床上吧，他的精神力太弱，所以需要慢慢地養，累了就需要好好休息，旁邊是你的臥室，你也去休息吧。說實話我看不明白你的精神力，似乎從來不疲倦，也缺乏一般魂體那種更敏感更細膩的情感和情緒反應，我感覺你的魂體可能是真的和這具機器人身體融合了，所以我不敢建議你隨意換身體，你也還是儘量避免這具機器人身體受到損壞，我不知道會有什麼後果。記憶要備分，我建議你這些日子找機會還是在天網做個備分。」

「好吧。」

邵鈞將丹尼爾抱上了床，艾斯丁凝視了一會鑽進被窩裡睡得更舒坦的丹尼爾，低頭用尖尖的獨角替他蓋上被子：「等丹尼爾完全恢復後，他是生物學的專家，可以嘗試讓你這具靈魂與新的生物複製體融合，現在複製人技術已經很成熟了，只是因為沒有靈魂沒有精神力，壽命非常短，也沒有學習的能力，智商很低——你這樣的魂體，沒有過先例，必須要非常審慎，一不小心就會失敗，所以其實我是建議你還是好好待在這具機器人身體裡更好，肉體沒什麼好留戀的，即便是欲望，也可以很輕鬆地在天網裡滿足。」

邵鈞沉默著沒說話，艾斯丁那具獨角獸身體忽然呆滯住，腹部裂開，一隻銀灰色的小貓從獨角獸腹部輕巧躍下，唰的一下展開背上的羽翅，飛上了床上，緊貼著丹尼爾，蜷臥了下來，一雙銀灰色傲慢的目光掃視了正在震驚的邵鈞：「這個身體更方便，過兩天我們還會去看拍賣會，獨角獸就不方便行走在人群中了。」

邵鈞深吸了一口氣，稱讚艾斯丁：「這貓也很美。」這隻銀灰色的貓完美與艾斯丁那種高傲彆扭的神魂契合！

艾斯丁貓眼白了他一眼，將頭貼在了丹尼爾水晶花苞邊，閉上眼睛，睡了。

邵鈞走出來，看到一塵不染的走道旁，機器人管家正安靜地鞠躬向他行禮，然後引領他到房間。真神奇，即便已經幾百年不曾有主人，這裡的機器人仍然孜孜不倦地打掃保養著這座古堡，然後定期保養，定期補充能源。

邵鈞凝視著樓下大廳，機器人正悄無聲息地將端上來卻沒有被他們動過的茶杯又撤了下去，心想著這原本是柯夏替自己安排的命運，留在沒有主人的公寓裡，日復一日等待他不知道什麼時候回來的主人。

沒有人會覺得這有什麼不對，這不就是製造出機器人的本意嗎？製造出永遠忠心，不會疲倦，不會寂寞，不會抱怨的機器人，取代人類執行簡單又機械性的重複工作，比如在主人不在的時候，仍然兢兢業業地守候。

他現在怎麼樣了？會被元帥報復嗎？

心情雖然有點複雜，但傷感的情緒並沒有持續多久，因為艾斯丁是個太能玩的人。在丹尼爾醒來後，他帶著他們又去森林中騷擾冬眠的熊，去冰湖裡游泳，去雪山上滑雪，丹尼爾高興得連連大叫。

然後很快地，有專人送上精美的雪季拍賣會邀請請柬到他們的古堡。

艾斯丁道：「霍克公國是個藝術氣息十分濃厚的國家，他們的雪季拍賣會享有盛名，原本只是因為藝術品拍賣揚名，後來你懂的，藝術品是最適合洗錢的，因此漸漸吸引了越來越多的錢進入。這個拍賣會漸漸越來越大，除了藝術品，還拍賣各式各樣有價值的東西，什麼都能見到，算是個增長見識的地方，這邀請函價格不菲，需要預付昂貴的保證金才能進入。」

邵鈞拿著那精美的請柬，上頭抬頭印著「尊敬的修羅先生」，艾斯丁解釋：「修羅是我的母姓，我們去看看有什麼可以拍賣的，愛菲洛成名前，我收購了他一大批畫，我們去選幾幅拍賣，一定能拿到不錯的價格。」

艾斯丁顯然興致勃勃，帶著丹尼爾又去了他的寶庫裡挑了半天，選了好幾樣名畫，讓人包裝好托運送去拍賣行，準備拍賣。

轉眼便到了拍賣月，邵鈞帶著貓形艾斯丁及小花丹尼爾住進了拍賣舉辦之地——凜霜之堡，這也是一座巨大寬敞的古堡，古堡通體結冰晶瑩剔透，住在內卻絲毫感覺不到寒冷，來自世界各地的尊貴客人都會住在這裡。整整一個月，每天都有專場拍賣會，還有著各種各樣的娛樂場所，如賭場、酒吧、歌舞劇等等，從高雅到低俗，應有盡有。

邵鈞翻著厚厚的拍賣圖鑑，都已經將每一天的拍賣品細緻地印刷在上頭了，還有著詳細的介紹。然而最引人注目的還是最後一天的拍賣，遊輪拍賣，只列了幾個拍賣品。

艾斯丁和丹尼爾一左一右都蹲在他肩膀上看著，艾斯丁介紹道：「這幾個拍賣品只是幌子，遊輪當天將會開到聯盟和帝國之間的公海，你懂的，然後就會拍賣一些違禁品，所以這個遊輪拍賣，才是真正拍賣月的高潮，你可以買到許多市面上買不到的東西，只要夠有錢。」

他驕傲地昂起小巧的頭顱：「到時候你看上什麼儘管說。」

邵鈞有些無語，丹尼爾卻感到無聊，嚷著要出去玩，他剛才進來時，已經看到了外邊有個冰雪樂園，都是孩子們在裡頭玩鬧。

邵鈞便帶著他們走出來到冰雪樂園裡，銀灰色的小貓馱著一朵星輝花，很快吸引了孩子的注意力，紛紛伸手來想要撫摸他們。小貓馱著小花在冰雪城堡中靈巧穿行，躲避著孩子們的追逐，丹尼爾拍著掌大笑，顯然對這刺激的追逐遊戲感覺到了快樂。

邵鈞站在一頭，感覺自己像個帶著孩子到樂園的父母，百無聊賴。這時候卻有人在他背後說話：「花間族長蒞臨凜霜之堡，真是不勝榮幸。」

邵鈞轉過頭，一個長得十分高大的男子站在他身後，穿著十分正規的黑色禮服，禮貌地向他致意：「阿納托利。」

阿納托利．奧涅金——凜霜之堡的主人，奧涅金家族的現任族長。

邵鈞轉頭環顧，不知何時已出現了好幾個高大的黑衣保鏢，隱隱將他包圍了起來。

阿納托利道：「我女兒是你的影迷，是否有這個榮幸與您共進晚餐？」

各國都有歷史悠久實力強勁的世家，這些家族往往各自經營，互不干擾，偶爾合作，但再怎麼合作，也極少會出現家主與家主之間的會晤，那往往意味著非常重要的合作。

而一個以培養最優秀的間諜的家族族長，忽然抹去面紋，隱姓埋名孤身一人出現在滿是奇珍異寶的拍賣月中，如果說自己什麼目的都沒有，有人信嗎？

邵鈞苦笑，他現在否認他是花間風，有用嗎？

寬大晶瑩剔透的餐廳裡，邵鈞正襟危坐，旁邊端端正正也擺著一張餐椅，坐著艾斯卡的貓，和他背上的星輝花。

旁邊坐著一個漂亮極了的金髮女孩，大約只有六歲，香檳色寬擺禮裙，有著玫瑰般的臉頰和星星般的琥珀色眼眸，她端端正正坐在一旁，正伸出一隻手指與丹尼爾的柳葉般的小手握手：「丹尼爾嗎？我叫伊蓮娜。」顯示著良好的家世和教養。

邵鈞萬萬沒想到阿納托利，真的有一個女兒是花間風的影迷。

因為她坐下來後，就彬彬有禮卻迫不及待地開始對邵鈞開始了一連串令人窒息的發問：「花間先生今天為什麼沒有臉上的花紋？」

「我最喜歡花間先生的美人魚了，花間先生真是世界上最帥的王子。」

「小美人魚我看了八遍！每一遍都哭了！夜鶯也是我的偶像！我好喜歡聽她的歌喔！」

「美人魚真的是在海裡拍攝的嗎？」

「《最後的屠龍者》我也好喜歡，花間先生揮劍的樣子也好酷呢。」

「最後的屠龍者那裡的小龍後來長大了嗎？」

「花間先生下一部戲是什麼呢？」

前面的問題邵鈞還能勉強回答，到這個問題邵鈞卻遲疑了。這時旁邊的丹尼爾卻軟軟打開了花瓣，眼睛發著亮：「吸血鬼騎士！」

伊蓮娜睜大了眼睛：「什麼是吸血鬼騎士？」

丹尼爾現學現賣：「吸血鬼是一種害怕陽光、以吸血為生的黑暗生物，不死不老，有強大的力量和非人的速度，這個故事的主人公是一個最強大的騎士，他叫德古拉伯爵，他消滅了很多邪惡敵人，於是他的妻子遭到了敵人的報復，死掉了。他為了他的妻子，墮落成為了不死不老的黑暗吸血鬼，以血液為食物，永遠不能出現在陽光下，否則就會灰飛煙滅。」

伊蓮娜已經完全被這酷炫的設定給迷住了：「那後來他的妻子復活了嗎？」

丹尼爾也愣住了，一朵花和另外一朵比玫瑰更甜美的金髮女孩同時轉過臉去看邵鈞，邵鈞感覺到壓力山大：「他的妻子在幾百年後轉世了，成為了一個漂亮的女孩，德古拉伯爵找到了她。」

伊蓮娜笑起來了：「太好了！這部電影一定很好看！什麼時候可以看到呢？女主角是不是由夜鶯主演？她都好久沒有演戲了！」

邵鈞感覺到了人生的艱難，這時候阿納托利開口：「不如我投資一筆錢，來請風先生過來拍這部戲如何？我可以無償出借古堡，而且你們在霍克公國的一切拍攝費用，全由奧涅金家族友情贊助。」

丹尼爾天真道：「你們也有古堡嗎？」

伊蓮娜道：「有好多座，不過我最喜歡這座冰雪城堡，這是爸爸在我出生的時候為我建的，我喜歡冰雪一樣透明又美麗的東西，丹尼爾你也長得很好看呀，你怎麼長成這樣好看的？」

丹尼爾道：「這是星輝花，是白銀星上白銀森林裡開的花，白銀星妳去過嗎？這是艾斯丁替我設計的造型，我也很喜歡。」

伊蓮娜問：「艾斯丁是誰？小貓嗎？嗨你好，艾斯丁。」

艾斯丁伸出爪子來，十分優雅地和伊蓮娜握了個手。

伊蓮娜笑得可愛極了：「你真漂亮，是我見過最漂亮的貓了。」

艾斯丁忽然騷包地將肩背上的銀灰色的羽翅展開抖了抖翅膀，成功地換來伊蓮娜再次誇張地讚美：「太可愛了！我也好想有這樣的身體喔！」

丹尼爾將自己的花瓣全都綻開：「是呀，艾斯丁說人類的身體太脆弱，還容易生病受傷，還是機器人身體最好，看膩了還可以換一個。」

伊蓮娜很快和丹尼爾聊成一片，很快自成天地，成年人已經無法插嘴。

阿納托利一直沉默著，終於忍不住也笑了笑，轉頭對邵鈞道：「小女年幼，真是麻煩風先生包容了。」

邵鈞有些尷尬地笑，心裡想著現在寄劇本給花間風還來得及嗎？

阿納托利開口：「聽說過風先生一人潛入帝國，完成了幾乎不可能的任務，又翻手為雲覆手為雨，奪取了族長之位，一直十分佩服，沒想到今日見到，居然是這樣一個人，真是有些意外。」

邵鈞抬眼看他，所以究竟是怎樣的一個人？自己見到他，秉承著少說話比較安全的原則，說話都沒超過三句吧？

阿納托利彷彿看出了他的疑問，笑了下：「居然是一個閒著會和機器人寵物講故事的人，說的還是小美人魚和吸血鬼騎士，嗯？風先生似乎偏愛為愛犧牲，求而不得無望絕望的愛這樣的故事。能把機器人培養得如此純真可愛，風先生一定是個很特別的人，甚至有些可愛。」

不，你誤會了，邵鈞面無表情，那兩個大佬還要我教嗎？他們隨便一個人都是一場傳奇，至於故事，那些故事在我的時代家喻戶曉，正因為悲劇和無望，才能夠讓那麼多人記住。

阿納托利卻頗為直白：「當知道花間族長突然出現在拍賣會，說實話我一開始是充滿戒備的，畢竟風先生的手段實在令人膽寒。但是今天看來，我卻覺得風先生很是個可以結交的朋友。我們霍克公國有句俗語，真正的朋友，就是肯陪你喝維爾加酒的男人，風先生喝下這樣的烈酒還能面不改色，可見一顆心很是坦誠。風先生如果有什麼計畫可以讓我參與的話，儘管開口。」

他說完還優雅地舉了舉杯，邵鈞低頭看了眼杯中的維爾加酒，實在不知道自己是不是還要繼續裝下去，誰知道你們霍克人待客居然會上高度烈酒？他喝什麼都是同樣的味道好嗎？

一頓「賓主盡歡」的晚餐結束，阿納托利笑道：「希望風先生這個月玩得開心，有什麼招待不周的地方，隨時和我說。稍後大廳會有舞會，我還要下去主持，就只能冒昧失陪了，為表歡迎和我的歉意，我讓服務員放了一份禮物到你的房間，請風先生收下，不要推拒才好。」

邵鈞道謝後誠懇道：「謝謝奧涅金先生的款待，你放心，我——只是來散散心，不會給奧涅金先生帶來什麼困擾的。」

阿納托利笑了下，他有一雙蜂蜜顏色的眼睛，笑起來的時候彷彿含情：「說實話，我此刻是相信您的，也希望您是真的只是來這裡散散心。但是，說實話，一個星時前，就在我剛邀請您共進晚餐的時候，聯盟娛樂頻道正在播放風先生正在洛倫出席一個頒獎儀式，為今年的新秀頒獎，甚至還發表了一番頗為動聽的言語。」

邵鈞：「……」感覺渾身是嘴都說不清楚了。

阿納托利渾身充滿了屬於常年於社交的遊刃有餘，他看邵鈞臉上的僵硬，又笑了下：「一想到風先生曾經那驚世駭俗的手段，我又不得不控制自己的心，以免失陷於你，造成不可挽回的後果。但即便如此，我還是很想稱讚，你的魅力實在是無人能敵，我完全可以理解帝國那幾位位高權重的大人和小少爺，是如何被你迷得神魂顛倒的。」

他站了起來，十分紳士地笑了笑，然後伸手牽著也端端正正施禮告別的伊蓮娜，帶著他出去了。

邵鈞茫然許久，不能確定他究竟是收到了讚揚還是受到了諷刺——還有，「那幾位」！花間風到底招惹了多少人？還「大人和小少爺」？

前一刻他還為被當成花間風招引了奧涅金家族的注意而感覺到對花間風有一些愧疚，此刻這些愧疚已經完全消散了，他只感覺天降一口巨鍋，他真是夠冤的。

敢情花間風少爺在帝國幹的那些事情，人家老牌世家居然也都知道！

他在管家恭恭敬敬地邀請下出了餐廳，大廳內已經站滿了參加舞會的客人，阿納托利正站在上頭致辭：「一年一度的冬季拍賣月又開始了，歡迎來自世界各地的貴客們，入住霜凜之堡。」

華麗的燈光下阿納托利實在是風度翩翩，英俊成熟，有女客在一旁小聲議論：「奧涅金伯爵還是單身吧？」霍克公國之前是帝國的一個屬國，國王受封帝國的大公爵位，因此一直有著爵位，後來霍克公國宣布獨立，脫離了帝國，加入了聯盟，卻仍然保留著爵位分封制度。

「是的，自夫人病逝後，他一直單身至今，霍克的上流社會，每一個名門淑女渴望成為奧尼金家族最新的伯爵夫人。」

「哈哈，何止是淑女？有傳說伯爵對男子也並不排斥，所以也有不少少爺製造偶遇呢。」

「哎，哪有那麼容易呢，畢竟一族之長，之前倒是聽說聯盟元帥的女兒在霍克養病期間，他曾經送過名貴的禮物，有追求之意。」

「露絲啊，呵呵，算了吧，不過是給她父親面子罷了，伯爵哪裡會喜歡這種幼稚天真的，呵呵。」

「你認識元帥的女兒？」

「算是遠房親戚吧，不過元帥上位後，就不大理會我們這些窮親戚了。露絲來度假的時候，我們見過面，她驕傲得很呢，根本不搭理我們。但那又怎樣，你不知道吧？聽說她回洛倫首都後，竟然喜歡上了一個貧民窟的窮小子，聽說還是個沒有戶籍的黑戶，一無所有連身分都沒有那種。露絲瘋狂追求他，聽說前陣子畢業舞會上居然降尊紆貴和人家求婚，還被拒絕了！哈哈哈哈，簡直是笑話。」

「不會吧！聯盟雖說人人平等，但元帥又沒有別的子女了，竟然就這麼放縱，讓她做出這麼出格的舉止？」

「據說對方的精神力出眾，還是個機甲天才那種。當然長相也過得去，八成元帥之前也想著有天賦就行吧。有元帥這個岳父，軍校的高材生也是很容易成新貴的。誰知道那窮小子還很有志氣，居然拒絕了，聽說元帥也覺得丟人丟大了。」

「啊，那那個軍校生後來怎麼樣了？」

「呵呵，聽我媽說，元帥覺得他存心勾引露絲，又欲擒故縱，將他遠遠扔去個礦星上吃土去了，怪可憐的。看來元帥任職期間，他不可能再有翻身之日了，可惜了對方是個機甲天才。就我看來，明明是元帥的女兒自己強求，以為全天下的男人都該任她挑呢。你說說，這樣的女人，伯爵怎麼會看得上？」

兩個女人又說了幾句，看著阿納托利下來邀請了一位婦人跳起開場舞，也連忙拿起扇子遮住嘴，激動等著男士的邀請。

無意聽到柯夏近況的邵鈞卻已經完全沒了心情，帶著艾斯丁、丹尼爾回了房間。

「阿納托利應該只是要警告你，畢竟花間一族實在是在所有世家中都是惡名昭彰的。」艾斯丁安慰邵鈞，卻發現邵鈞明顯並沒有在聽他說話。

丹尼爾軟軟道：「伊蓮娜約我明天一起去和她看拍賣，她有專門的包廂，視野最好。」

艾斯丁道：「嗯，方便圈著我們，怕我們搗蛋。」

丹尼爾吃吃地笑：「艾斯丁你搗蛋嗎？」

艾斯丁冷哼了聲：「你看到漂亮小姐姐就忘了我啦。」

丹尼爾將花瓣垂下來，花枝抱著艾斯丁的貓脖子，奶聲奶氣撒嬌：「沒有，我最最喜歡還是艾斯丁啦。」

艾斯丁轉頭，注意到邵鈞還是心不在焉，從他肩膀上跳落下來：「鈞，你怎麼了？」

邵鈞抬頭，不過是一瞬間就已做出了決定：「我——可能要結束旅程了，有些事得去做。」但是在那之前，他需要盡量做好準備。

艾斯丁有些詫異：「嗯？怎麼這麼突然，不是玩得挺高興的嗎？」

邵鈞感覺到有些抱歉，抱起丹尼爾：「這段時間是我覺得最舒心快樂的日子，什麼責任都不用負擔，也不用在你們面前掩飾自己的身分，可以隨意認識這個世界，放鬆又自在。只是剛才聽到了一個消息，關於這具機器身體的前主人，他過得不太好，我覺得還是該去確認一下。」

艾斯丁已經迅速聯繫起來：「那個拒絕了元帥女兒的表白，被元帥分配去礦星的機甲天才？就是那套神經元機甲套裝最後的主人吧？」

邵鈞點了點頭：「還是有些放不下心。」陪了他那麼久，親眼看過他的掙扎和努力，如今知道他再次落回低谷，沒有辦法置之不顧。

艾斯丁道：「沒什麼，你儘管去，我和丹尼爾自己可以照顧自己，你不用擔心。不過建議你還是參加完拍賣月，你得先確認是哪一個礦星，畢竟聯盟占領的小礦星多得不得了，大多都是荒無人煙，不適合人居住，只是派一些挖掘機器人和駐紮的軍隊罷了。你要做很多準備，不如先在拍賣會上買一些需要的東西。」

邵鈞道：「是，我原本也是打算參加完拍賣月再說。」

艾斯丁道：「那過去以後呢？你打算怎麼樣？把他帶走？他能夠接受他的機器人忽然有能力帶走他嗎？獨立意志？還有，聯盟逃兵是沒辦法躲過通緝的，他只能做星盜，或者逃去帝國。但我實在不建議去帝國，去那兒只能做農奴。」

邵鈞沉默了一會兒：「我還沒想好——先聽聽他的意見吧。」

艾斯丁笑了下：「還是建議暫時先蟄伏，養精蓄銳的好，畢竟元帥還在氣頭上，逃走太不現實了，還是先在那兒忍幾年，尋找機會。所以你大概是要在那邊陪他住下了。一般來說，礦星居住條件惡劣，元帥要流放人，那一定是特別偏遠特別冷清特別沒有用的礦星，和廢星差不多那種。好在你是機器人，倒也不必擔心舒適不舒適的問題，但是你那小主人可是曾經患過大病的，他吃得了苦嗎？」

邵鈞道：「他是我見過最堅韌，意志最頑強的孩子了。」

艾斯丁搖了搖頭：「你放不下他。」

他躍上了桌子，翻了下厚厚的拍賣冊子道：「我覺得，首先，你需要解決在礦星上的住宿問題，本來買下一艘飛船是最簡單的方法，直接解決供氧、吃住行等等問題。不過這就有些不夠低調，你大概也不願意接受太過豐厚的饋贈，其實沒有必要，我和丹尼爾拿錢沒用——啊找到了，速成組裝彩鋼大型養殖屋，配上迴圈供氧系統、中控溫控系統、能源系統、淨水系統，就可以解決住的問題了。」

邵鈞臉上一言難盡，艾斯丁笑道：「你別小看這養殖屋，這是霍克的冬季拍賣月！賣的可不是普通貨，這不是普通的養殖屋，這是讓權貴們養稀罕寵物的，比人還金貴呢。你仔細看看功能，相當齊全，還有糞便收集改造功能，只要稍加改造就很適合人了——當然，你還可以多買一個，用來養些食物，比如雞鴨、羊、豬、牛，還有魚，都不錯。還有這個，速成花卉溫室，這個也適合你，貴人們用來養花的，裡頭會有土壤和花盆花池，還可以設置溫控和澆水系統，這是養特別嬌貴的花才會用的。」

「你們是要居住的，礦星大部分無法有適合人類食用的植物，士兵們都只能吃壓縮乾蔬菜營養膏來補充營養，你買一個這個，花不了多少錢，再買多點種子，根據說明培養，就有新鮮蔬菜吃了。」

「當然，這些統統都要能源，因此你需要非常、非常多的能源，這才是大問題。如果需要長期居住，最好還要有管道給你們穩定供應。」

艾斯丁興致勃勃，邵鈞懷疑他終於又找到了生活樂趣，丹尼爾則一臉崇拜地聽著艾斯丁滔滔不絕。

艾斯丁問邵鈞：「怎麼，你不相信我的經驗嗎？」

邵鈞道：「不是，就是覺得好像打開了荒島求生的娛樂綜藝節目一樣。」

艾斯丁道：「荒島？荒島沒難度了，現在娛樂綜藝應該是流行荒星求生直播了，啊，你提醒了我，我們可以去看看這些節目，得到點經驗。」

接下來幾日，果然艾斯丁孜孜不倦，陪著邵鈞逛拍賣會，在星網上訂購無數需要的東西，邵鈞幾乎懷疑他也非常想去體驗一把。而丹尼爾也和伊蓮娜玩成了一片，兩人對一款遊戲機上的新遊戲十分痴迷。

忙亂了幾天，他卻收到了花間風的來電：「親愛的杜因，你可以告訴我，為什麼我收到奧涅金家族企業的來信，聲稱奧涅金伯爵與我相談甚歡，並且達成了意願，現在要贊助花間工作室在霍克公國拍攝吸血鬼騎士這樣一部大片嗎？」

立體螢幕上的他臉色疲倦：「所以什麼是吸血鬼騎士？你又是怎麼招惹到奧涅金家族的？那是個掌管能源的大家族，還壟斷了霍克公國的軍火，不要招惹他們。」

「我更不可思議的是，柯夏明明已經被元帥分配到歐米伽星系的三九九礦星去了，為什麼你卻去了霍克公國？是你主人的安排嗎？我可以相信你嗎？杜因，你用我的身分和奧涅金家族交易了什麼？」

邵鈞也有些無奈：「我如果說，我只是來拍賣會散散心，卻被奧涅金伯爵把我當成了你，你會相信嗎？」

花間風攤了攤手：「我很想相信你，可是杜因，你是機器人，你散心？你聽了誰的號令？柯夏？」他忽然將身子靠近了螢幕，目光銳利：「杜因，你真的是機器人嗎？還是你背後有更大的勢力？當初你在我的賽車休息室裡，資料確確實實顯示你聯上了天網，也有你的相應身體資料，是誰那麼厲害，替你篡改數據？還有竊取羅丹的金鑰時你讓小雪想辦法將人帶上天網，還有花間雨被弄成白痴，仍然是在天網！顯然你的主人柯夏對此一無所知，甚至不知道他的機器人有這麼大能耐——還為他組裝了一台機甲。」

邵鈞沉默，花間風審視地看了他許久：「是人都有祕密，我可以相信你嗎？杜因？我從來沒有把你當成機器人看待，我只想知道，我可以相信你嗎？」

邵鈞終於開口：「至少在柯夏的問題上，我和你應該目標一致，我想知道他現在的狀況。」

花間風道：「你關心他，你卻一切都瞞著他？你又有什麼信心相信我一定會替你保守祕密？」

邵鈞面無表情：「有些事情我覺得無愧於心，不需要對人交代——比如昨天奧涅金伯爵和我說，你在帝國把幾個位高權重的人以及小少爺迷得神魂顛倒，這只是過程，不是嗎？不需要交代給所有人吧？」

花間風臉上的表情凍結了，一片空白。

邵鈞忽然伶牙俐齒起來：「每個人都有祕密，關鍵是看結果，結果就是我完美扮演了你的替身任務，還順手替你除掉了你的對手，在你坑了我和我的主人的情況下。現在你願意與我主人合作，我的主人遇到了危險，我和你的目的一樣，就是去幫助他，至於幫助的過程如何，我身上的祕密，重要嗎？」

花間風臉上氣笑了：「好吧，你說服我了——說實在話我現在還擔心我哪天聯上天網就會被變成白痴，我們還是坦誠一點的好。我替你保守祕密，不再追根究柢，也希望你在涉及到我以及花間家族的時候，稍微考慮我的利益，煩請高抬貴手。我是不是應該高興至少我們目前的利益和目的是一致的？以及現在，請問有什麼我可以幫你的？」花間風覺得很悶，卻又還是一字一字從牙齒縫中擠出了這句話。

邵鈞道：「我之前說過了，柯夏的現狀。」

花間風沒好氣：「他甚至沒有參加新兵營，就被一紙緊急徵召令直接調去了歐米伽星系的三九九礦星。那個礦星主要生產鈷玻礦，一種沒什麼大用處卻有放射性的礦產，只供應極少數的軍工產業。其實那個礦星基本也已經快被挖空了。那個礦星原本應該有一名駐守軍官和兩名士兵駐紮，為了騰出位子，那名軍官已經得到了晉升，去了別的地方，改由夏柯少尉任職；兩名士兵，一名剛剛到了退役年限，離開了，另外一名據說生病告假，看起來不會回去了。也就是說現在那個礦星目前只有柯夏一個少尉在，其他全是挖礦機器人和各種挖礦機械，每半年會有飛船過去將礦運走。那邊極為偏遠荒涼，大部分航道都不會經過，過去一次要耗費太多能源，甚至根本不划算，我毫不懷疑很快那顆礦星就不會再有人去，但是駐紮是一定要有的，畢竟算是聯盟的占領星嘛。」

「直接逃走太不現實了。被全聯盟通緝的逃兵，不會再有任何機會。我本來想建議他也報病，但是想到目前正是元帥氣頭上，新兵營歷來是軍官們結交的好機會，他甚至這個機會都不給他，直接派了親衛將他放逐去礦星。就算真的生病，可能也會讓人說是假病，報假病是以逃兵論處的，逃兵罪是流放到荒星挖礦做苦役，結局是一樣的，還沒有機器人。因此還是建議再忍忍，再慢慢尋找機會，我們可以盡力改善他的居住條件。」

不過幾句話，就說出了柯夏的現狀，元帥就是要將他摁死在那快要廢棄的荒涼礦星上，一個機甲天才，從此被遺忘。

邵鈞沉默了許久，才道：「我希望你能安排個太空船，送我和一些東西過去。」

花間風答應得很乾脆：「沒問題，時間地點定好告訴我。」

他又凝視了一會兒邵鈞，忽然道：「我為我剛才的無禮道歉——我以為你冒用我的身分惹上了奧涅金家族，那個家族真的不好招惹，對不起。」之前的無能狂怒退去後，冷靜和理智重新恢復，之前對邵鈞的好感重新占了上風，他忽然有些羞愧。

邵鈞道：「沒關係，我真的是無意。沒想到他直接叫了你的名字，花間家族是被所有老牌家族都忌憚的吧？」

花間風嘲諷地笑了下：「是的，生活在陰溝裡的老鼠，而我們為了自保不得不繼續從事這見不得光的行業。」

螢幕關閉前，他忽然對邵鈞道：「杜因，你——有感情，是嗎？」

他沒有等邵鈞回答，自說自話：「我會替你保守祕密的，你可以信任我。」

通話掛斷了。

大型寵物養殖屋，大型花卉溫室，壓縮乾糧，製水、淨水循環系統，水培系統，防輻射防風外牆材料，醫療急救藥品、治療儀、大型治療艙，各式各樣的種子，內衣內褲襪子上百套，以及壓縮能源，各種工具——艾斯丁專門在城堡裡弄了個倉庫給邵鈞存放這些東西，而且十分一擲千金，甚至問都不問邵鈞的意見，彷彿是在打遊戲一般。

這期間阿納托利沒有再找邵鈞吃飯過，卻任由伊蓮娜去找丹尼爾和艾斯丁玩，雖然總有一群管家保鏢跟著，但仍然顯得十分放心。

轉眼就到了遊輪拍賣的重頭壓軸戲了，邵鈞雖然沒什麼興趣，抱著開開眼界的想法還是帶著艾斯丁貓和丹尼爾花上了遊輪。豪華、闊氣、華麗，就是邵鈞唯一的想法。阿納托利顯然是個推崇華麗奢靡風，偏偏又實在很有品味的大佬，於是整個遊輪都充滿了一種華麗又不喧嘩，奢美又不鋪張的感覺，美得只讓人舒服。

邵鈞住進了很好的房間——與阿納托利家主同一層，他毫不懷疑這是就近監視的意思，誰知道這個花間族的族長會不會在最後一天作怪呢？

拍賣會現場的確非常高潮迭起，都是違禁品——可以大幅度提升精神力但會反噬的禁藥；應該是通過非法手段獲取的名畫，珍貴的首飾；以及武器，是的，可以加裝在機甲或者裝甲車之類上的武器，都是那種可以直接暗殺人的。這些都還不是最讓人吃驚的，最讓人吃驚的是複製人——不，嚴格的說是複製寵物。

因為他們雖然有著人的外表，卻糅合了別的動物基因，比如——人魚，人蛇，人馬，貓人，兔人，鳥人。

他們往往都有著漂亮而秀麗的外表，經過挑選的外貌，然後加上了動物的身軀最可愛的部位，比如魚尾，蛇身，貓耳，鳥翅等等，再點綴上美麗的寶石項鍊，站在臺上的時候展示的時候彷彿一件精美的玩物。

「這是帝國那邊實驗室做出來的複製人。他們沒有思想，壽命很短，很快就會死去，被貴族們當成寵物豢養，甚至還在宴會時拿出來比賽逗樂，聯盟這邊是嚴令禁止的，但是也還是有人偷偷買了私下養著玩，玩膩了就殺掉。」艾斯丁顯然有些厭惡，輕聲和邵鈞解釋。

邵鈞嚴重感覺到了不適，他終於理解羅丹當時為什麼不願意將機甲神經元套裝技術公開，人類真的可以沒有下限。他沒辦法再看下去，便起身離開了觀看的包廂，到甲板上透氣。

深冬的大海遠處有結冰的冰山，甲板上人很少，應該都在拍賣場裡看熱鬧。畢竟這遊輪拍賣是要在之前的拍賣專場中消費了一定數額的錢以後，再支付一定的抵押金才能參加，因此不會有人捨得浪費這昂貴的入場機會。

邵鈞站著看了一陣子風景，忽然肩膀被一股大力惡狠狠地一推，他一怔，沒反應過來，身體已經被一隻手死死地按在了牆上，隨之一個聲音傳來：「那迦！」

認錯人？邵鈞心念數變，到底忍住了沒反抗，一個男子俯身盯著他，目不轉睛，濃濃的壓迫感和威脅：「你沒死？」

眼前的男子眉目深邃，金髮碧眼，死死盯著他的眼睛裡充滿了驚訝、不可置信以及激憤。邵鈞已經想到了和自己一模一樣的花間風，顯然，他又替花間風背鍋了。他明智地閉上了嘴巴一言不發，然而眼前的男子卻被他的沉默給激怒了，壓著他忽然低頭狠狠地吻住了他。

邵鈞手上使了力，狠狠地將對方推開，但那男子臉上的神情，委屈、驚訝、悲憤還是讓他閉了嘴，他只好道：「對不起，你認錯人了。」

金髮男子道：「只要一眼，我就能認出你的背影，你說我認錯人？」

可是你就是認錯人了啊，心裡吐嘈的邵鈞什麼話都沒說，轉頭就要走，卻被他拉住了手臂：「別走！」

邵鈞轉頭，臉上冷肅了下來：「這位先生，我說你認錯人了！」

金髮男子臉上露出了一絲驚疑，顯然邵鈞的神色和從前他所認識的那伽氣質不大相似，然而他身後的幾個護衛卻都圍了上來，一個護衛道：「少爺，在這甲板上不好驚動別人。」

男子深呼吸了下道：「先把他帶到我房裡。」

幾個護衛訓練有素上前抓肩抓手，捂嘴的捂嘴，看來在擄人上十分訓練有素，可惜打遍地下俱樂部的邵鈞可沒這麼簡單，他非常嫻熟地抬起手臂狠狠給了後邊要來抓住他的人一個肘擊，再順勢抓住另外一個保鏢的手臂輕而易舉來了個過肩摔，抬腿一腳踹到了另外一個保鏢的肚子，對方立刻噴出了血來。不過幾個呼吸間，幾個保鏢全都被他放倒在地呻吟著，這一連串動作猶如行雲流水，乾脆俐落又充滿了力度，邵鈞站在幾個躺倒在地的保鏢中間，冷冷看著那男子。

那男子卻只是怔怔道：「那伽，原來你的身手這麼好。」

邵鈞簡直壓抑不住自己內心的狂怒，卻有人說話，聲音猶如上好的提琴：「費藍子爵，我記得上船之前，我的管家們，應該都給每位貴賓解釋過規矩，真遺憾您沒有遵守規矩。」

費藍子爵轉過頭，看著阿納托利站在那兒，身後一群黑衣管家，他臉色有些灰敗：「是我的問題，奧涅金伯爵，向您致以誠懇歉意。」

阿納托利彬彬有禮：「對不起就不必了，我已經吩咐人準備好船，另外也安排了醫生以及醫療艙，儘快為您的隨從醫治，然後就會送子爵和隨從們離開，三年內不允許再參加拍賣月。很遺憾，您這次拍賣的物品，已經拍賣掉的我們即刻與您結算，沒有拍賣的，原樣奉還，退回押金，感謝您的參與。」

費藍子爵深深看了邵鈞一眼，什麼都沒說，轉頭走了，幾個保鏢起身，在奧涅金伯爵帶來的管家們的扶持下，都下去了。

阿納托利轉過頭對邵鈞笑了下：「風先生身手真是一流——實在對不起，我本該提醒風先生，今天來參加的貴賓，有很多帝國的貴族，風先生應該要小心些才好。」

邵鈞毫不懷疑阿納托利那蜂蜜一樣的眼睛裡，含著的根本全是幸災樂禍的笑容，沒好氣道：「多謝伯爵的好心提醒和解圍，我先回去了。」

阿納托利笑了起來，仍然靠近他。他的身材實在高大，靠近邵鈞後，邵鈞感覺到了壓迫感，阿納托利卻還在笑：「我從來沒有見過將精神力斂得如此好的人，面不改色地格鬥後，仍然氣息不亂，精神力甚至完全不曾爆發，花間家族果然祕術一流，我真的很想和風先生切磋一二，不知道風先生可能給我這個機會？」

邵鈞轉頭道：「不了，謝謝。」他頭也不回的走了。

只有阿納托利站在原地，忽然伸手摸了摸自己的唇，問身旁的管家：「你說，是不是我和剛才的費藍子爵一樣，強吻他一次，就能得到和他切磋的機會了？」

那管家微微鞠躬：「族長，花間一族盛名在外，您還是不要小覷，焉知這不是引誘你的另外一種欲擒故縱？而且據我觀察，您不是他的對手，他的速度和力量，都不是常人能達到的。費藍子爵身邊那幾個保鏢都不是普通人，被他如此輕易放倒，絕不是因為他們太弱，實在是這位花間族的家主太強了，真是鬼神一樣的格鬥水準。」

阿納托利皺起了眉頭：「這麼多天了我一直在等他施展手段，今天已經是最後一天了。」竟然意猶未盡帶著遺憾：「我承認，我真的對他的興趣越來越大了。」

管家輕輕咳嗽了聲：「族長，保持理智。」

阿納托利道：「我真的想知道他的目的，他這些天拍賣的東西雜亂無章，什麼都有，和伊蓮娜的交往也非常正常。那兩個機器寵物雖然昂貴，卻也都能買到，實在猜不到他的目的。」

管家道：「也許都是在掩人耳目呢，這麼特別精心的寵物，很顯然就是為了接近大小姐的啊，我倒覺得族長您是真的被他吸引了，這不正說明他手段高明嗎？還請族長保持理智，說不準是放長線釣大魚呢。」

阿納托利看著遠處深藍色的海面，微微有些感慨：「明知道他是一朵淬滿毒汁的花，卻仍然讓人控制不住地想要接近他，你看到剛才費藍子爵沒？很明顯已經為他瘋狂了。」

管家附和：「是啊，所以我們還是要保持警惕。」

絲毫不知道自己又坑了花間風一把的邵鈞回到了拍賣包廂，艾斯丁和丹尼爾還在那裡竊竊私語，不知道在咕噥什麼。

邵鈞看下去，臺上，拍賣師正在介紹一個武器的參數：「薔薇之歌，帝國著名冶煉大師方青子名作，祕銀鍛造，經過幾千萬次人工鍛打燒製，劍身呈現出迷人的碧藍色，鋒利迷人。這是已故帝國柯榮親王的佩劍，非常有收藏價值。」

「當然，也有人認為這柄劍的主人死得不甘，因此可能會帶著不祥與怨氣，不過兵器，原本就是不祥之器，也有人認為此劍正因如此才能驅凶鎮邪，請各位貴客自行判斷。」

臺上的展示台裡，正全方位展示著一柄劍身銀藍的長劍。

邵鈞坐直起來，旁邊艾斯丁看過來：「你想要？」

邵鈞道：「是。」它應該回到他的小主人手裡，這時候不需要和艾斯丁太過客氣，這次錯過，也許它就會落在某個收藏家的倉庫裡，和艾斯丁那一整庫的收藏品一樣，幾百年不見天日，柯夏再也見不到他父親的遺物。

艾斯丁笑了下：「價格不會太貴，畢竟冷兵器除了收藏裝飾價值，基本無用，你再等一會兒，我替你拍下來。」

果然沒多久，這柄劍只被加了幾次價，最後艾斯丁以並不高的價格拍了下來。

拍賣月結束了，回到古堡的邵鈞重新清點過自己這些日子購買的物品，與花間風預定了飛梭停靠的時間地點，和艾斯丁、丹尼爾告別後，沒有絲毫猶豫地登上了飛船，往茫茫宇宙中那顆不起眼的礦星駛去。

在可見度極差的沙塵暴中，柯夏從哨崗中走了出來，頭上戴著氧氣罩及防風面具，全身穿著笨重的防輻射及裝甲操作服，踏上老舊的地面行駛飛梭，在礦星表面開始進行日常巡防工作。

採礦點Ⅰ，採礦點Ⅱ，採礦點Ⅲ……巡防完三個主要採礦點，他回到駐紮營地營房內，在大門的除塵和將操作服頭上的頭盔打開，面無表情地打完卡，填寫巡防日誌、值班日誌、駐紮情況報表，在軍網上點了發送。

然後從堆積如山的儲物保鮮櫃中拿了一塊軍用壓縮乾糧，拆開後就著水啃了起來，這東西即使不放在保險櫃裡，也可以經過幾十年不變質，乾到驚人，口感又極差，從老舊的淨化器裡接出來的水也總是有一股奇怪的味道。

他面無表情地將那塊乾糧啃掉，腕上的通訊器亮起，是一條訊息：「夏，父親還在氣頭上，你還好嗎？等過了這段時間，我再和他說情，你多保重。」這封信應該是發於一個月前，但星球之間有著太過遙遠的距離，他收到的時候，已經隔了許久。

他將對方拖進了黑名單裡，繼續嚼著乾得不行的乾糧，卻忽然聽到警報響起：

「警告，有不明飛行物靠近，請注意。」

「警告，有不明飛行物靠近，請注意。」

「警告，有不明飛行物靠近，請注意。」

「您已進入聯盟第三九九號星球占領區，請即刻停止前進，關閉武器，表明身分，獲得允許後方可進入。」

「您已進入聯盟第三九九號星球占領區，請即刻停止前進，關閉武器，表明身分，獲得允許後方可進入。」

他一怔，軍方運輸飛船應該不會來這麼快，他按開對空監控器，一艘飛船顯示在監控器螢幕上，民用飛船，並非軍用。對方顯然也已收到了駐紮點的警告，停在了空中，發出了通訊信號。

他不知為何，他按開了通訊信號，螢幕那邊是他的○○七：「夏，是我。」

柯夏深深吸氣，心跳得很快，他按了下允許進入的按鈕：「您已獲得通行許可，請儘快於規定時間內停靠在指定座標，並於二十四小時內離開。」

他起身來將頭盔扣回，起身出去，腳步幾乎可以是輕快。

飛船停靠機坪後，無數的運載機器人將飛船上的東西一樣一樣地運了下來，柯夏靜靜看著他們運載下來，放到了運載飛梭上，最後下來的是邵鈞，然後飛船便飛走了，顯然非常熟悉規則，停留時間太長的話，他的巡防日誌就很難寫，短暫停留的話，可以說是民用飛船因故障請求暫時停靠。

他的〇〇七在這座星球帶著沙塵的風中向他走來，然後向他伸展開了雙臂：「是我，花間風送我來的，他還支援了不少物資——另外我還把天寶也帶過來了，原本是要等你正式任職後寄過去的，結果風先生說這裡就是你任職的地方了，乾脆一起寄過來了。」

柯夏忽然上前，不顧自己身上還穿著那些笨重的防輻射服和頭罩，上前緊緊抱住了他的機器人。

眼圈發熱，他應該落淚了，真丟人，好在眼前只有機器人，他所有人生最不堪的時候，都是眼前這個機器人在旁邊。

就當作花間風還是個靠譜的盟友吧，至少知道為他送〇〇七過來。

一群圓頭圓腦的基建機器人拿著工具喀嚓喀嚓，靠著軍營後山開闢了一塊平地，牢牢打入地底數百根牢固鋼釘作為地基，然後開始彷彿搭積木一樣地搭建建築物。幾個星時後，兩棟有著灰色金屬外牆的建築就並排修建了起來。後頭又修起了一長排像倉庫的圓拱頂溫室，接著，堆放在外邊的一個個方塊養殖箱以及各種嚴格包裝的貨物全都慢慢送了進去。

柯夏並沒有一直看著他的機器人修建建築，他下午同樣還有巡防任務，三個人的工作如今只有他一人在做，他不能給上級留下擅離職守的藉口。平日裡他胸中全是憤懣怨恨，這天他卻感覺到分外喜悅，效率也額外地高，很快就完成了工作，回到了他的機器人為他修建的堡壘中。

不錯，在這無人礦星上，他的機器人給他修建了一座堡壘，將風沙拒之門外。

在入門處專門有最先進的消除輻射房以及清洗浴室。他消除輻射吹走身上的沙塵，將身上所有裝置和衣物全扔進了特殊處理的清洗除輻射設備內，再進淋浴間裡痛痛快快洗了一個熱水澡，用的是他最喜歡的冷香浴液。自從被元帥派遣親衛隊將他押送到這裡來，他就沒有洗澡過，營地裡的所有東西都簡陋陳舊到令人髮指，僅僅能維持基本生活要求罷了，而與他交接的軍官已經在這裡耗費了十年，聽說有人來接替他，簡直樂得升天，簡單交接了一下工作就迫不及待地搭了元帥親衛隊的順風飛船，回聯盟家鄉去了。

洗乾淨的他裹著浴巾赤腳走出浴室，他的機器人和從前一般拿著最柔軟的家居衣等著他，替他更衣，小小的餐廳地板光潔如鏡一塵不染，空氣裡傳來他最喜歡的小羊排香味，還有番茄牛肉湯，檸檬黃油焗蝦，甚至還有一碟水晶葡萄。

他從來沒有這麼感覺到飢餓過，他伸出手讓〇〇七儘快替他穿好衣服，左手的手臂卻忽然被牢牢握住了，他轉頭去看他的機器人，有些奇怪。

邵鈞卻沉聲問他：「你受傷了？」

不過是一個多月時間沒有見面，柯夏就消瘦得讓人吃驚，然而在穿衣服的時候，他還敏感地發現了之前不曾有過的傷痕，左手手臂內側，雪白細膩的肌膚上，密密麻麻重重疊疊都是醜陋的割傷，傷口很深，甚至還觸目驚心地外翻著，似乎只是簡單做了噴霧治療止血，但很快又覆蓋上了新傷，又被粗糙的防護服摩擦過，紅腫醜陋。

柯夏低頭也看到了那些傷痕，臉上微微掠過一絲不自在：「沒什麼事，之前執行任務不小心割傷的，等一下治療就好。」

邵鈞一隻手握著他瘦得厲害的手臂，另外一隻手掌虛虛覆蓋在上頭，手心的治療儀浮現了出來，替他對著傷口照射治療光。

雖然很餓，柯夏還是忍住了，畢竟機器人那一副珍而重之的樣子，他很久沒有見到了。邵鈞的心卻在治療過程中不斷沉了下去，刀口是不同時間劃下的，裡深外淺，這是柯夏自己劃的。

自殘——一個詞在自己心裡跳了出來。

精神力高的人，如果有自殘的趨向，要及時進行心理輔導，否則就是走向毀滅，要麼毀滅自己，要麼毀滅別人。

從默氏病開始，柯夏就拒絕去見心理醫生，長年累月怨憤抑鬱的情緒累積下來，得不到宣洩，這次又遇上這樣的重大挫折……邵鈞默默地在傷口上噴了一層隔離藥膠，小心翼翼替他穿上了衣服，幸好這次帶來的衣物都是很柔軟的。

穿好衣服後他默默看著柯夏狼吞虎嚥，吃得一點也不斯文，自從他默氏病恢復後，他們經濟條件改善，他再也沒有吃過這樣的苦。他瘦得太厲害了，需要更多的營養和更好的休息。對於機甲戰士來說，正常食量其實非常大，邵鈞這次帶了一些保鮮的凍肉和食物過來，但應該持續不了多久，新鮮蔬菜問題不大，溫室裡大概兩個星期就能有新鮮蔬菜可以吃，但肉類——帶來的魚、雞、牛、羊、豬等等，都需要至少三個月的時間才能吃。

得好好打算才行，這座星球肯定沒有能吃的東西，畢竟有輻射的鈷玻礦在，是不是得看看周圍的其他小星球有沒有可能有適合人類吃的食物。

邵鈞在心裡默默打算著，看著柯夏吃完後，收拾好餐具，帶著他將小小的建築物參觀了一輪。主要介紹人造陽光房，健身房，洗手間以及臥室，然後帶他參觀了下溫室，水培蔬菜已經綠意瑩瑩長了不少，還有些豆芽之類的菜，柯夏倒是十分新奇，看了一輪，在一個角落停了下來，那兒居然放了一株白色薔薇，雖然很小，卻還是讓柯夏忍不住伸手去摸了摸那幼嫩脆弱的花瓣。

邵鈞道：「不一定養得活。」

柯夏嘆氣：「這些都很耗能源吧，花間風倒是破費了，只是不是長久之計。如果被一直壓在這裡的話，誰知道還要多少年，前一任在這裡待了十年，要不是來了我這個倒楣鬼，他可能還沒有機會換崗。」

邵鈞沒說什麼，他能感覺到柯夏那消沉的心態，但難能可貴的是，明明已經這樣了，他只要低個頭和元帥的女兒屈服，興許就能出去了，他卻仍然留在了這裡，雖然他絕口不提未來，至少他沒有為了一時的得失而放棄原則。

走出了溫室，邵鈞沒有再繼續帶他去看養殖屋，那裡都是活的畜生，他怕他有了感情，到時候捨不得吃。

回到臥室，舒適的床上，柯夏躺進去就幾乎舒服得要睡著了，邵鈞卻從床頭一側的抽屜中拿了一把佩劍出來：「夏，這是花間風在霍克公國冬季拍賣月上拍下來的佩劍——薔薇之歌。」

柯夏忽然坐直了起來，幾乎是奪過那柄劍，輕輕撫摸那從小就摩挲過的佩劍劍鞘上熟悉的薔薇花紋，他忽然身上微微發起抖來。

淚水一滴一滴地落了下來，他終於泣不成聲。

Chapter 112 一抹陽光

當晚柯夏是讓邵鈞和他一起睡的。

床很小，因為臥室也很小，畢竟這是用寵物養殖屋改造的，雖然柯夏不知道。沙塵暴打在強化玻璃窗上噠噠的響，原本老舊軍營裡的設施為了節約能源，只能勉強保溫，到了深夜冷徹骨髓，現在這個小房間設置先進，屋內溫暖如春，真如夢裡一般。柯夏深深縮進了邵鈞的懷裡，他喜歡被機器人擁抱的感覺，從前神經痛的時候，機器人一抱就抱他整夜，這是最讓他有安全感的姿勢。他的機器人恆溫的懷抱，恆定的心跳聲，雖然是假的，依稀讓他感覺到自己還是個什麼責任都不需要承擔的孩子，這讓他放鬆和安心。

第二天他起來的時候，房間裡的薔薇清香以及房間天窗的藍天以及從窗子裡射進來的陽光讓他一陣恍惚，過了一會兒他才辨認出那是高度模擬的一個方形陽光燈，製造出碧瑩瑩的藍天以及射進窗戶的陽光，這是設計給地下室以及長期在宇宙中飛行的人員使用的，用於緩解了許久不見陽光的人的抑鬱情緒。

機器人已經不在了，他已經許久沒有睡過頭了，軍校裡鐵一樣的紀律讓他養成了嚴格的生物時鐘。被發配到這座荒涼的無人礦星後，壓抑怨憤又讓他無法入眠，只能在深夜中一刀一刀切割自己的肌膚，為自己製造疼痛，提醒自己仍然痛苦地活著。

他擁抱著被子靠在柔軟的大枕頭上，雖然知道自己該起床去巡防了，但一個念頭控制著他的身體：興許自己在做夢，多賴床一會兒有什麼不好——自己自律了多久了？考山南中學，考入後為了保持名列前茅一直在苦學，人們只以為他是天才，不知道他付出了多少，後來生病了在床上荒廢了一年，為了考雪鷹軍校，為了趕上自己落下的進度，他又苦讀苦學了許久，復健期原本一般人可能需要一年到兩年，他卻只用了幾個月就恢復了身體，強行搭載機甲，考入雪鷹軍校後，他身體大病初癒，卻還是不得不咬牙趕上人們的進度。

這一切的努力和自律，換來的是今天的流放在荒星上吃土的可悲命運，只是因為他拒絕了一個權貴女兒的表白。

他出身於貴族，輪到他如今成為一個螻蟻，被人輕而易舉地摁死在這裡的時候，他居然也沒有十分感覺到憤怒和崩潰，這世界本就是弱肉強食，他太弱。只有他的機器人才永遠不計較他的弱小。

當然，只要他痛哭流涕去求元帥的女兒，他能回去。

但是那從小就長在帝國皇室血脈裡的傲氣，讓他絕不願意低下這個頭。

什麼巡防，管他去吧。

他懶洋洋地靠在靠枕上，放縱自己的偷懶，他甚至將腳抬高，架在了另外一個大枕頭上，放肆地動著他的十個腳指頭，一隻手垂到床底，任由它自動晃悠。

他甚至覺得這個時候，應該來一點音樂，然後他看到了床頭擺著他的豎琴，他的機器人還真是執著。他笑了聲，欠起身子，將那豎琴拎了過來，也沒有講究什麼儀態姿勢，就握在床上十分不優雅地晃著他的腳丫子，懶洋洋地撥起了弦。

一首什麼旋律都聽不太出的曲聲響了起來，他純粹就是在漫無目的地亂彈，彈了一會終於漸漸帶上了些輕快的小調。

邵鈞走進門，換掉外邊那些防護服，剛剛換上乾淨的家居服，就聽到柯夏在房間裡十分不正經地唱歌，聲音還不小，只是有些荒腔走板，顯然十分隨意：

「我曾經七次鄙夷自己的靈魂，

第一次，當它本可展翅高飛，卻不禁軟弱；

第二次，當它尚未瘸腿，卻先跛行；

第三次，在困難和容易之間，它選擇了容易；

第四次，它犯了錯，卻安慰自己人人皆會犯錯；

第五次，它因軟弱而隱忍，卻說耐性是種力量；

第六次，當它鄙夷醜惡的嘴臉時，卻不知那正是它的一張面具；

第七次，它哼唱讚美歌，卻以為那就是美德。」[2]

他扣好釦子，在門外看了他一眼，看到柯夏一頭金髮胡亂灑在大靠枕上，閉著眼睛正在亂彈琴，腳丫子抬高蹬在牆上，寬鬆的睡褲滑了下來，露出瘦骨伶仃的腳踝，白皙透明的腳背上瘦得看到青筋，他無聲地在心裡笑了下，卻又想起許多抑鬱症患者表面平靜甚至開朗活潑，對心裡的痛苦隻字不吐，實際上興許哪一天忽然就平靜地走向死亡。他們永遠站在懸崖邊上，你不知道哪一天他們會覺得生活一點意思都沒有，覺得不需要活了。

他沒有驚動亂彈琴的小主人，而是出來將早晨做了一半的早餐熱了下拿出來，香味漸漸飄了出來。

然後那琴聲戛然而止，柯夏光著腳，披著一頭金髮就出來了，滿足地看著桌上的早餐——一個熱騰騰的方形電鍋內，豐厚的汁水正在冒著泡泡，汁水裡頭是一些雜菜，切片蓮藕、菜心、香菜、大蒜、豆芽、番茄片、鮮嫩的肉片、切成兩半的白煮蛋、幾隻去頭大蝦，魚丸，配著火熱的電鍋豐盛食物，旁邊還配著冰鎮牛奶。

並不是從前那種由麵包和牛奶組成的普通早餐，但濃烈的食物香味和熱騰騰的食物賣相讓他食欲大動，坐下來就開始動手，一邊吃一邊問他的機器人：「你去哪裡了？」

---

2 出自紀伯倫《沙與沫》。

邵鈞道：「去替您巡防了，三個採礦點都巡過了，還模仿你之前的日誌寫了今天的日誌，也上傳提交了。」

柯夏怔了下：「你怎麼通過驗證的？」營地崗哨裡是需要生物驗證的。

邵鈞輕描淡寫：「我一直有您的生物資訊。」

柯夏總覺得哪裡不對，但懶惰讓他很乾脆地接受了這件事：「太好了，那以後我都可以賴床了。」

邵鈞替他盛了一碗燕麥粥：「慢慢吃，你太瘦了，體重不足，你現在的身體是操作不了機甲的。」

柯夏笑了下：「算了吧，操作一次不知道要用多少能源，現在真的捨不得了。」他已經完全放棄了他的皇家儀態，一邊吃一邊含糊道：「別以為花間風是免費做慈善，他不可能無限量供給一個廢物，這一切將來他都要從我身上連本帶利地收回，我們要儘快找出出路，否則這一批能源用完，我們就只能爛死在這裡了。這裡不能連上星網，只能用簡單的軍用通訊衛星傳訊息回去，還要幾個月才能收到，我們還是省著點用吧。」

邵鈞道：「是嗎？本來還想試試天寶的雙人駕駛功能的。而且我查過星圖，這附近還有好幾個小行星，有些生物似乎可供人類食用，很想去看看。」

柯夏聽到他的機器人提出要求，卻十分乾脆地答應了：「那就去看看，我帶你去。」他的機器人，連他的畢業演習都沒看過呢。

再說，他也很懷念在機甲上馳騁的感覺。

機器人卻很沒有情趣地道：「還是等你的體重達標再說吧，你現在瘦得像骷髏。」

柯夏埋頭苦吃：「好吧，你說得都對。」

邵鈞忽然想起一件事：「星網不能上，天網呢？」

柯夏道：「可能行吧，沒試過。理論上人是將精神力通過精神連接艙上傳至天網，但是可能太遠了，這裡沒有人。只有我的精神力的話，應該是很難聯結上其他人，要回去主腦那邊可能需要點時間。除非我的精神力真的很強很強，能夠和主腦聯上，等我有空試試吧。」

邵鈞觀察了他神態，他還記得上頭還有學生需要他講課嗎？講課其實真的對他是一個不錯的宣洩方式。

吃飽喝足，柯夏沒有聽機器人的勸阻，興致勃勃地去看邵鈞拿著飼料餵養動物，幾隻活潑可愛的小豬，一對小羊，一頭肉牛，一群毛茸茸的小雞小鴨，旁邊水池子裡還有好些魚苗。

他饒有興致看了一會兒，看著小鴨子在邵鈞手掌裡擦著軟黃色的軟喙，去啄食飼料，腳邊又圍著一群小雞仔鴨仔，旁邊豬欄裡的小豬更是開開心心地等邵鈞餵食，笑道：「牠們怎麼那麼喜歡你呀。」

邵鈞回答：「禽類幼崽會把剛出殼時遇到的第一個生物認為是自己的母親。」

柯夏道：「牠們知道你是養他們來吃的嗎？」

邵鈞無語，柯夏卻戲精上身發作：「你好狠心，機器人真是沒有心啊。」

邵鈞道：「難道你不吃？」

柯夏一本正經：「怎麼可能，我還要趕緊多吃點蛋白質……長夠體重陪你駕機甲去看星星呢。」

邵鈞不再理會他的無理取鬧，柯夏卻蹲下去用手捧著邵鈞的臉凝視著他的眼睛：「不心疼牠們，你只要心疼我一個乖寶寶就好了。」

邵鈞手裡戴著手套拿著飼料只能攤著手無語，小雞小鴨們唧唧地叫著，顯然對這個入侵者有些恐懼，柯夏笑瞇瞇道：「你沒有心，我有就行啦，〇〇七，我永遠對你好。」

邵鈞哭笑不得：「主人，永遠這個詞很久的。」

柯夏收緊了手臂，又擁抱了他的機器人一會兒，想起機器人的壽命說不定比他更長，一直是機器人在對自己好，反倒是自己沒什麼回報，當然機器人沒有心，不知道。

他鬆開手臂：「我去運動了，這樣才能早日能帶你去看星星。」

之後幾日果然柯夏認認真真地運動健身，進食，邵鈞仔細觀察後發現他確實沒有再自殘的舉動，一顆心才放了下來，可能那個真的只是他被元帥放逐後，一時的抑鬱自殘吧？

小小餐廳裡，桌上的碟子裡還留著幾片蘑菇殘骸，吃飽了的柯夏滿足地瞇著眼睛，懶洋洋地點開了星圖：「這附近大多都是沒有任何價值的小星球，貧瘠荒蕪，只有這顆星球，代號四一三星球，是難得的有氧氣的星球，只是星球本身太小，無法容納人類居住，加上星球表面百分之九十五都是水，只有一小塊一小塊的島嶼，上頭的土壤也很少，十分貧瘠，不足以種出養活人類的糧食，離我們的主星又太遙遠了，主要航線不路過這裡，躍遷過來需要太多能量，花大力氣開發都不划算，但是我們可以駕駛機甲過去看看。」

邵鈞收拾餐桌，將清理過的餐具扔到洗碗機，十分好奇道：「氧是生物體內重要的構成元素，有氧氣是不是就已經有生命了？」能吃嗎？好吃嗎？怎麼吃？這些字句再次在兢兢業業的機器人保母腦海裡冒了出來。

柯夏道：「大部分應該是水生物，沒有高級生命，沒有文明誕生。」

於是機器人的第一次星際旅遊目標就定下來了，不得不說對一個過去過來的靈魂來說，這樣的星際穿行還是非常讓土包子邵鈞非常期待。

登入他自己親手裝起來的天寶機甲內，柯夏一樣一樣地替他介紹：「這裡是中控駕駛台，這裡是駕駛員座位，上邊是神經元連結帶，天寶？來見見你的第二個主人杜因先生。」

「好的主人，你好杜因主人。」天寶說話了，聲音像個孩子又軟又可愛。

邵鈞沒想到柯夏會將自己認證為機甲的第二主人，訝異之餘還有些沒有回神過來，只是倉促回應：「你好天寶，以後多多關照。」

柯夏對邵鈞解釋：「它本來很聒噪，我不喜歡，要它沒事別說話。」

天寶有些委屈：「我只是比較愛熱鬧啦，主人，您要去哪裡玩了嗎？古雷先生可是說我跟著你，以後會打很多仗耶！」

柯夏冷酷道：「那你可真是慘了，大概你這輩子就沒有上戰場的命吧。」

天寶被主人的毒舌刺激得都要哭了，螢幕上委屈地出現了個撇嘴流淚的小臉。

柯夏不為所動，轉頭看邵鈞正在摸著旁邊的手動操作鍵盤，道：「那是手工操作鍵盤，按古雷的說法，是可以雙人操作這台機甲的。」他忽然想起了什麼道：「你可以用手動操作模式來操作機甲，我來教你吧！」

他將邵鈞按進了操作臺上，一個一個教他功能，他卻不知道在天寶沒裝上機甲系統時，這具機甲的測試，全是邵鈞用手動操作動起來的。他只是驚嘆機器人學習能力好快，很快就已經學會了所有的快速鍵方式，他很滿意：「不錯，將來等能源充足的時候，我們可以試試雙人操作機甲了！」

他滿意地坐回他的座位，閉上眼睛，座位四周的神經元連結帶延伸了出來，纏到了他穿著神經元服的身上，漆黑的巨人雙眸點亮，熟悉的那種充滿了力量的感覺回到了自己身上，巨人雙膝微微屈下，腳下忽然爆發出華麗的氣流，巨大的身體颼地一下轟然衝向了空中。

星空，我們來了。

神經元與天寶機甲高度連結，此刻，柯夏自己就彷彿是機甲一般，在高空中高速行駛，他整個人都激動得微微顫抖，全身毛孔炸開，深深呼吸著——太爽了，這種馳騁萬里逆風飛行的感覺讓他整個人彷彿靈魂都已經出竅，在茫茫宇宙中穿行，無垠壯麗宇宙中，他渺小如塵埃，卻又自由無疆，所有的星群都彷彿在伴奏，他靈巧穿梭在無數太空隕石中，彷彿在舞蹈。

邵鈞並沒有跟柯夏一樣的感覺，但真土包子的邵鈞也是第一次在宇宙中航行，還是搭乘超音速飛行的機甲，他所看到的景象，也已經極為震撼了他。

光忽然越來越強，外邊的景象忽然出現了折射，天寶警報：「準備躍遷，十秒後開始躍遷，請注意，九、八、七……一！」

巨大的震盪後，機甲躍遷到了一處宇宙空間，邵鈞轉頭看柯夏閉著眼睛，臉色蒼白，身體顫抖，他不由詢問天寶：「夏沒事吧？」

「主人一切資料正常，躍遷會對人類身體造成比較重的負擔，躍遷後會出現心跳加速、頭部眩暈、耳鳴、呼吸急促等副作用，慢慢會緩解，主人經過專業訓練，是完全可以勝任的！請杜因主人不必擔憂！」

「我沒事。」柯夏已經緩解了過來，安撫邵鈞：「馬上我們就到四一三星球了。」

他按下了飛船功能，將機甲變形為飛船，然後從駕駛座上下來，走到了指揮台前，指著星圖給邵鈞示意：「看到沒，那個藍色的小星球，就是我們的目的地，四一三星球。」

邵鈞凝視著那個小小的藍色的星球，那一剎那忽然有了強烈的思鄉之情，他的再也回不去的地球，已經失去的身體，以及無處安放的靈魂。

柯夏並不知道身旁機器人那一剎那的思緒萬千，只是介紹：「馬上就到了，做好降落準備就好，這個星球很小，大部分都是水，我們找一個小島停駐觀光就好了，這個星球的氧氣含量比主星略低點，但差別不大，表面溫度華氏七十度，重力環境是兩倍重力，也可以克服，基本可以不穿防護服在星球表面行走了，附近有一顆恆星，因此也有充足的光照。」

正說著機甲已經穿破雲層，開始降落，星球上天氣正好，四處都是藍汪汪的海面，很快天寶播報：「已定位到合適降落地點，座標五六・七九，是否降落？」

柯夏道：「是。」

飛船降落了。

這是一座算得上大的島，但機甲降落後也占了不小的位子，島上比較平坦，靠近海面邊上有著潔白的沙子。柯夏和邵鈞從機甲裡出來，看著廣袤的海面在陽光下閃著光，柯夏伸展雙臂笑了下：「還真不錯的度假時光。」他又抬頭觀察了下指著遠處另外一座小島道：「你看那邊有片小林子，下次我們帶個小飛艇來，過去就會方便點。那邊太小了，要是現在用機甲飛行過去怕破壞原始植被和生物。」

邵鈞卻道：「不用。」

柯夏沒反應過來：「什麼不用？」

邵鈞上前從背後抱住柯夏：「不用飛艇。」颼的一下背上雙翅展開，帶著他從海面上飛了過去。

柯夏先是訝異，然後飛起來時笑了起來：「我倒是忘了你有翅膀了。」

金色的巨大翅膀有力地拍打著，柯夏低下頭看著粼粼波光，機器人有力的臂膀擁著他，風拂面而來，這一刻他忽然想：反正都報不了仇了，永遠這樣也挺好的，不用想報仇的事，雖然下一刻他立刻被自己的怯弱感覺到了羞愧，但許多年後，他發現唯有在這座小星球上，與他的機器人相依為命又距離復仇最遙不可及的這段短暫時光，是他這輩子最輕鬆最值得追憶的時光。

飛到了林子上空，他們落地了，林子並不深，稀疏得很，樹木葉片很少，島上依然很小，不過十來分鐘他們就繞島一周差不多就走完了這座小島。轉到一片沙灘岩灘上時候，柯夏忽然發出了驚嘆聲，邵鈞低頭看，只見大塊大塊被海浪沖刷得圓滑的岩石中間，有著密密麻麻的一片五顏六色的鵝卵石，拾起來看，每一顆光滑的卵形石頭有著磨砂的半透明外皮，照著光看中間蘊含著五顏六色濃豔的糖塊，每一粒都彷彿冰瑪瑙一般。柯夏拿了幾塊鵝卵石在手裡把玩，笑了起來：「真是彷彿發現了寶藏一般呢。」

邵鈞卻在檢查放射性和成分，確定沒有放射性後才道：「二氧化矽，玉髓類礦物，類似瑪瑙的成分，也算得上是便宜的寶石了。」

柯夏卻倒下，躺在了乾爽的沙灘上，仰起頭閉上眼睛：「好舒服呀。」

機器人在他旁邊坐了下來，他閉著眼睛聽著海浪聲，放空大腦，放鬆過了一會意識朦朦朧朧居然睡著了。

等他酣然一夢醒來的時候，機器人仍然坐在他身旁，但顯然已經在他睡著時出去轉了一圈，還收穫不菲。一個大手提箱內，裡頭分門別類地一個個透明儲物箱，有著各種各樣的生物，有的是白白胖胖和蠶蟲一般的幼蟲，有的是水遊彷彿蝦一般的節支生物，有的是密密麻麻肥胖的螞蟻一類的小蟲子，有的是蜈蚣一般的多足生物，還有一些植物根莖、嫩葉之類的東西。

柯夏好奇：「你收集這些做什麼？」

邵鈞道：「拿回去分析下看看成分。」蟲子的蛋白質含量是牛肉的六倍。

柯夏並不知道自己將要面臨多麼可怕的食譜，而自己少年時候又曾經在不知情的情況下吃過什麼東西，一無所知的他對機器人道：「時間也不早了，我們回去礦星吧。」

機器人沒有異議，兩人回到了機甲，重新發動了機甲，不多時重新進入了躍遷。

然而這次躍遷卻出了問題。

他們落在了一處星空內，天寶警報正在狂閃：「發現躍遷捕手！發現躍遷捕手！高度懷疑遇襲！高度懷疑遇襲！前方不明飛船！前方不明飛船！監測到紅色幽靈旗！是星盜！是星盜！是星盜！請主人立刻切換到戰鬥模式！」

邵鈞不明所以，轉頭卻看到在座位上剛剛從躍遷副作用中穩定下來的柯夏露出了一個邪惡的笑容：「星盜啊……真是……再好不過了……」

紅色幽靈旗下的星盜船艦上的星盜們正在歡呼：「又逮到了一個肥羊！看這塗裝！不便宜！」

無數根結實的祕銀鉤鎖已經彈射勾上了天寶機甲飛船上，將那艘看起來什麼標誌都沒有的飛船往星盜飛船上拉著，那漆黑的飛船彷彿什麼舉動都沒有，只是默默地被牽拉著。

這和平時看到的被捕捉的民用飛船有些不一樣。有些飛船會展露武器，但結果什麼用都沒有，有的飛船會打出燈語旗語，期待對話，以為可以通過上繳一部分的贖金保命，也有的飛船會不斷的彈射逃生艙——畢竟，紅色幽靈是一支惡名昭彰的星盜組織，他們從不留活口，但是每次許多民間飛船遇到他們，還是會心存僥倖。

這一支飛船其實是紅色幽靈組織裡不太得意的一支小隊，憑著每個月上繳不菲的能源及其他物資，他們才能夠得以掛上紅色幽靈這面令所有人聞風喪膽的旗幟。他們已經許久沒有生意了。星盜行業也是競爭非常激烈的，主要航道早就已經被有實力的頭目們占據，他們只能暗暗地在這不起眼的躍遷點附近守候，等一些倒楣的民間飛船過，雖然收穫都不怎麼樣，大部分都是一些公司的礦船，還是不怎麼貴重的礦船，但一貫都猶如待宰羔羊，一擊則潰。

星盜們已經在嘻嘻哈哈地議論著：「是嚇呆了嗎？」

「看上去很新，估計是第一次航空，沒經驗。」

「新嗎？那一定有很多好東西吧，會有武器嗎？不過有武器就不會這樣一點防護都沒有了。」

「至少能源肯定是夠的。」

但是今天這一支飛船，有點奇怪。

站在飛船寬大艦窗前的頭目凝視著那漸漸靠近的漆黑飛船，總覺得哪裡不對，長久以來只找最弱的民用飛船下手的他們已經養成了妄自尊大，不可一世的狂妄和習慣性的輕視，然而在看著那個安靜宇宙中沉沉向他們靠近過來的飛船，曾經在戰鬥中長久混跡培養出來的警覺忽然讓他感覺到一種不祥的預感。

這距離——太近了，要進入離子炮射程了，他忽然毛骨悚然，叫了聲：「全員警戒！離子盾準備！」

旁邊嬉笑著的星盜伙伴還沒有反應過來，詫異看向他，這時候對面那安靜馴服如黑色羔羊的飛船動了，在安靜的宇宙空間中，他們只看到那個飛船前艦端忽然裂開，露出了胸口一排密密麻麻的飛彈發射器，胸口上端升起一個漆黑的機甲頭顱，雙眸發出了紅光，前端分別向左右側展開，將原本緊繃掛在機身的祕銀鏈輕輕掙斷，兩支機械臂悍然展開，左肩上加裝著機械盾臂，右肩則露出了猙獰的離子炮口。機甲的雙足也已經完全伸展了出來，雙腿上密密麻麻的助推發射器口森然排列著，在漆黑無垠的宇宙空間中散發著幽幽的寒光。

星盜頭目幾乎撕聲裂肺：「是機甲！！！！！！打開離子盾！準備躍遷！！！」

他雙目眼眶幾乎要裂開了，怎麼可能會在這麼偏遠的航道遇到機甲？怎麼可能？

他們這樣的飛船，頂不住機甲的攻擊，只能快逃！

機甲裡，天寶正在上躥下跳地尖叫：「紅色幽靈罪惡滔天！他們打劫不留活口！我們應該對他們施以正義的制裁！」

柯夏手一收，將右側的機械手臂向下擺了擺，一柄巨大的光劍被握在了機械手掌中，冷冷道：「閉嘴，你太聒噪了！放心，會讓你打過癮的，前提是別讓他們逃了！開啟干擾射線，防止他們躍遷！」

他眼睛一瞇，肩膀上離子炮開始蓄能：「他們開了離子盾了，不過沒關係，等我們直接轟破他們的盾！」

星盜飛船上已經忙亂成一團，有人在大喊：「被干擾了！躍遷失敗！」

「離子盾已經開啟，只是頭目，我們能源不夠開第二次了！躍遷失敗怎麼辦？」

「對方啟動了離子炮！這麼近射程，離子盾肯定會破！」

他們並沒有太多時間，對面離子炮蓄能完畢，一道雪亮的光向他們衝擊而來，離子盾彷彿紙做的一般，顫抖了下閃了閃，被擊破了。

頭目閉上了眼睛，知道全完了：「全體上戰鬥機，全速撤離，棄船！有命的基地再集合！」

砰！飛船劇烈震擊，所有人摔成一團，全都連滾帶爬地爬上了戰鬥機。

天寶大聲疾呼：「太棒了主人！再來一炮！就能全殲了對方了！」

柯夏冷冷地將離子炮收回：「蠢貨！你主人我現在窮得很！對面的飛船，我全要！」

天寶委屈得很，柯夏卻緊接著下命令：「準備飛彈精準狙擊！杜因！」

邵鈞一怔：「在。」

柯夏道：「去手動操作檯，用我剛才教你的方法，用導彈一個一個鎖定那些小蚊子！不要放走了他們！他們見到了天寶的樣子！」一旦這機甲的樣子被他們截獲發出去，被軍隊高層注意到，他會被安上什麼罪名就不知道了——下次，下次必須要偽裝下外型，柯夏百忙之中心裡想著。

他命令才下，只見對面飛船艙門打開，果然無數的戰機四射出來，飛快逃竄，已經完全沒有任何任何戀戰的想法，所有人面對著突如其來的戰爭武器，只有一個想法，逃！只要能保住命就好！什麼都不要了！只要儘快地逃！

可惜對面那猙獰武器卻絲毫沒有放過他們的想法，最誇張的是，除了胸中榴彈發射器不斷發射出的榴彈，機甲手上連環機槍的不斷發射外，在機甲的後腰，竟然還有導彈在全方位精準攻擊他們，一架一架地戰機在漆黑的宇宙中，彷彿被死神鐮刀精準收割，無聲綻放出一朵一朵的煙花，最終歸於沉寂。

飄著紅幽靈旗幟的星盜飛船，被俘獲了，巨大的機甲拉著飛船，重新將戰利品拉回了那滿是水的四一三小行星。

飛船上已經空無一人，只剩下一些機器人，很輕鬆就將他們重啟了，柯夏帶著邵鈞大致檢視了下戰利品內部：「有點窮，都是過時的裝備，你看這火箭筒，能源燃料罐、外置機械臂、空浮游機炮，都是淘汰的款了——幸好還有不少能源，又能多啟動幾次天寶了，啊，這戰鬥自行火炮，強襲裝甲摩托還行，有空教你用。」

他沒什麼時間細看，只是匆匆看了眼，就交代邵鈞：「能源我先帶走，保證到時候方便過來，你留在這裡，將飛船上的戰利品整理過，能用能吃能賣的都分類整理出來，我駕駛機甲先回礦星，不然巡防時間又要到了，過幾天我再過來，有事可以聯絡我。」

邵鈞欲言又止，柯夏笑了下：「我知道，你擔心我把你那些小豬小羊餵死吧？放心吧我沒那麼笨。」

邵鈞道：「不是，那些養殖屋裡都有自動餵養程式的，我是擔心你。」

柯夏拍了拍他的肩膀：「機甲只有我能駕駛回去，這飛船是我們珍貴的戰利品，你不用吃喝，留在這裡最合適，好好整理，放心吧，你沒來的時候我不也這麼過了？我現在有個思路，等我想清楚了，我們以後再多弄點能源，到時候在這星球和礦星建一個月躍遷門，過來就方便了。」

他沒說太多，匆匆上了機甲，變形為飛船模式，往太空駛去，只留下了邵鈞一個人站在島上，仍然有些擔憂這大少爺，他真的會照顧好自己嗎？

剛剛進行了第二次躍遷的柯夏，的確在座位上縮成了一團，整個人身體瑟瑟發抖，冷汗打溼了金髮，天寶飛行球在他身側旋轉著，十分著急：「主人，您怎麼了？要進治療艙嗎？我們的能源不太夠……要不要聯絡杜因主人？」

柯夏咬著牙道：「不用——這點疼，我還受得住，不要和杜因說……」他在四一三島上的時候就已經感覺到隱隱作疼，一直忍著沒說，強忍著進行第二次躍遷後，果然神經痛全面發作，他抖得彷彿秋天的落葉，怎麼這麼疼……

天寶詫異：「可是您的心率加快，血壓升高，我覺得你快要暈厥了，初步診斷是神經痛……」

柯夏狠狠道：「別吵了！讓我安靜一下子，比這更疼的我都受過！」

他將頭抵在了駕駛座上，喘息著，天寶已經什麼都不敢說，沉默而焦急地旋轉著，柯夏低聲道：「是精神力使用過度，我太久沒有戰鬥了，加上兩次躍遷對身體負擔過重，我的體能下滑得厲害，需要重新鍛煉了……別和杜因說。」雖然他什麼都不知道，可是他不希望這個一直為自己著想的機器人難過。

明明機器人沒有感情，他會覺得他難過，只是他自己感情的投射，但是，他一直對自己特別好，就不想讓他操心了。

柯夏深深吸氣，頂過又一波神經痛，喘息著解開了安全帶，斷開了所有神經元連接帶，他睜開雙眼，眼睛裡還有著劇烈疼痛後的淚意，但卻亮得可怕：「今天還是很開心的，非常有意義的一個日子——星盜們，你們的末日來了。」

他笑了起來：「自求多福吧。」

清點戰利品的確讓人心情愉快，邵鈞帶著星盜艦艇上的機器人們逐間將飛艇打掃一新，將物資收集清點，衣物被褥等統一扔去清洗烘乾後疊好，食物清點過重新統一放入飛船上的倉庫內，然後是武器、能量、工具等等。

列好清單後，他看了下飛船上艦長的房間裡，毫無疑問是最豪華的房間——各種奢侈的東西和名貴的擺設品，寶石等等，當然都便宜了他們，房間裡配備著天網聯接艙。

他想了下躺了進去，接入了天網。

他出現在了茫茫的宇宙中，四處什麼都沒有，果然和柯夏說的一樣——主腦在洛倫，這裡實在太遠了。

他閉上了眼睛按柯夏說的嘗試施展精神力，在心中默默呼喚艾斯丁。然後他肩膀就被人拍了拍，一個柔軟可愛的小娃娃又已經撲到了他的懷裡，他轉頭十分驚悚地看地到艾斯丁和懷裡的丹尼爾：「怎麼這麼快？」

艾斯丁笑了下：「知道你要過來陪你主人，這些天我就沿著這條航線在附近的行星發展了下天網。」

他環顧了下四周：「不過你們實在太遙遠了。」他伸出手掌按在了邵鈞額頭上，過了一會兒邵鈞腳下出現了實地，島嶼出現了，海洋出現了，整個星球被還原構建了出來，在這茫茫天網中。

邵鈞很不可思議，環顧了下島嶼旁邊的海面：「這就是——創世者的手段嗎？」

艾斯丁道：「當然，接下來是建設一座天網主城，就在這島嶼上吧？如果你願意的話，我還可以建一個連接洛倫主城主腦中央區的傳送門。」

邵鈞道：「暫時不用了。」他們目前太弱小，並不需要被別人發現。

艾斯丁又笑了，銀灰色的雙眸瞇了起來：「好吧。」他環顧了下湛藍色的海面，笑道：「這裡挺美，這座島嶼，就叫翡翠之心吧。」他踩了下地面，島嶼忽然擴大開來，四面長出了青翠的草叢和芳菲的草花，海風陣陣，丹尼爾彷彿看到變魔術一般，小小叫了一聲，跳了過去，他歪著頭問邵鈞：「你算是這裡的拓荒者，這裡的主城你來命名吧？你想要什麼樣子的主城？」

邵鈞一怔，看著周圍茫茫蔚藍海水，下意識道：「亞特蘭提斯。」

艾斯丁問：「亞特蘭提斯嗎？有什麼意義嗎？」

邵鈞喃喃道：「被洪水湮滅了的古文明古城，它是海神創建的城市，有著同心圓一樣結構，層層向外，當中心部位有風吹過時，外邊的建築也會發出共鳴一樣的琴聲。」他看過相關的紀錄片，也曾經對那神祕的古文明悠然神往。

艾斯丁側了側頭：「不錯的構想，我喜歡。」他伸出纖長的手指，閉上了眼睛：「那麼——讓我們來看看亞特蘭提斯。」

漂亮的藍色磨砂玻璃一般的晶瑩地面從他們腳底忽然生了出來，無限向外延伸，藍色的半透明牆從拔地而出，一座有著半透明藍色穹頂和冰藍色圓牆的城堡憑空拔起，然後一層一層猶如海中波紋一般向外擴展，生成了數層環繞著中心城堡的副建築，浮在海面上。

艾斯丁自言自語：「海神創建的城市嗎……」纖長的手指動了動，乳白色的光芒閃耀在整個星球上，半透明的藍牆上，出現了無數的雕飾，有美人魚抱著豎琴，有長著數對豐厚羽翅以及蛇一樣下身的海妖，有水邊的獨角獸，銀色的月亮，落在水裡的星星，紛紛裝點著冰藍色的牆面、柱子。

風吹過來的時候，隱隱約約的豎琴的聲音響起，海浪聲，海妖的歌聲，猶如潮汐一樣地一層層遞來。

遠處的海面上，銀白色的霧氣浮在海面上，潮汐一層一層溫柔地沖刷著城市。

艾斯丁溫柔的聲音響起：「還需要一些花，你喜歡什麼花呢？」

邵鈞已經被這晶瑩剔透的藍色主城群給震懾住了，他茫然道：「薔薇吧……白色的薔薇……」

艾斯丁手一拂，薔薇帶著刺的枝蔓蜿蜒瘋長，繞到了瑩白色的欄杆上，葉片層層萌生，花苞星星點點地冒了出來，雪白的薔薇很快綻放在了這座碧藍色主城的每一個角落。

邵鈞親眼見證了天網這樣一幢雄偉主城的拔起，喃喃道：「如果是真的，就好了。」

艾斯丁笑道：「沒什麼不可以的，類樹脂的輕型建築材料已經很成熟，正因為輕而堅固，所以更適合在水面上搭建浮水城，將建築圖紙輸入，就會替你拆分成不同的建築模組，灌漿成型後寄貨過來，再讓特定的機器人建造，很簡單就完工。」

邵鈞搖了搖頭，他知道艾斯丁和羅丹都有數量驚人的錢，錢對他們來說也已經和數字一般，但一座非必需品的城和之前的那些解決柯夏迫在眉睫生存問題的物資饋贈不一樣，他帶回羅丹的精神體不過是順手，也已經接受了珍貴的回饋報酬，不能再如此貪得無厭。

艾斯丁深深看了他一眼：「你總是在一些地方原則性很強，只是，現在我有一件事需要委託給你，這座城，是委託的報酬，我只有你可以信任。」

他看了眼正在薔薇花叢中奔跑的丹尼爾：「你應該猜到了，我希望你能替我照顧丹尼爾一段時間，我可能需要沉睡一段時間，這段時間比較長，可能是十年二十年，也可能——上百年。」

邵鈞微微有些驚悚地抬起頭來看向艾斯丁，艾斯丁臉上帶了些疲憊的微笑：「你很聰明，我也直說了，為了將丹尼爾的靈魂之火重新點燃，我花了太多的精神本源力，我需要休眠重新恢復，但是丹尼爾的靈魂之火還是太弱，我需要一個值得信任的人託付，只有同為精神體的你最合適，而你的人品也值得信賴，我相信你可以將丹尼爾帶得很好，日常生活中他會寄居在星輝花寵物機器人中，我已經和他說過，叫他少說話，你帶著他就好，主要是讓他在日常生活中慢慢溫養強壯他自己的精神力。」

他伸出手掌，一面星圖顯示在了虛空中，他伸出手指指點：「這裡遠離聯盟中央，但因為附近都是一些礦星，因此時不時還是會有一些比較弱的星盜會過來劫掠，黑吃黑誘殺吞掉他們，壯大自己，我相信你的主人一定也在打算這個。」他抬頭對著邵鈞有些抱歉的笑：「很對不起，我讀取了你的精神力和記憶。」

「柯夏如今最好的選擇是在這裡蟄伏，重新培養屬於他的勢力，否則他無法強大起來，因此我還是建議將四一三星球變成你們的基地，以此為基礎，漸漸變強，擁有自己的勢力。我相信柯夏應該也已經想到了這一點，他下一步應該會不斷的誘殺星盜，累積物資，吞併勢力，然後靜靜等待時機——一個能讓長劍出鞘的時機，一個能讓實力稱霸的亂世，你放心，這個時間不會非常漫長，因為帝國已經開始出現問題，而聯盟也只是表面統一，在聯盟和帝國簽訂和平公約後，聯盟內部利益分配的不均衡已經越來越明顯，衝突和分裂即將來臨，而短暫的和平之後，必然還有大亂，那時候才是他復仇崛起的時機。」

「所以你們應該也會迎來一段和平的時機，這也是我放心把丹尼爾託付給你的原因。」艾斯丁握緊手，星圖消失了。

邵鈞遲疑了一會才道：「怎麼才能讓你更快恢復？」

艾斯丁原本以為邵鈞會因為自己記憶被讀而感覺到生氣，沒想到邵鈞居然關心的是他，怔了怔有些釋然笑道：「精神力高的人使用天網越多，我的力量越強大，也會恢復得更快。」然而這幾年隨著生育率的下降，高精神力的人越來越少，換言之，如果沒有人再使用天網，他就會消散。所以這才是他從來不隨意在天網中動用非常手段的原因，誰會隨意將自己精神力聯結到一個可能會變成白痴的地方？羅丹終其一生，才讓人們接受信任天網，進入了天網。

邵鈞看了眼丹尼爾，心裡有些沉重，這一刻他忽然明白了艾斯丁出手懲治花間雨所承擔的風險，但他沒有說什麼，過了一會才鄭重道：「我會照顧好丹尼爾的。」

艾斯丁微微笑了下，銀灰色的長髮和眼睛都瞇了瞇，和天網初會邵鈞那時一樣，溫柔的海風中，他彷彿一個純善無垢的天使：「多謝你。」

「所有材料我都已經下單到工廠，分批發貨，每一批都是一個建築，並且也配套了建造機器人，你什麼都不需要操心。你可以先從最中央的建築開始，慢慢增加可以不會引起你主人的注意——當然，為了保證安全，我建議你和花間風商量，以花間財閥的名義，想辦法不動聲色將這個小星球私有化。這顆星球如今屬於烏蘭很小的一個國家，為了錢他們會同意簽訂無限期的租賃開發協定的，這邊太偏遠，這又是個荒星，並不需要調動太多資金，這對於間諜世家來說，應該很擅長。」

「這裡的主城大廳的王座後有個密室，我在裡頭設置了個隱祕的傳送門，可以回洛倫主城。」

丹尼爾手裡拿著個薔薇串成的花環跑了過來，艾斯丁伸手將他抱了起來，丹尼爾將花環套在了艾斯丁頭上，咯咯笑了起來，艾斯丁低頭輕輕親吻了下他的額頭，整個人溫柔又哀傷：「送給人一顆星星，然後在星星上建一座城，這實在是我見過最浪漫的事了。」

「珍惜每一天吧，因為人真的是很脆弱的一種生物。」

「至少到最後還能有回憶，哪怕只有一個人記得，那也是太過珍貴的禮物。」

他將丹尼爾抱給了邵鈞，丹尼爾懵懂的眼睛依賴地看著他，艾斯丁溫柔道：「丹尼爾，你和鈞去玩一段時間，我有很重要的事情去做，等完成了就回來接你。」

丹尼爾很乖地點了點頭，艾斯丁伸手順了順他的捲曲的短髮，手指忽然就此消散，變成了數片薔薇花瓣，隨後是整個人都消散成為雪白的花瓣，隨風四面飄揚而去。

只有風中還傳來他輕輕低聲吟唱：

「雖然枝條很多，根卻只有一條；
穿過我青春的所有說謊的日子
我在陽光下抖掉我的枝葉和花朵；
現在我可以枯萎而進入真理。」[3]

3 出自《葉慈詩選》。

Chapter 116 未來可期

回到現實的邵鈞有些傷感，走出了飛船外。這是深夜，四面灰藍色的海空曠無人，海風荒蕪地吹著，天地間只有自己一人，那些巍峨的冰藍色廊柱，巨大的藍玻璃一樣的穹頂，雪白芬芳的薔薇花瓣和空靈遙遠的豎琴聲，只存在於天網中。

那是一個不存在的幻境，可是自己可以建出來，這一刻他陡然生了一絲野心出來，他確實想要親手在這荒星上，修建出一座城。艾斯丁看穿了他的心，他設下了一個陷阱，他讓他親眼看到了可能性，於是再也不能甘於平淡在這茫茫荒星上。

作為一個機器人，他不知疲倦，這一夜他振起雙翼，在這座荒星上翱翔了許久，享受著不需要遮掩的時刻，猶如一個國王，巡視著他的領地，每一處島嶼，每一處暗礁，將來應該建成什麼模樣，他默默在心裡想像，他感受到了胸中許久沒有的豪情澎湃，一整座星球，是他可以放開手腳開創的，一座海神一般的主城，將是他建設起來的，他本來只是一個不知名的過去幽魂，如今卻可以在這個時代，銘刻下自己來過的痕跡。

柯夏在幾天後才過來，他花了好幾天才恢復了身體，但並不會讓機器人看出來，他滿意地看著星盜的飛船裡被打掃擦洗得一塵不染，所有的東西都歸置得整整齊齊：「滿好的，我教你開飛船，下一次就由你來開飛船做誘餌，我在後頭修理他們——只不過我們需要把天寶好好偽裝一下，可惜天寶本來是有擬態功能的，只是如今的能源不足。」

柯夏想了下，轉頭又看了眼邵鈞一眼，若有所思道：「像花間風一樣，用過於引人注目的花紋來掩蓋機甲本身的特徵是個不錯的主意，讓我再想想。」

邵鈞道：「前幾天的戰利品裡有飛船塗料。」

柯夏道：「那再好不過了，我們去看看。」

果然有許多塗料，想來不知道從哪裡劫掠來的，大部分都是藍色，柯夏道：「那就塗成藍色吧，武器也換一個才好，等我想想加裝個別的長柄武器，有空和花間風說一聲，叫他物色一些機甲武器後弄一個過來。」

邵鈞問：「為什麼要長柄武器？」

柯夏轉頭道：「當然是為了醒目啊，長柄武器足夠長，看著拉風，這樣人們就會忘記注意看機甲的其他地方了。」

邵鈞沒說什麼，柯夏轉頭帶著一絲希望問邵鈞：「你會噴塗機甲嗎？」

幸好他的萬能機器人回答：「會的。」這台機甲還是他親手噴塗的呢。

柯夏鬆了一口氣：「那就交給你吧，全漆成藍色就好。」

邵鈞應了聲，柯夏卻興致勃勃：「來，我教你開飛船，然後我就先開飛船回去礦星那邊，把機甲留在這裡等你噴塗好，那邊風沙太大，不好操作。」想到那些風沙，他忍不住吐嘈：「那座星球白天黑夜都在刮著風，風停下來的時間幾乎沒有，如果可以選擇，我必須將他命名為風暴星。」

邵鈞道：「那四一三呢？」

柯夏道：「呃——那個你來起個名字吧。」

邵鈞道：「翡翠星？」

柯夏環顧周圍碧瑩瑩的海水，點了點頭：「不錯，好吧。據說命名是一種能夠創造歸屬感的儀式，今天我們在翡翠星和風暴星都有了落腳的地方，聽起來很不錯。」

邵鈞卻含蓄提醒：「風暴星屬於聯盟軍方產業，不好處理，但翡翠星應該不是吧？那裡什麼都沒有產出，歸屬於聯盟的小國烏蘭，應該可以操作一下，變成永久租賃的產業吧？」

柯夏吃驚地看了眼邵鈞，忍不住笑道：「我的機器人真是個有遠大規畫和抱負的機器人呢，一顆星球！這可需要很多很多的錢。」

邵鈞道：「你需要據點來養精蓄銳，等待壯大，等候機會——這對花間風來說也是一筆值得的投資。」

柯夏陷入了沉思，不錯，機器人提醒得對，他需要一個完全屬於自己的基地，趁著這座星球還不起眼的時候想辦法不動聲色的操作到自己控制之下最好，先放花間財閥名下最合適。他點了點頭，上了飛船傳訊息給花間風。星盜果然花了大把錢在付費衛星通訊上，可惜如今便宜了柯夏，沒多久花間風連接上了：「你好，柯夏先生，你還好嗎？」

花間風一身漆黑燕尾禮服正裝，整個人顯得陰鬱又神祕，柯夏好奇：「這是什麼打扮？」

花間風看了眼站在柯夏身後裝得若無其事的邵鈞，冷哼了聲：「吸血鬼，我的新劇，大少爺氣色不錯？看來杜因將您照顧得很好，鈴蘭小姐問候您，說您如果需要錢可以隨時和她說，您這是在飛船裡？」

柯夏道：「哦，我要你想辦法將歐米伽星系的四一三星球據為己有，長租也可以，最好無限期，不行先弄個一百年也行，如果可以，三九九礦星最好也想辦法弄下來。」

花間風苦著臉：「大少爺，許久不見您倒是給我出了大難題啊，四一三是歸屬哪個國家？等我去查查，三九九可是聯盟軍產！我沒這麼大的本事，這個還是先別打草驚蛇了，您上頭還有人看著呢，我盡力。」

柯夏點了點頭，花間風問：「您還有什麼吩咐嗎？我還有戲，還有杜因先生？」他最後那句含著濃濃的嘲諷和怨氣，這位杜因先生給了自己多少難題，還替自己招惹了個大麻煩！這些天奧涅金伯爵彷彿貓戲弄老鼠一般地招惹他，每一天都提心吊膽的日子什麼時候能結束，都是拜眼前這面無表情的機器人所賜！

邵鈞道：「我有一些物資清單，稍後寄到您的郵箱，煩您置辦。」那些城堡基地建設物資以及寄託著羅丹靈魂的機器人，都得借花間風的飛船送過來。

花間風臉色僵硬：「好吧。」他是欠了他們的。

柯夏道：「要三分鐘了，費用要翻倍了！先掛了！」不由分說掛斷了通訊，邵鈞頗有些欣慰，真是窮人的孩子早當家。

飛船比機甲操作簡單多了，並沒有多久邵鈞就學會了，看了看時間，邵鈞便去弄了頓午餐來給柯夏吃完好回去。

飛船上的餐廳清洗過十分乾淨，柯夏看著桌上已經擺好的餐點：「這麼快，這是什麼？」

邵鈞道：「生醃茅蝦。」反正是海裡能吃沒有輻射的蝦，至於名字？誰在乎？

柯夏十分好奇看著在蒜碎、醬汁、胡椒粉以及鹽、檸檬汁等裡頭混著的晶瑩剔透的蝦肉：「這做法很新奇，是生的？」

邵鈞道：「嗯，很新鮮。」

柯夏拿起叉子來嚐了口，脆嫩清甜，味道確實不錯，滿意地點了點頭，又自己切開牛排吃了一口，注意到了上邊撒著的圓滾滾彷彿香料一樣卻有著酥脆噴香感覺的細小肉粒：「這上頭灑了什麼？」

邵鈞面不改色地看著那在鍋裡經過小火翻炒烘焙酥脆的螞蟻肚子道：「一種新的香料。」

柯夏點頭：「味道很不錯，讓牛排口感更豐富了。」他這幾天一個人住，真的比不上邵鈞的手藝，他讚嘆著將旁邊麵粉裹著的油炸肉塊扔進了嘴裡：「還是你的廚藝最好，這個是什麼，炸雞塊吧？」

邵鈞沒說話，好在柯夏已經被另外一道彷彿燻製的肉吸引了，十分香嫩可口，他忍不住又問邵鈞：「這是什麼肉？」

邵鈞一本正經：「燻烤家鹿。」這可是粵地名菜，就是家鹿的稱呼比較別出心裁，但是味道很不錯的。

柯夏狐疑：「怎麼和我以前吃過的鹿肉味道不太一樣，不過也挺好吃的。」他嘗了一口蘑菇湯，瞇起了雙眼：「真好喝啊，鮮美極了，杜因我愛你。」

邵鈞替他切開一張蛋餅，裡頭也蘊含著鮮香肉餡——一種蟲子的蛹油炸過後被巧妙地和進了雞蛋麵餅裡，烙成了金黃色，香噴噴的，營養豐富極了。

柯夏這一晚吃得很飽，感覺到了人生很充實，他懶洋洋躺在酒吧沙發椅上和洗碗的邵鈞閒聊：「有研究證明，人類不要在肚子餓的時候做決定，因為往往會因為肚子餓而做出不符合長遠利益的決定，只急著滿足短期需求。」

邵鈞道：「所以永遠不會餓的機器人決策比較準確？」

柯夏語塞，過了一會才笑道：「差點被你騙了。機器人不會做決定，那是主人做的決定。」

邵鈞道：「您真聰明。」

柯夏有些疑惑：「我怎麼覺得你在嘲諷我。」

邵鈞道：「您誤會了。」

柯夏將長腿擱到了扶手上：「我經常覺得你陰陽怪氣地在諷刺我，告訴我不是錯覺。」

邵鈞道：「一定是你的錯覺。」

柯夏笑得整個人都發抖起來：「哎杜因你真是太可愛了。」他躺在那裡，摸了摸上臂那已經淡了的刀疤，不知何時，他已經不需要再用尖銳的疼痛來鎮壓焦慮，也已經可以平心靜氣地接受現實，謀劃未來。

他默默凝視著正在收拾餐桌的邵鈞，這一切，都是因為機器人來到了他的身邊，所以他有了一個可以想像，可以規劃以及可以期盼的未來。

邵鈞花了三天重新噴塗天寶的外裝，整座機甲變成了深幽藍色的星空色，一簇薔薇花點綴在肩膀一側，柔軟的花瓣筆觸與凜然的離子炮形成了鮮明的對比。

柯夏十分滿意，雖然對那白薔薇有些疑問，卻也沒說什麼，至少夠醒目和特別，會遮蓋住其他的特徵，機器人一直覺得自己喜歡薔薇，一次一次執著而笨拙地用白薔薇來慰藉他，真是有點傻。

人是會變的，開滿白薔薇的王府早就回不去了，自己如今胸口滿是恨，已經沒有任何縫隙來安放喜歡或愛這種最沒有用的情緒，開滿雪白芬芳的白薔薇親王府，是自己想要回去卻再也回不去的地方，機器人這樣只會一次次提醒自己的創傷。

算了——自己不就喜歡機器人這種永遠忠誠不變的特質嗎？

塗裝完畢的天寶與剛剛學會駕駛飛船的邵鈞正式開始釣魚的事業。

然後顆粒無收，還倒貼進了不少能源。

這鬼地方，實在太偏遠了，氣餒的柯夏倒在了沙發上，之前那支倒楣的星盜真的是走投無路了才會來這麼偏遠的地方找飯吃，宏圖壯志折戟沉沙在起點，邵鈞心情倒還平靜，還安慰柯夏：「有句俗話『三年不開張，開張吃三年』，只要我們再碰到一次星盜，就賺回來了。」

柯夏狐疑：「為什麼你好像很熟悉打劫行業的樣子。」

邵鈞熟練回答：「星網上有很多星盜小說。」

柯夏佩服：「你真是個盡忠職守會找資料的好機器人。」

邵鈞謙虛：「主人過獎了。」

好在苦悶的日子裡，花間風的飛船到了，整整一飛船的冰藍色建築方塊讓柯夏吃了一驚：「這是什麼？」

邵鈞道：「我和風先生說需要在翡翠星這邊建個小房子，讓主人過來有地方休息。」

柯夏道：「這花了不少錢吧？」

邵鈞道：「不貴，這種建築材料很便宜的，主要是運費貴，反正風先生也要送東西過來給你，你看，你的機甲武器到了。」

柯夏看著那長長的三叉戟，疑問：「為什麼是三叉戟，你和花間風怎麼說的？」

邵鈞道：「這叫海神之戟，作戰中可以蓄能，蘊含極強大的高能粒子力量，可以摧毀小星球，裝在深藍色的機甲上，非常引人注目，像能夠摧山倒海的海神。」

將來你還會有一座城呢。

柯夏：「……」行吧，他覺得他的機器人腦洞極大是不是一種錯覺？但是細想他好像一直十分天真，時常嘗試灌輸雞湯給自己。說來也是，哪怕最卑劣的人類，也希望自己的機器人單純又忠誠，這也是機器人的天性吧。

邵鈞興致勃勃去拿了三叉戟去替他熟練地裝到天寶機甲上，換下了之前的光劍，柯夏再次懷疑人生：「為什麼你組裝起機甲來好像也很熟悉。」

邵鈞非常熟練地敷衍他的主人：「當然是為了主人去學習的。」

柯夏：「……」所以說機器人也可以擔任機甲整備師嗎？那些高薪聘請機甲整備師的是不是傻了？其實帝國那個皇家研究院製造機器人的水準已經逆天了吧？

換了機器後，他又躍遷回風暴星了，因為他的機器人要留在這裡建房子，他得回去繼續那萬惡的巡防，雖然他實在是感覺到抑鬱，他的新武器裝上了，躍躍欲試卻無用武之地。

所以在百無聊賴等待營業的日子裡，他每次過來，都看到他的機器人在指揮著建築機器人專心致志地搭房子，更誇張的是，他的機器人居然也會養小寵物了！一隻嬌小可愛的星輝花機器人寵物時常坐在他肩膀上，說話奶聲奶氣的，機器人說那是買東西贈送的贈品，可以用來解悶。機器人要解悶嗎？可是他也並不想再養一隻機器寵物，好在那寵物很知趣，每次看到他都飛快地躲起來，一聲不吭。

一幢有著數間房間的穹頂城堡建了起來，冰藍色的牆，瑩白的地面，上頭還有著美麗的雕刻花紋，海浪、獨角獸、海妖——完完全全像孩子玩的那種夢幻童話城堡，還是哄女孩子的那種。

機器人一定還把自己當成孩子哄呢！認識到這一點的柯夏小主人有些悶，但還是對機器人的辛苦表示了讚賞和肯定，他的機器人好像總能把什麼地方都變成一個舒適的居住地點，這是這種機器人的天賦嗎？柯夏忽然有些欣賞起設計這款機器人的帝國皇家研究院來。

能量不多了，柯夏終於也厭倦了這釣魚的日子，這日強行將沉迷於搭建建築的邵鈞抓上了機甲，要一同回暴風星去：「我吃膩這茅蝦了，你不想念你的小豬小羊小雞嗎？」

邵鈞面無表情地提示柯夏：「但是主人，這些日子你明明重了九磅，而且你每次都吃得很乾淨。」

柯夏臉上肌肉抽了抽，他腹部的馬甲線都快要看不到了！他的機器人不知道每天為了什麼給他，怎麼會體重增長如此快，豬飼料嗎？他譴責道：「我看出來了，這些城堡明明靠機器人就能建造起來的，你明明就是沉迷於蓋房子！你忘了你的本職工作嗎？你還記得你的主人我每天都在風暴星吃土嗎？」

邵鈞有些歉然，他真的挺喜歡建房子的。未來科技真是太發達了，蓋房子只需要搭積木一樣按照圖紙一個一個材料搭建上去，刷上強力黏合材料就行。難怪艾斯丁說材料很便宜，在這未來世界裡，搭房子真的很便宜，材料便宜，不需要人力，只是貴在土地和設計費上，他們這兩項都省了，他陡然有賺大了的感覺，畢竟他可是來自一個一輩子薪水都不一定買下一套房的世界！為此越發熱衷於搭建城堡，看著建築一天一天地拔高——確實有些疏忽了小柯夏，他安撫柯夏：「好吧，那回去我替你殺一頭豬，做紅燒肉吃。」

柯夏道：「紅燒肉是什麼？好吃嗎——我不是為了吃！我已經很胖了！我需要健身！」

邵鈞道：「好的，不過紅燒肉真的味道不錯。」

柯夏道：「我告訴你，我已經長大了，別把我當孩子哄。」

邵鈞點頭：「那是當然，我們柯夏已經長大了呢。」

柯夏：「……」更心塞了怎麼回事。

專心開機甲的柯夏不說話了，成年人不需要強調自己不是孩子，因為承擔的太多。而誰願意承擔起一切，遮擋風雨，即使在荒星上也搭起一座童話一樣的城堡呢，也不過是只有這個傻乎乎的機器人罷了，他只有這麼一個寵著自己的人了。

靜悄悄的機艙裡，機器人並不會為冷場而覺得尷尬，他去研究手動鍵盤了。

又要準備躍遷之時，天寶忽然發出了警報：「警報，警報，前方有不明艦隊，探測出有強烈爆炸和熱輻射，應該正出於交戰狀態。」

柯夏與邵鈞對視了一眼，和平時期，這裡應該不會有軍艦交戰，那麼，放棄營業的他們這一日居然碰見星盜了嗎？

柯夏精神一振，連忙驅動機甲往前繼續過去，遠遠看過去，幽深的宇宙中橫踞著兩支飛船，其中一支還是他們的老朋友，飄著紅幽靈星盜旗的大艦艇，而且這是一艘相當大的艦艇，和之前被他們殲滅的那窮酸樣截然不同，想來算是主力艦艇。他們正在和另外一支飛船在戰鬥，不斷有爆炸無聲地在真空中絢爛盛開，戰況十分激烈，雙方甚至還派出了機甲出戰，這和之前的窮酸樣可大不一樣。

柯夏低聲道：「不能貿然出戰，眼看是黑吃黑，我們最好是等他們決出勝負了，再決定如何行動——不過這是個難得地觀摩機甲實戰的好機會。」他敲了幾下鍵盤，大畫面出現了，一台通體雪白纖巧機身的機甲，卻被三台機甲在圍攻，但那台白機甲速度非常快，因此雖然被圍攻著，卻也憑著速度優勢忽上忽下地跳躍，衝刺，讓那三台機甲一時也還占不了上風。

這是極為難得的觀戰機會，連藏在邵鈞腹部的丹尼爾花都悄悄探出了花瓣，偷偷看著大螢幕上那纖毫畢現激烈非常的畫面。

這時一直安靜著的天寶忽然尖叫道：「是女王蜂！艾莎！救她們！夏主人！救她們！求求你了！古雷他們一定在飛船上！」

柯夏一怔，他剛才看著那台白機甲的戰鬥方式就覺得有些眼熟，如今仔細看來，果然那雪白機甲機身腰身極細，背上有幾對金屬翼如刀片一般的尖銳，手持一對細長的光刺，正像一隻雪白的女王蜂，在與高大的熊一般的機甲包圍圈中突進穿刺，機甲突進的身形和昔日在格鬥間中的那個雪白衣裙手持雙刺的女子重合在了一起。

天寶已經帶了哭音：「艾莎要撐不住了，不知道黑蠍子去哪裡了，夏，去救她們呀！」

柯夏沉聲道：「少囉嗦，知道了！」他閉上眼睛，催動機甲變為戰鬥人形模式，雙足冒出了閃耀人眼的光芒，龐大的機身瞬間向前突進，挾帶著雷電一般的浩大聲勢迫近了包圍圈。

柯夏伸出巨大合金機械手臂，長長的海神之戟出現在手裡，他感覺到了渾身的熱血都在燃燒沸騰，胸中戰意澎湃。

那就，來戰！

三台機甲早已發現了這台比一般機甲更龐大的深藍色機甲，兩台棄了女王蜂，一左一右逼了上來，寬大的機甲刃狠狠向機甲最脆弱的手臂連接處砍了下來。

柯夏冷笑一聲，手臂一振，悍然橫過三叉戟，砰！火花四射！三叉戟牢牢架住了兩柄機甲刀！

機甲艙內，他的臉籠罩在頭盔陰影內，只看到頸側薄而蒼白的肌膚下青筋驚心動魄地凸起，纏繞著機甲神經帶的雙手緊緊按著控制台，白皙的手背上爆出了青筋。無盡的宇宙星空裡，遙遠的恆星風無聲地吹了過來，長長的海神之戟尖銳的三叉刃上，幽藍色的高粒子電子流忽然爆發出了雪亮的光芒，凜然高大如神祇一般的機甲合金雙臂使力，狠狠一推！

兩台機甲居然被這台龐大機甲所爆發出來的力量推得往後退了數個身位！還沒有等他們反應過來，海神之戟挾著雷電萬鈞之勢橫掃了過去，宇宙真空中聽不到聲音，海神之戟摧枯拉朽，堅硬的合金機甲部位碎裂為星塵，不過一個照面，一個機甲右腿碎裂成千萬碎片，一個機甲手臂已爆裂成塵，那是怎樣一股的力量！

邵鈞看著這難得一見的震撼場面，驚心動魄之餘心裡卻有一絲疑問，為什麼對方不躲？太慢了吧？他卻不知道操作機甲是有延時的，精神力越高同步越快。柯夏的精神力遠高於常人，自然也就顯得即便駕馭這麼龐大的機甲仍然靈敏快捷，對方操作相應之下就顯得應對緩慢遲鈍許多。

柯夏卻已在喝令他：「杜因！準備離子炮，瞄準那具女王蜂對戰的機甲，等候開炮命令！」

天寶大驚失色：「離子炮傷害範圍太大，會波及艾莎的！」

柯夏森然道：「聽我命令！」

邵鈞已坐到了手動操作座位上，雙手在鍵盤上飛快移動形成了一道殘影，天寶機甲上的離子炮已經開始儲充能源，並且迅速鎖定了正在與女王蜂對戰的那台機甲，與此同時，雙腿雙臂上的榴彈甲窗也打開，緩緩伸出了密密麻麻的彈頭來。

即便做了這一系列堪稱複雜的動作，龐大的機甲以一搏二的搏鬥身形卻並未有絲毫滯留，揮動海神之戟當空劈下！距離太近，那兩台機甲無法施展離子炮，只能勉強揮動手裡的機甲刃，卻也懾於那海神之戟的威力，完全不敢正面迎擊，只能拼命催動防護盾，但天寶雙足上的榴彈卻紛紛發射，鮮紅的榴彈頭帶著長長的白煙，近距離攻擊，準確而密集地命中和削弱著那兩台殘缺的機甲外層的防護盾——顯然撐不了多久了。

而最遠處的那台機甲自從被離子炮鎖定後，就一直瘋狂地想要逃離離子炮射程，但卻被女王蜂死死纏鬥住。

位於紅幽靈星盜旗艦上的首領面沉似水，他旁邊的星盜在通訊頻道喘著氣道：「二首領！怎麼回事！第一次看到這麼龐大的機甲！那得多費能源？還有他的駕駛員怎麼能夠近身搏鬥的同時操控離子炮蓄能瞄準和榴彈多重發射？」

二首領冷冷道：「是難得一見的雙人操控機甲，上一次遇見雙人操控機甲，還是聯盟軍方第二軍團的那一對雙胞胎操縱的雙子戰神。」

星盜們臉色都變了，二首領道：「準備車輪戰吧，這麼龐大的機甲，耗費的能源一定非常驚人，他不擅長久戰，我們爭取想法子截下這台機甲。可惜今天沒想到會遇到這麼難纏的對手，沒能多帶點機甲，這雙人機甲，兄弟、姐妹、或者感情好的夫妻用是最好不過的……」他話還沒說完，卻忽然看到那龐大的機甲忽然回身轉向他，已經準備好的離子炮口，對準了旗艦！

轟！

雪亮到幾乎能灼傷視網膜的光洶湧噴灌而來，彷彿恆星爆發一般的可怕爆炸在旗艦艦首發生了。

巨大的震盪中，火海迅速席捲了整座旗艦，滾滾濃煙中連綿而起的爆炸不斷，艦首的星盜二首領早已猝不及防地被炸成肉塊，旗艦尾部倖存著的星盜紛紛棄艦而逃，遠處那三具機甲也被這彷彿摧毀行星一般的一炮給震驚了，旗艦被擊毀幾乎摧毀了他們的所有求生意志，盡皆放棄了對戰，彈射出了逃生艙，只留下了機甲殘骸，在宇宙中漂浮。

深黑色的宇宙中，深藍色的龐然機甲巨人巍峨屹立，猶如遠古高高在上的神祇一般漠然凝視著那浩瀚星河中熊熊燃燒的旗艦以及紛紛逃生的螻蟻，手裡仍然持著威嚴的三叉戟，肩上依偎簇擁著數瓣潔白薔薇，彷彿是深海中翻起的一簇雪白浪花。

遠處之前那一隻小飛船上，死裡逃生的學生們都在興奮地鼓掌，古雷喃喃道：「驚人的天賦和膽量，太冒險了……」

學生們紛紛興奮議論道：「是夏老師的極夜吧！怎麼改了外型？」

古雷不悅道：「是天寶！」

學生們吐了吐舌頭：「一定是夏老師！老師真帥！想不到天寶啟動起來是這麼帥！」

「是雙人操作嗎？太棒了！另外一個駕駛者是誰？配合得太密切了。」

「那回身一炮最漂亮！我一直以為那離子炮是要轟艾莎那邊的，還好擔心艾莎被誤傷呢！」

「那個不是離子炮吧？威力太大了，不像是普通離子炮。」

「是天寶的超能震盪離子炮，以現在的金錫能源情況，一次戰鬥只能施展一次，用了以後就不會再有一點能量了，真是膽子太大了，如果那一擊沒有中的話，如果旗艦那邊不是這麼毫無防備連離子盾都沒有打開的話，天寶一擊不能得逞，就不會再有足夠的能量繼續戰鬥，我們全都要束手就擒。」

古雷嘴唇微微顫抖，顯然也是第一次見到這般大膽的戰術，機甲一直同時在與兩部機甲纏鬥著，任何人都萬萬想不到機甲肩部會忽然扭轉，毫不猶豫地回身一炮！唯有真正操作過機甲的人才知道，機甲戰鬥往往是以超音速的高速在戰鬥的，需要全神貫注的精神力來保持，而離子炮的準備、瞄準、發射也同樣需要專注的操作，因此近身搏鬥與離子炮瞄準遠處發射，那是一個機甲駕駛者很難獨立同時完成的戰術操作，剛才那是另外一個操作機甲的人在操作，兩人銜接得如此行雲流水，操作默契已經到了登峰造極的程度。

另外一個機甲駕駛者是誰？

他現在也很想知道，還有人能跟得上夏的節奏？

艾莎的女王蜂已經變形為纖巧的蜜蜂返航回來，脫下繁重的防護服，臉色是精神力使用過度的蒼白，雙眼卻發亮：「太強了！一炮擊毀旗艦！那是天寶？我居然能見到天寶真正能被人實際操作的一天！難怪你捨得將天寶全拆成一片一片零件的寄出去送人，果然沒看錯人！」

通訊頻道閃耀著，是遠處的天寶發來通訊要求，古雷迫不及待地接上了，螢幕那頭的天寶已經投射出了一團光球，光球上顯示著嚶嚶哭泣的表情：「古雷爸爸！你還好嗎？我好怕你出事啊！」

金髮碧眼俊美無儔的柯夏顯示在了螢幕後：「古雷？艾莎？你們還好嗎？」

學生們已經歡呼起來：「夏老師！沒想到你現實生活比天網裡頭還帥！帥呆了！真是太帥了！」

艾莎眼圈發紅：「我們安全，但不太好——有落腳的地方嗎？我們能源不多了。」

柯夏乾脆俐落地發了一串座標過來：「到這座星球會合，我先過去等你們。」

翡翠星上，天空碧藍，風平浪靜的海面上，夢幻一般的城堡裡，學生們歡呼地赤足在玉白色的地板上奔跑著，柯夏笑著抱著手臂，顯然看到他頑劣的學生們，他還是挺高興的，一個一個對照著天網上的相貌，喊出了他們的名字。

學生們紛紛七嘴八舌問著問題：「太美了！這是你的城堡嗎？」

「夏老師你一定是高貴的皇子吧！這樣美的城堡！」

「這座城堡叫什麼名字？」

「亞特蘭提斯。」柯夏身後一直沉默著的邵鈞忽然開口，眾人都看向了他，邵鈞微微點了點頭言簡意賅地介紹自己：「杜因。」

柯夏補充了句：「是我表哥。」

柯夏容貌長得太過引人注目，以致於眾人都聚焦在他身上，如今仔細看這沉默低調黑髮黑眼的男子，氣度沉靜從容，兩人站在那兒，身姿筆挺，四肢修長，舉止談吐優雅雍容，都不似俗人，原本打打鬧鬧大大咧咧的學生們忽然感覺到了一點拘謹來，老師——真的是貴族吧？至少出身高門吧！

艾莎笑道：「杜因先生是和你一起駕駛天寶的駕駛員嗎？真是相當優秀的操作，真讓人意外，一般雙人機甲操作，要麼是孿生子，要麼是心意相通互相信任的夫妻，想來你們的默契也非常高了，精神力這麼高，又不排斥，真難得。」

柯夏笑了下：「不，他是用手動操作。」

古雷吃了一驚：「手動操作？那他的手速得有多快？」他又回憶了一下剛才的操作，想到那如神鬼一般的精準一炮，竟然是手動操作出來的，他背上爬滿了後怕的汗：「你太冒險了！手動操作超能震盪離子炮！萬一出錯，你將白白浪費所有能量！」

柯夏笑了笑沒說話，機器人的手速，自然要多快有多快，要多精準有多精準，而最關鍵是機器人能夠完全不遲疑和質疑地執行自己的命令，差一秒，都不行，要的就是猝不及防地奇襲，以及不打折扣準確地命中，他誰都不信，卻只信他的機器人。對方的旗艦太強大了，他們不冒險，只怕裡頭還會源源不絕出來幾台機甲，雖然擊毀旗艦，實在有些可惜了，但總比輸了好。而且——好歹還是拉回來了幾具機甲殘骸和損毀的一半旗艦，找時間慢慢挑選戰利品吧。

令人欣慰的是因為時間比較短，他的身體居然這一次絲毫沒有出現問題，是這些日子機器人的養肥攻略真的有效，自己體能提高了？又或者是機器人的手動操作，緩解了他身體的負擔？有時間一定要再試試。

不管怎麼樣，他的首次出戰，完美！

他轉頭看了眼不知何時又已靜靜躲進陰影中安靜的機器人，知道他是習慣性遠離人群，隱藏自己，這時候他還真的有些嫌棄這些學生們的聒噪，天知道他有多想和機器人炫耀一下，誰叫他還老把自己當孩子看呢。

孩子能打出這樣漂亮的以少勝多的戰役嗎？

孩子有這樣精準的戰局判斷、嫻熟的格鬥技巧、漂亮的戰術操作嗎？

孩子能受到這麼多學生的愛戴和崇拜嗎？

是該讓他的機器人認識到他的主人有多麼強大了！

他心裡明明已經十分不耐煩，但仍然很好地掩飾住了心裡的雀躍，仍然彷彿一個彬彬有禮的東道主（雖然這城堡建好之時他就沒進來幾次），囑咐古雷艾莎：「你們今晚先自己休息，城堡裡的房間除了主臥，其他的都可以住，你們自己從飛船弄些被褥來收拾下就好，吃的你們還有吧？有就好，我和杜因還有點事先出去一下，明天過來看你們。」

打發走了舊友，柯夏彷彿一隻驕傲的孔雀向邵鈞招手，他迫不及待要帶著他的機器人回去只剩下他們兩人的風暴礦星去，好好總結今天的戰術經驗，炫耀一下他的戰績。

對了，今天開機甲，運動消耗這麼大，那隻豬，也是一定要殺的，紅燒肉，自然也是可以吃了。

明明身體已經十分疲憊，但柯夏仍然帶著邵鈞回了機甲，他和邵鈞解釋：「那是以前我在天網教過的學生，我一直懷疑他們是星盜，但是人看上去不壞。天寶就是他們送我的，之前只和我說是複刻改裝的，現在看來，應該就是古雷親手製作的原裝的，可惜，這具機甲太過龐大，需要更強大的能源，目前的金錫能源，並不能發揮他最好的實力。」

他戳了戳滴溜溜在他們身邊轉著其實很想說話但是仍然委屈地憋著話的小天寶光球：「你說說是不是？這天寶其實就是古雷做出來的那個機甲吧？」

天寶眨巴著眼睛：「是，古雷爸爸說基地不太和平，給我找到了合適的主人，還是把我送走的好，也許有一天我還有製造者古雷爸爸就能藉著主人名動天下。」

柯夏抬起了下巴：「那當然，我可是機甲天才。」邵鈞轉頭看他的小主人那種暗自炫耀臉上幾乎寫著快誇我快誇我的表情，不由有些好笑，稱讚他：「夏真厲害，還能教學生了，今天這場戰鬥太漂亮了，天寶也很厲害。」

天寶喜悅地轉了個圈，柯夏道：「我們有機會再多練練，以後一定能配合得更好。」

邵鈞點了點頭，天寶怯生生道：「主人會收留古雷爸爸吧？」

柯夏道：「你們的基地怎麼了？」

天寶道：「被紅幽靈星盜攻占侵吞了！我們的大首領被抓起來了，不知道生死，好多叔叔伯伯都被俘虜關起來做苦役了，只有艾莎和古雷逃了出來。嗚嗚嗚……還有黑蠍子叔叔也失蹤了。」

柯夏道：「好好在翡翠星上先休養著吧，我現在也是窮光蛋一個，自身難保，慢慢混著吧。」

天寶轉了轉光球，柔聲道：「謝謝主人。」他偷偷看了眼邵鈞和邵鈞懷裡偷偷探出來的丹尼爾透明的花瓣，啪地一下消失了。

柯夏對邵鈞道：「那些孩子其實都不錯，他們在天網還有一個很大的地下俱樂部，生意還挺好，照理說應該勢力挺大的，不知怎的說倒就倒了。」

邵鈞默默地點了點頭，說實話他也很吃驚，但是他現在唯一想到的是如何維護自己的另一個身分，那些學生、古雷、艾莎，他在天網接觸都太多了，柯夏只是以為自己是真的機器人，因此從來沒有把天網裡的鈞和自己聯繫在一起，但是他們可不一樣了，他既要在現實中顧好他自己是機器人的身分，又要掩飾他和天網裡的鈞的相同之處。這對於他太難了，他畢竟不是花間風。

所以還是老老實實待在礦星不要露臉比較安全。幸好城堡一下子就用上了。

柯夏已經習慣他的沉默寡言，他今日初戰告捷，信心大增，認為這是他樹立主人權威的一個良好的開始，開始控制機甲躍遷：「回我們的風暴星去。」

風暴星還是塵土漫天，但柯夏這一天心情很好，他在浴室裡哼著歌泡著澡，等著外邊的邵鈞替他做晚餐。

邵鈞乾脆俐落地安樂死了一頭豬，將半頭豬肉都切好了，打算明天讓柯夏帶過去給那些孩子們，今天看著都面黃肌瘦的，大概平常只能吃營養液。然後選了最好的五花肉出來切塊先將紅燒肉燒上，再燉上一個大骨湯，烤排骨，做了豬血糕，剩下的豬內臟撿了豬肝豬心幾樣用來炒了芹菜，再將豬腸洗乾淨先扔在冰箱裡，準備第二天風乾了用來做香腸，畢竟現在可是多了許多人呢。

邵鈞卻忽然發現柯夏的歌聲早就沒了，卻遲遲沒有出浴室，便洗了手走去浴室推門，果然看到柯夏側著頭躺在浴缸邊上，長而捲曲的金髮披散著，一半漂在水裡，一半胡亂黏在肩膀上，睡得正香，白皙的肌膚已經在水裡泡得有些發皺了，邵鈞推門進來絲毫沒有驚動他。

他累壞了，卻還是要回來這邊堅持巡防，在古雷和艾莎還有學生跟前高傲得很，隻字不提自己如今面臨的窘迫。邵鈞搖了搖頭，取了浴巾將他抱出水包好了抱去了房間內，輕手輕腳擰乾了他的頭髮，替他蓋了被子讓他好好睡好。

眼看著他睡得沉，他出來將做好的飯菜蓋上了保溫保鮮的防塵罩，然後悄悄走了出來，走到了養殖房內，穿過已經長得很是豐滿的雞鴨圍欄，站在整整占據一面牆的魚缸前，裡頭養著的魚群也已經頗為肥壯，活潑地搖著尾巴聚集過來，以為他要餵食。他卻只是輕輕按了個按鈕，魚缸緩緩挪動，露出了後頭的小小隔間，他閃身進入，將魚缸推回了原處，這裡放著一個天網聯接艙。

他躺入接入艙內，不多時果然進入了天網內，空無一人的亞特蘭提斯主城，波浪聲仍然起伏著，海妖寂寞的歌聲幽幽傳來。

邵鈞走到了主殿內的海神王座下，那裡果然站著一個人，抬著頭正在端詳那王座，聽到聲音轉過頭來，看到他，也不意外：「果然是你，鈞。」

邵鈞笑了下：「瞞不過你，古雷先生。」

古雷看著他有些無奈：「這年頭還有誰會手動操作機甲？只有你練過，更何況天寶功能如此繁複，想要用手工操作嫻熟，沒經過苦練怎麼可能，更何況還能將天寶重新組裝好再借我之手的送給夏，我一看到你就猜到是你，雖然不知道為什麼你要瞞著夏——你放心吧，看到你們今天救了我們的份上，怎麼也會替你保守祕密的。」

邵鈞微微一笑：「謝謝你。」

古雷看著他，搖了搖頭：「何必呢，我看夏對你也很好。」

邵鈞不說話，只是問他：「你們現在情形怎麼樣，很糟糕嗎？」

古雷嘆了口氣：「你也猜到了，我們是星盜，我們的組織叫『冰霜之刃』，收留的大多是星盜的孩子，就是那種被通緝被流放，無處可去，沒有組織會收留的人的後代。雖然無處可去，我們卻有著基本的底線，堅持在基地裡自給自足，然後通過經營地下俱樂部以及接一些任務來養活組織。組織的首領叫霜鴉，他是個很神祕的人，不知他從哪裡來，經歷過什麼，但他應該活了許多年，星盜群裡一直有他的各種傳說，他駕駛的機甲叫『霜行者』，非常強大，我們都心甘情願臣服於他。」

「整個組織都賴於他強大的力量而生存，然而大概是一年前，他說出去辦一件事，就再無音訊，自從他失蹤後，基地就開始有些人心惶惶，外邊的勢力也開始蠢蠢欲動。我就是那個時候感覺到了不安，所以才乾脆把天寶整個化整為零拆開，想法子讓人送出去了給你們。」

「果然隨著霜鴉遲遲不歸，一些星盜組織開始試探我們，終於多次試探後發現霜鴉失蹤，終於有一日數個星盜聯合起來，攻占了我們的基地。」

「組織裡眼看著危險，便讓我和艾莎帶著孩子們提前駕著飛船跑了，仍然被一路追殺，幸好白天遇到了你們。」

邵鈞點了點頭。

古雷卻面色嚴肅：「雖然你們擊退了紅色幽靈，這翡翠星又有些遙遠，一時半會他們應該還找不到我們，但是翡翠星還是太薄弱了，一座城堡，還不足，防禦太差了，我怕還是會連累你們，我們需要更多的力量。」

邵鈞道：「慢慢來吧，原本整座星球的防禦工程是放在最後的，但現在你們來了，也只能提前先建設起來了——也正好，一整套的安保防禦系統，包括機動飛彈發射台，哨戒塔，哨兵機，離子防禦罩等等基地防禦設施，這些我都有採購，如今正好以你名義先安裝起來。」

古雷長長吐出一口氣，神色複雜：「又是要瞞著夏嗎？」

邵鈞面色坦然，古雷搖了搖頭：「好吧，我們的飛船上也有不少防禦設施，但是設備簡單，只要給我零件，多高級的基地防禦系統我都能替你建設起來。問題在於能源，能源是大問題。今天雖然俘獲了一些戰利品來，但仍然經不起真正的戰爭消耗。」

邵鈞點了點頭：「是的，走一步看一步吧，實在不行繼續黑吃黑了。」

古雷長嘆一聲：「哪有那麼容易。」

他走出大殿，看著外邊優美的同心圓建築群，嘆息道：「真美，這座城市，是叫亞特蘭提斯嗎？」

邵鈞點了點頭，寬慰他道：「不用太過焦慮，我感覺我一直運氣不錯，總有絕處逢生的機會。」

古雷懟他：「平凡人的一生，只要遇到一次絕處就已受不了了，你還總有絕處？」他將總字發了重音，邵鈞這麼一想也忍不住笑了下：「你說得對，這麼想來我這一生，實在也是有些非凡幸運之處，說不定是個主角命呢。」

古雷雖然憂心忡忡，也忍不住笑了，過了一會兒又致謝：「難得你沉默寡言的，還要費心安慰我老頭子。」

邵鈞側臉看了他一眼：「其實只要想到，大不了就是一死罷了，遇到事情也就不會那麼害怕和恐懼了。」

古雷長長噓出一口氣：「是啊，大不了一死罷了，就是總有些遺憾在啊，比如我還沒有成為宇宙最有名的機甲設計師呢，難道你還真的是無欲無求，死了也一點遺憾沒有嗎？就沒有那麼一件兩件，你特別想要完成的事嗎？」

邵鈞認真想了一會兒，想到剛才看到小主人在浴缸裡睡著那一剎那心裡的憐惜，點了點頭：「還是有的，就是希望一個孩子能夠早日從厄運中脫身，平平順順，過上幸福又快樂的好日子。」

古雷看了他一眼：「是夏吧？」

邵鈞笑而不語。

邵鈞回到房間的時候，柯夏不知何時已經起來，正坐在餐廳裡吃東西，看到邵鈞道：「今天消耗太大了，居然餓醒了。」說著他自己都忍不住笑了，然後大口地吃著肉，儀態什麼的也不管了，完全沒有在意邵鈞去了哪裡，邵鈞心裡暗忖他倒是信任自己，也對，誰會想到機器人會有自己的想法呢。

但不可否認，今天戰鬥中柯夏那毫不猶豫地讓他承擔最重要的炮擊任務的時候，他也感覺到了久違的戰鬥的快感，不得不說，機甲果然是所有男人的夢，哪怕只是手動操作，當操縱著這龐大的猶如神祇一樣的武器攻擊敵人時，即便是他現在為鋼鐵之軀，也仍然感覺到了那種屬於男人的血脈勃張的澎湃激情。

他上前替他盛湯，看著他吃得飛快，話都不說了，想來他是真的餓壞了。真是年輕人，最後他一口氣將鍋裡的飯全吃了，又將肉和排骨全吃掉以後，才慢慢緩了下來，慢慢拿了一個蘋果啃著：「明天我過去，你留守這裡，替我巡防吧。你的身分需要掩飾，少接觸他們會更好一點，只是我得和他們好好商量一下如何應對，我們招惹了星盜，得做好防禦。」

邵鈞道：「好的。」

柯夏心裡卻很是歉然，雖然他知道他的機器人並不會知道難過和寂寞，他道：「對不起——又把你一個人拋在這裡，城堡還是你建的。」

邵鈞點了點頭，熟練地收拾餐桌：「是為你建的，只要是你住就好了。」

柯夏靠在了柔軟的小沙發上，咬了口蘋果，含含糊糊道：「聽起來真感動，多少情人都做不到這一點。」

邵鈞將碗放入了洗碗機：「本質上我和外頭的建造機器人是一樣的，主人，為你服務。」

柯夏噗嗤笑了下：「不不，你不一樣，你真的不一樣。」他想了下：「天寶的擬人化也很強大，表情多，話也多，照理說應該比你擬人化才對，但是我還是能確鑿覺得他是植入了人物模擬情感的人工智慧。是不是因為它沒有擬人身體的原因？說起來，杜因，其實你沒有性別，理論上如果給你換個女機器人的身體也可以的。」

邵鈞轉頭看了他一眼，不知為何柯夏忽然感覺到脊背一涼，忍不住哈哈一笑：「開玩笑，開玩笑的。」他嚼著蘋果，卻不由腦洞大開，想著女性軀體的杜因，穿上蕾絲裙子的樣子，不由微微感到惡寒，好吧，還是習慣這樣子的杜因，穩重沉著，可靠又不吵鬧，沉默寡言，但說起話來又一點不讓人覺得乏味，剛剛好。

所以還是一直陪伴在自己身邊的機器人才最符合自己的愛好啊，天寶就太吵鬧太愛撒嬌了，古雷肯定是想養孩子了才養成了這麼個天寶出來。

等等，這麼說來，其實機器人也是把自己當孩子吧？

柯夏忽然不滿起來，他招了招手叫自己的機器人過來，示意他蹲下，伸手去摸他的腦後，邵鈞警惕地按住了他的手：「主人你要幹嘛？」自從上次被這熊孩子電翻過，他就對他警惕多了。目前自己靈魂到底怎麼附在這具軀體上的原理不明，和艾斯丁和丹尼爾那種可以隨意附著和離開的精神力不一樣，他可不能再讓熊孩子亂拆自己的身體。

柯夏理直氣壯：「我覺得應該要把你中樞識別器裡頭的主人序列改一下，把我改成第一主人。」

邵鈞啼笑皆非：「第一第二主人不在了，你就是第一主人。」

柯夏狐疑：「真的？」

邵鈞道：「當然。」

柯夏道：「可是我覺得你還是把我當孩子！」

邵鈞信誓旦旦：「沒這回事。」

柯夏凝視他：「真的？」

邵鈞誠懇回視：「我保證。」

柯夏終於放棄繼續去摸他的腦後，而是轉到前邊摸了摸他的臉：「哎這段時間太辛苦了，你的人造肌膚也很嬌嫩的，出去要帶防護罩啊。」

邵鈞無語，起身繼續去收拾家務，柯夏光著腳丫子繼續啃著蘋果，看著他收拾廚房，不服道：「你等著啊，我會長成真男人的。」

邵鈞附和他：「是，會開機甲的真男人，踏破星空的深海之神，星盜殲滅者、亞特蘭提斯的城主大人，柯夏先生。」

「你這是看了哪本星盜小說。」柯夏在沙發上笑得渾身顫抖，過了一會才細細回味著：「杜因，我真是越來越喜歡你了，怎麼辦？」

邵鈞道：「等你發財了，再幫你訂製十個同款機器人，全天候為您服務，每天排著隊在門口鞠躬迎接你，我的主人。」

柯夏又被他逗笑了：「沒用，你這種是學習型機器人，會隨著主人的喜好不斷學習成長的，再來多少個，都沒有和我一起的經驗——嗯，直接複製晶片，然後再每天同時備分共用記憶的話，我是不是真的會擁有十個一樣的你？」他腦洞大開，想了下這種場景，忽然又一陣惡寒：「不行，怎麼想起來還是覺得很變態，不能容忍有第二個機器人和你一樣。」

邵鈞嘲道：「看來主人對自己的認識很深入。」

柯夏微微張嘴打了個呵欠：「不行，還是睏得很，眼皮都睜不開了，我去睡了。晚安杜因。」他起了身，往臥室裡撲去。

邵鈞收拾完，回自己的房間，看到丹尼爾正在床上盤著晶瑩枝葉腿在冥想，據說這也是鍛煉精神力的方法，但聽到他進來，他還是睜開了眼睛，黏了上來：「你回來啦。」

邵鈞摸了摸他的小花瓣：「真乖，一個人待著沒事吧？」

丹尼爾乖巧地搖了搖頭：「就是有點想艾斯丁了。」

邵鈞嘆了口氣，將小小的星輝花抱在懷裡，聽著外邊風沙的聲音道：「明天帶你上天網去看看主腦。」然後他拿出了一本機甲整備書來默默學習，丹尼爾睜著眼睛也一瞬不瞬地看著書，然後邵鈞有什麼不懂的，就會問丹尼爾——不錯，這就是他們全新的相處方式了，學霸哪怕小時候，也還是學霸，當邵鈞發現丹尼爾完全可以教他許多基礎知識時，他毫不客氣地虛心求教，十分人善其用。

第二天柯夏果然駕著機甲走了。

晚上沒有回來。

第二天傳了一段簡短的影片給邵鈞：「我和艾莎出去狩獵去了，不用擔心，艾莎是老手。」

三天後柯夏興致勃勃地又傳了一段影片給邵鈞，得意洋洋地展示了他和艾莎最新的戰利品，又一艘飛船，裡頭琳琅滿目都是各種補給品：「我和艾莎去截了紅幽靈的另一支補給船，哈哈哈哈！這次有不少錢，我又叫花間風買了些基地建設和防禦的裝備，還有古雷這裡也有不少，等我們建好了我就回去看你，補給船上食物很豐富，這邊不缺吃喝，你別擔心，當然，他們做飯比你差遠了。」身後是學生們友善的哄笑聲。

這之後是整整半個月沒有訊息，再發來的時候，柯夏將新建好的基地防禦罩、防禦塔、基地離子炮等等拍了給他看，炫耀道：「過幾天我去接你過來看，你肯定都要認不出基地了，孩子們很能幹，整理得很好看，外城也建起來了不少，花間風說過幾天和一些武器一起送過來，到時候外城會更漂亮，對了，還有，翡翠星的無限期租賃計畫非常順利，很快就要簽約了，到時候翡翠星真的就屬於我們了，明天我和艾莎還要出去狩獵，紅幽靈現在被我們耍得團團轉，哈哈哈。你等我，這次回來我就去接你過來看看。」

影片裡的他精神奕奕，藍色眼眸帶著笑容，亮如寶石，璀璨金髮彷彿吸進了陽光一般，身姿英挺，彷彿又長高和壯實了不少。學生們全都非常崇拜他，每次影片都搶著在他身後瘋狂搶鏡，背景音總有著大笑和打鬧聲，還有孩子們在訓練，他看得出那些格鬥操都是自己曾經在天網教過的，他們一絲不苟地練習著，他們這次逃亡，已經沒辦法再上天網去聯繫了，聽古雷說只有唯一的一個天網聯接艙在他那兒保管著。因此他們只能在現實生活中學習和訓練，好在柯夏是個非常不錯的老師，俊美無儔的外形以及超強的機甲操控再次在現實生活中攻佔了所有學生們的心。

邵鈞幾乎可以想像那座安靜寂寞的海神之城，如今充滿人氣，也許慢慢會真正變成這邊航線的一座主城。

他帶著丹尼爾，穿上了厚厚的防護服，再次進行每日的巡防工作。

風暴星上仍然是日復一日的風暴，雖然他不怕輻射，但如柯夏所說，他的人工肌膚其實也是需要保護的，而穿上防護服，也能在巡防簽到的時候更像柯夏。

這一日的風暴彷彿特別大，邵鈞巡查到第三個礦坑的時候，卻聽到了警報聲，挖礦機器人們正滿地亂走，看來是下邊的中控電腦程式出了問題，一般來說只要重啟就好。於是他進入了礦坑向下的電梯內，準備進入控制室重啟電腦。

然而意外就發生在了電梯下行的時候。

巨大的爆炸聲忽然在礦坑上方發生，然後電梯內閃了閃，燈光關閉，整具電梯在劇烈震盪後忽然脫了線一般直直往下墜落！

發生得太快，邵鈞只來得及振開雙翼，努力讓自己保持漂浮在電梯中央。

然而電梯空間實在太狹小了，上頭一連串的爆炸聲越來越近，墜落的時候邵鈞兩眼一黑，還是失去了意識。

再次醒來的時候，他在地底一個狹小的空間裡，懷裡的丹尼爾不知何時已經鑽了出來，正在抽泣著，花朵散發著銀色的柔光，照亮了空間，他抱起丹尼爾：「別哭了，我暈了多久了？」

丹尼爾抽泣著道：「十分鐘了。」

邵鈞鬆了口氣，動了動身體，檢查自己的身體受損情況，謝天謝地這具身體用的是最好的祕銀骨架，堅固得很，身體破損主要都是仿生肌膚破裂開，膝關節劇烈衝擊後錯位了，斷了不少線，翅膀上細的祕銀骨架也斷了不少，墜落的時候因為抱著手臂，雙手也完好，只是手肘肩膀的仿生肌膚碎裂磨損得厲害，已經露出了裡頭的祕銀骨架和各種線管。

他打開膝關節將線勉強接好，將急救箱裡的繃帶拿出來，把破損的地方都固定好，應該可以行走，然後檢查腕上的通訊器，毫不意外沒有信號，檢查能源，只剩下一半了。

他嘆了口氣，想起柯夏說要回來帶他去看他們建設的翡翠星，不知道他過來發現自己不在會怎麼樣，又不知道是幾天以後才能發現自己不在。

毫無疑問這是個陷阱，而且從派親衛隊親自押送柯夏過來流放在這荒星上就已埋好的陷阱。等流放後的數個月，人們已經漸漸忘記了這個得罪了元帥的機甲天才，然後預定好的程式爆發，唯一一個負責巡防的柯夏只能親自下到中控室，然後預先埋好的炸彈爆炸，機甲天才從此沉寂深埋在這座荒涼的礦星，時間會讓所有人忘卻這個曾經曇花一現，卻沒有過任何功績的機甲天才。等到下一任駐軍軍官過來，無論怎麼查，也只不過是礦難殉國，他甚至沒有親人替他領取撫恤金。

元帥的逆鱗不可觸摸，但這樣處心積慮地對付一個尚未任職的毛頭小子，真可以當得起心狠手辣，不能為自己所用的天才，那就讓他變成死人，並且果斷扼殺在萌芽狀態，以免被政敵利用，樹起一個強敵。

幸好今天來的是自己，不需要吃喝，不需要氧氣，邵鈞由衷感慨，如果是柯夏，肉身高空墜落，必死無疑，只有自己知道他曾經多麼努力，又是多麼難得的天才。

他安撫了下丹尼爾：「光調最小，節省能源。」

丹尼爾聽話地將光調到節能模式，邵鈞開始敲擊已經歪曲變形的電梯廂四壁，手上放出超聲波，找到了一側後頭大多是土壤遠處應該有空洞的地方，手臂變形伸出了電鋸，啟動電鋸切開了金屬廂壁，然後切換成祕銀鎬，開始飛快地挖開泥土。

泥土鬆軟，大約挖了兩個多星時，他挖出了一條長而狹窄的通道，然後他們到了一處黑漆漆的礦洞內，也許是從前廢棄的礦洞，但又有些像天然形成的地底山洞，他大致走了一圈，找不到向上的礦道，卻有彎彎曲曲的礦道向下延伸，他便帶著丹尼爾往下走去探路。

一路走著，一路有溼潤的液體往下滴落，一直走到最深處，借著悠悠的光，邵鈞忽然看到了一整片藍色的地下岩漿一般的東西。他將光亮打開，銀藍色的黏稠液體充斥了整個地下洞內，彷彿原本就存在於這座星球地底深處一般，藍色黏稠液體當中還時不時冒出一個一個咕嘟嘟黏稠的氣泡，顯示著那下邊還不斷有不明氣體產出。

丹尼爾也忘了之前的緊張：「好美啊——是什麼？」

邵鈞蹲下身子，先用超聲波測量深度——卻一直沒有探到底就顯示無法達到距離了，他再打開了身上內置的放射性檢測儀，指標瘋轉起來，指數很高，顯然有很強的放射性，同時這裡的空氣檢測也顯示充滿了對人類有毒的氣體，這也在意料之中，畢竟這座礦星本來就充滿了輻射，想來這裡探測的人發現這裡輻射過於強大，便將礦道給封了起來。

丹尼爾卻也將花朵湊近了那藍色的液體，過了一會兒細聲細氣道：「鈞，我們弄一點回去檢驗分析吧？感覺以前沒有見過這個東西。」

邵鈞摟了下他纖細的花枝，怕他掉下去，然後在腹部摸出一個密閉試管，這還是之前方便在翡翠星採樣的時候準備的，他小心翼翼用吸管將那些液體裝了一些，蓋緊後包上防輻射的外裝，放回了腹部儲物倉內。開始環顧四周，帶著丹尼爾又慢慢地找出路來。

翡翠星，柯夏與艾莎剛剛又去找了一艘補給船，學生們正狂歡著清點戰利品，這時有個學生跑來了：「夏老師！海神號上有通訊找您！」海神號正是他和機器人第一次繳獲的紅幽靈的飛船，雖然破舊，但到底有紀念意義，因此柯夏乾脆將它命名為海神號，畢竟機器人整天海神海神的，另外兩輛小飛船加上艾莎他們帶過來的飛船，一共四個飛船，分別起名逐浪號、破浪號、逐風號、破風號，都停駐在建好的廣闊的停駐廣場上，看著頗有聲勢。

柯夏抬頭，想來是花間風又有什麼事，便上了海神號去，接通了通訊。

花間風抬頭看到他，鬆了一口氣：「謝天謝地，我以為已經來不及了。」

柯夏一怔：「怎麼了？」

花間風卻環顧了下：「杜因呢？」

柯夏壓下心底的不安：「怎麼了？」

花間風臉色嚴肅：「上次你說想要找辦法將礦星劃到名下，我就將原本在軍部的臥底安排了任務，讓他關注你這座礦星的消息。昨天，那臥底發現了一件奇怪的事，三九九礦星的巡防日記沒有傳來，但軍部的主管官員，卻依據之前報來的舊的巡防日記，簡單複製後偽造了一份新的巡防日記，然後填入了系統中，駐紮的小礦星有上百個，即便不上報，根本不會有人注意，所以實際上許多礦星根本就沒有做到例行巡檢和每日上報，也從來沒有人因此而問責，畢竟駐紮在礦星是實打實的苦差，能找到人已經不錯了。少這麼一份小小的報告根本不會有人在意，何必這麼費心偽造一份？臥底覺得不對勁，緊急聯絡了我。」

柯夏臉已經發白，花間風看著他的臉色，也微微打了個寒顫：「所以，杜因呢？他在礦星上？」

柯夏發著抖去按手上的通訊儀，然而通訊儀閃著紅光，顯示著通訊物件無法連接。花間風臉色也變了，柯夏按斷了通訊，慘白著臉轉頭衝出飛船，在所有學生驚疑的眼光中，跨上了一艘小型飛梭，驟然飛回機甲停機坪，啟動了機甲，聯上了神經連結，深藍色的巨人劃破長空，拖著長長的白光以最快的速度衝向了無垠太空。

高速飛行，然後是躍遷，然後到了礦星上，機甲巨人沉重地降落在了風暴星的表面，塵沙四起，凜冽風沙中，巨人甚至沒有回頭去看那風沙中曾經視為最溫暖的溫室一般的小屋，而是邁步走向了他曾經熟悉地每一個巡防礦點。

然後在第三礦洞處站住了。

密集的沙塵暴中啪啪地打在機甲外殼上，機甲一動不動站在那兒，面前本該是礦洞地面建築的地方，已經完全夷為平地，嚴嚴實實地堵住了礦洞的出口。

柯夏渾身的血都冷了。

深藍色的機甲忽然單膝跪下，巨大的合金機械手迅速變形，變成了一把巨大的光劍，然後狠狠地插入了原本是礦洞的地面。

「轟！」巨響驚天動地，地面龜裂，泥土四濺，一個巨大的大洞已經被挖開，然而機甲巨人絲毫沒有遲疑和停頓，繼續沿著那原本通往地下中控室的電梯井狠狠地再次紮入，挖開！

荒無一人的礦星上，巨大的機甲彷彿不知疲倦一般地瘋狂挖著已經填得結結實實的礦坑，機甲駕駛艙裡，柯夏的臉變成了青白色，冷汗早已浸透了他的頭髮和全身，脖子上青筋凸起，幾乎要掙破薄薄的肌膚，緊緊勒著神經元帶的身體整個都在微微顫抖著，駕駛艙裡安靜得只聽到他的喘息。

又過了一會兒，天寶的光球緩緩閃出來，怯生生地小心提醒：「主人，您的神經負荷過高了，心率超出常規範圍，最好休息一下。」

柯夏置之不顧，天寶不敢再勸，只是憂心地原地轉了兩圈，小心翼翼藏著自己。

也不知挖了多少，光劍忽然倏忽一閃，消失了，天寶低聲報：「光劍能源不足。」

柯夏將機甲兩隻巨手狠狠插入土中，繼續挖開那些廢土、沉重的礦堆，裡頭不斷露出七零八碎的挖礦機器人殘骸，柯夏一個一個拎了起來，確認後扔到一旁，挖礦機器人殘骸已經堆成了一座小山。

山洞震動著，丹尼爾不安地縮進了邵鈞的懷中，邵鈞卻似有所感，抬頭望著正在往下落著礦石的山洞，忽然，一隻巨大的合金巨手插入了山洞！

轟！山石往下落著，邵鈞避開大塊的石頭抬頭往上看，黑暗的頂上挖開了一個洞，巨手的主人顯然也發現了空洞，再次深入手掌，將山洞邊緣扒開。

光亮照了進來，邵鈞抬眼看到了凜然如神的深藍色巨人。他將巨掌伸了下來，張開手掌，邵鈞躍了上去，巨掌小心翼翼地攏了起來，彷彿在攏著什麼珍寶一樣，往上收回，一直送到駕駛艙前，駕駛艙門打開了。

邵鈞翻進駕駛艙內，看到了裡頭座位上的柯夏，機甲神經元索帶正在急速鬆開退下，柯夏臉色白得嚇人，但雙眼卻亮極了，他看著他的機器人，站了起來，嘴唇張開似乎想要說什麼，然而卻沒有說出來，他伸出雙手似乎想要擁抱他失而復得的機器人，但身體晃了晃，直挺挺向後倒去。

邵鈞上前扶著他，看到柯夏眼睛緊閉著，已經暈厥了過去，整個身體都在不正常的震顫著，肌膚觸手滾燙。

柔軟的床上，柯夏躺在床上身體瑟瑟發抖，全身都在震顫著，汗出如漿，邵鈞找出克爾博士曾經開過的止痛藥想餵給柯夏吃，卻看到丹尼爾好奇地跪在柯夏旁邊枕頭上，伸出軟軟的小葉片去翻他的眼皮看他的眼睛。

邵鈞心一動，想起羅丹可是赫赫有名的生物學家，甚至還發明了天網，對人體神經和精神力的認識肯定非同凡響，試著問他：「是默氏病後遺症，痊癒後神經如果負擔過重，就會引起神經痛，你知道怎麼治嗎？止痛藥鎮痛的時間太短，很快就過了，又不能用過量，而且還影響精神力。」

丹尼爾想了下道：「有一種生物電療穿刺療法，可以比較快緩解疼痛，這屬於偏方，主流醫學不太承認，我個人認為方法得當，密切關注病人的情況並且及時調整不同參數的電療指標是能有一定的療效的，但是根治的話，還不敢保證。」他聲音雖然稚嫩，但說起話來卻十分老練。

邵鈞燃起了一線希望：「設備很麻煩嗎？」

丹尼爾道：「一些比較高級的醫療艙裡才配備生物電療裝置，這個只治療比較罕見的病，所以大部分醫療艙裡沒有配備。」

邵鈞起身在房間儲藏室一側翻找，他當時在霍克公國，在拍賣行買了一個號稱最齊全最高級的醫療艙，只是同樣消耗能源驚人。到風暴星後因為柯夏挺健康的，一直閒置著。

他把醫療艙拿了出來，接上電源，讓丹尼爾過來看，丹尼爾嫻熟地在上頭按了按，花瓣張開，頭上的小葉片愉悅地轉了一圈：「有生物電療裝置，這個醫療艙功能很齊全，快把他放進來，把衣服都脫了，我來替他接上。」

邵鈞起身將柯夏睡衣脫掉，放入了醫療艙內，用內置安全帶固定住他的身體和手腳，看著丹尼爾將生物電療功能切出，然後拉出了無數纖細如髮絲一般的銀色導線，導線頭有的是只有髮絲十分之一細的長針，有的則是貼片，丹尼爾一一將這些導線接上了柯夏的頭顱上，太陽穴、後腦、頭頂，全都接滿線，然後是頸部、背部、胸部、腹部、手和腿、足底手心、十個腳趾和指腹，一路足足接了一個星時才算全接完，幾乎上百根銀色導線接在柯夏身上，醫療艙合上艙面門，丹尼爾選擇了幾個參數，開始了治療。

開始治療的時候，柯夏身體肌肉震顫幅度更大了，被固定住的四肢更是開始不自覺地掙扎，但大約過了三十星分，慢慢的他平靜下來了，丹尼爾又調整了幾個參數，然後道：「鎮痛已經起效果了，接下來讓他好好休息吧，增加促進睡眠的營養液，減輕他的痛苦。」他按了個按鈕，淺綠色的營養液注入了營養艙內，慢慢淹沒了他白皙的身體，在營養液裡，氧氣罩下他的面容漸漸變得平靜。

邵鈞鬆了口氣，丹尼爾細細道：「好了，他的心率、體溫、血壓都在慢慢恢復正常，讓他好好休息吧。」他轉頭看了眼邵鈞：「鈞，你身上也要處理一下吧。」

邵鈞低頭看了下自己身上破碎狼藉的人造肌膚，嘆了口氣：「在這裡沒辦法修理，只能簡單修補一下了。」

丹尼爾過來用細軟的樹葉拂了拂他的破碎的肩胛肌膚：「可以用矽膠液體暫時做一些填充，再將外皮縫補好——你現在的情況艾斯丁說最好不要對機器人身體進行太大的改動，怕會影響你的精神力，我來替你補一下。」

邵鈞回到了他自己的房間裡，翻出了工具箱，找到了矽膠液以及生物膠水，透明的縫補線等工具，自己開始修補膝蓋和腿上的線，丹尼爾則替他修補後背和肩膀，一邊細細道：「模擬肌膚太嬌弱，你現在這種情況只能整體回廠重新全體更換外部模擬肌膚，但是聯盟又沒有仿人體的機器，這是個問題，你只能想辦法去到帝國，還要有一個位高權重的主人，才好整個替你翻新身體。」

邵鈞道：「我怎麼覺得你比之前懂了許多事？」

丹尼爾茫然抬頭，晶瑩花瓣動了動：「最近看的書多了，我覺得這些我都會的。我的精神體會慢慢長大的，艾斯丁說讓我多在現實生活多經歷一些，才有助於我的精神力的增長，他說我之前就很聰明，所以他才資助我。」

所以艾斯丁走了，你甚至發明了天網想要留住他。邵鈞看著他晶亮的眼睛，想起動用了本源精神力救回羅丹靈魂而不得不進入沉眠的艾斯丁，他將丹尼爾託付給自己，也是充滿了不捨和不放心吧，結果才托給自己沒幾天，就差點被永封地底了，艾斯丁知道的話……

邵鈞心裡帶了些愧疚，摸了摸丹尼爾：「謝謝你。」

他修補好全身，又用膚色補色噴霧劑把凹凸不平和縫針的地方稍微噴了噴，自己照了下鏡子，粗看看不出什麼了，當然經不起細看，好在平時穿著衣服也還好，他找了一身長袖襯衣和長褲，嚴嚴實實遮住了所有破損的地方。

柯夏一直沉睡在營養液中十多個星時，才睜開了眼睛。邵鈞將醫療艙打開，替他拔了導線，柯夏自己扶著醫療艙邊起身，卻也不顧自己身上還溼漉漉的，一把就緊緊抱住了邵鈞。

邵鈞反手拍了拍柯夏的背安慰他，卻摸到了滿手的營養液，無奈道：「我沒事的。」嚇到他了吧？只是個機器人而已，也不知道他用機甲挖掘了多久，要是精神力超過負荷一不小心就會精神崩潰的，邵鈞心裡微微有些感動：「肚子餓了沒？翡翠星那邊不見你也會擔心的吧？」

柯夏睜開了還帶著水意的藍眼睛道：「不能再讓你離開我了，你和我一起回翡翠星。」

邵鈞道：「不用巡防了？」

柯夏冷笑了聲：「有人替我做日誌，苦心掩蓋我已經被報復謀殺的事實，正合適。花間風傳來緊急衛星通訊，說聯盟那麼多礦星，根本沒幾個回報巡防日記的。甚至還有人費心做假，顯然是要掩蓋什麼不可告人之事。接了通訊我就知道不對，趕過來三號礦井已經坍塌了。」

他抬起頭，摸了摸邵鈞的臉，想起那一剎那自己渾身血液冰凍凝固的感覺心有餘悸，權勢的車輪碾壓螻蟻之時是如此的輕描淡寫，他一無所有，差點連機器人都差點保不住。他去解他的衣服：「我看看哪裡損壞了，在聯盟可不好修，又不能讓別人知道你的身分。」

邵鈞有些無奈，按著他的手道：「放心，落地的時候我展開了翅膀，這具身軀都是祕銀骨架，十分堅固，損壞的都是不重要的模擬皮膚肌肉，已經填補修補好了，你看我一切功能正常，我幫你穿上衣服好嗎？你該吃點東西了，我做了些好消化的早餐。」這孩子忘了自己還光著身子嗎？還來解自己的衣服，到時候兩個光著身子的大男人面對面檢查身體，那畫面真是太美不敢看。

柯夏鬆了一口氣，拿了毛巾胡亂擦乾身體，穿上衣服，仍然非常堅定道：「以後你哪裡都不許走，就在我身邊，我去哪裡，你就去哪裡。」

翡翠星上仍然是陽光明媚，海水湛藍，柯夏帶著邵鈞，以及一籠子的雞鴨豬羊牛，還有一魚缸的魚回來了。漂亮的主城城堡後院，搭起了各種動物圍欄以及魚缸的魚，柯夏非常乾脆俐落地下令給學生們，分成三個小組，輪流餵養。

學生們十分好奇地圍著動物圍欄，聽著邵鈞講解如何餵養，倒是興致勃勃並不以為苦，欣然接受了任務。

這一天柯夏帶著杜因在翡翠星上一樣一樣地帶他參觀介紹他們這些日子的成果，逐漸完善的主城建築物，學校教室，機甲訓練場，靶場，飛行訓練空間基地，防禦罩，防禦塔等等。

「這一切都需要錢和能源，我們需要儘快強大自己的力量，但已經沒有太多時間了。」經歷過一場大驚嚇的柯夏站在陽光下的瞭望塔上，自上而下俯視著整座冰藍色的城市，面容冷肅，背部挺直，胸中的焦灼和緊迫感沉沉壓著他。

邵鈞想起曾經站在無數人羡慕的目光中受勳時，那個意氣風發高傲的軍校畢業生，和他一起畢業的軍校生如今應該都已經在各大軍團裡擔任前途光明的風光職務，從天之驕子到默默無聞被邊緣化的礦星駐軍軍官，只不過是因為他拒絕了元帥女兒的表白，甚至有可能悄無聲息地埋於地底。

如果他當初答應了元帥女兒，現在應該也身居要職，高高在上，一步登天。而且他當初也的確是想要選擇這麼一條更直接的路，這也並沒有什麼可恥的，無數的人都屈從於利益。他當時拒絕，是因為自己的反對嗎？他一個人日復一日在礦星上巡邏，甚至自殘，卻從來沒有對沒有接受元帥女兒的表白表示過一點後悔，即便遭受了謀殺，也從來沒有想過屈服，作為一個什麼遇上了太多常人沒有見過的苦難的孩子，他已經做得很好了。

他默默想著，一言不發。柯夏轉過頭看到他的機器人垂眸不知道在想什麼，不由又深恨自己什麼都做不了，那種尖銳到幾乎令他窒息的恨意又湧了上來，他伸手去拉機器人的手腕，將自己手指穿過他的手掌，然後收回握緊，彷彿要借此確認他的機器人仍然好好地在他身邊。

邵鈞卻已經習慣他的小主人這些日子對他比從前多許多的身體接觸，應當是借此得到安全感。他沒有理會他的動作，抬起頭來道：「我在礦星廢棄的礦洞底下看到一處奇怪岩漿，採樣了一些，看看能讓古雷那邊做個檢測嗎？」博學如天網之父都認不出來的物質，說不定是什麼未知物質，如果有用，經濟上沒准能有幫助，他看四下無人，從自己腹部取出了那支試管，試管是避光的，從外看不出什麼來。

柯夏終於鬆開了握著他的手，接過那試管懶洋洋道：「那麼小的一顆礦星，能有什麼有用的東西肯定早就被軍方挖出來了，還等著我們去發現嗎？」但還是帶他下了瞭望塔，去了古雷的工作室。

古雷整整占了一座圓堡來做他的機甲工作室，大廳內全是各式各樣的零件以及機甲的不同部位隨便擺著，後院有儲藏室。二樓是學徒們學習研究的地方，三樓是古雷的實驗室和圖書室、陳列室，頂樓天臺則放著他新組裝的機甲。

古雷正在一樓大聲罵著一個毛手毛腳的學生拆壞了他某個零件，看到柯夏帶著邵鈞過來，才停止了叱罵，揮手讓他退後，問道：「你前幾天火急火燎地出去幹嘛呢？把艾莎嚇得夠嗆，連緊急能量罩都打開了，主城直接進入戰備狀態。」

柯夏沒說啥，只是拿了那支試管給他：「沒什麼，杜因在我們那礦星找到個不認識的岩漿，你這裡應該有設備吧？幫忙分析下成分。」

古雷翻了個白眼：「果然找我就沒好事。」他拿起試管看了下，邵鈞補充道：「有放射性，要注意防護，還有其中產生的氣體也有毒。」

古雷臉色一變，接過了那根試管，瞇著眼睛舉起來看了眼。這時他後邊的實習生正收拾好了抱著一捆零件快步走過，零件中夾著的一杆長長的機械臂唰地一下從後掃到了古雷手上的試管。

「啪！」試管瞬間被掃飛，落在了地上碎裂，裡頭的藍色液體直接落了出來。

古雷的怒吼聲也在同一時間響徹大廳，那學生茫然地轉過頭，看到自己又闖禍了，臉上煞白。

邵鈞第一時間將柯夏拉著往後一直退出了房門：「小心放射性！讓機器人來做放射清理！」又提醒古雷和那學生：「快出來！」

那學生彷彿脫兔般飛快地竄出了房門，古雷卻瞇起了眼睛，走向了那試管落地的地方，從胸口工裝服口袋抽出了一隻手套，戴在了自己手上，在地上拈起了一小塊銀藍色的結晶，瞇起了眼睛：「真神奇——不過是這麼短的時間，這東西就已經和空氣發生了化合反應凝結了……」他呼吸有些急促：「好像……」

他轉過了頭，臉上形成了一種激動又有些患得患失的神情：「等我進一步檢測！」他帶著那粒結晶直接衝進了裡頭的實驗室裡去。

邵鈞和柯夏對視了一眼，柯夏道：「別擔心，那麼點東西，放射性沒多少，再說現在放射性也不是不可治癒的了，讓他慢慢檢測吧。」

說完兩人便回自己的主城去，防禦系統卻忽然響起警報，柯夏臉一變，只見瞭望塔有訊息過來：「夏老師！有飛船要求進入停駐！是上次送貨來的花之海號。」

柯夏鬆了口氣，回覆：「等我過去。」

通訊屏上出現的居然是花間雪，她雖然不認識柯夏，卻對著邵鈞招手：「您好，我是花間雪，是我押船過來的，家裡太悶，我和哥哥說了過來和你們解解悶。」

柯夏轉頭看向邵鈞，邵鈞介紹道：「花間風的妹妹，花間雪。」言簡意賅，柯夏面沉似水：「雪大小姐。」

花間雪笑得清純得很：「不敢當，叫我小雪就好，哥哥叫我來協助你們，畢竟太遠了，調動資源有我在更方便，我這次仍然帶了許多貨來呢。」

柯夏沒說什麼，揮手同意放行，起身出來看花間大小姐帶來什麼東西。

愛熱鬧的學生們也都聚集了過來，看著飛船停泊，機器人忙著卸載，花間雪下了飛船，她穿著鑲金黑色大擺裙，純黑衣料閃著華貴的光，黑色長髮一側也佩戴著絢麗的純金花飾，脖子，手腕，手臂上都佩戴著純金飾品，彷彿剛從一個奢靡盛大的舞會上下來的名媛，學生們發出了哇的聲音，全都盯著她，彷彿被迷住了一般。

花間雪卻喜悅地向邵鈞打招呼：「杜因大哥，你還好嗎？」

柯夏臉上如霜結一般：「他很好，我們這裡條件很艱苦，雪大小姐可能住不習慣。」

花間雪拂了下長髮，笑容甜美：「放心，我適應力很強——這是這次的貨物清單，請您查收。」她伸出纖細雪白的手，給他遞來清單：「這是我們兩兄妹許可權範圍內調動的最大資金了。」

柯夏淡淡道：「多謝費心了。」

花間雪轉頭向杜因道：「杜因大哥可以替我安排個住處嗎？順便帶我參觀下這裡？」

柯夏截口道：「他也不熟悉。」一邊命令旁邊的學生道：「去找艾莎來，讓她帶雪小姐安置住處。」

花間雪感受到了柯夏身上濃濃的戒備和疏遠，沒說什麼，仍然盈盈一笑，絲毫沒覺得尷尬，只又說了幾句貨物一些情況，等著艾莎來後，很快便和艾莎有說有笑地離開了，後邊跟著一大群機器人捧著各種行李、速成建築材料以及各種大包小包，想來雪大小姐是真的要定居，當然也絕不會委屈了自己。

柯夏看著她的背影淡淡道：「這是花間風名正言順地安插過來的眼線，畢竟投資太大，所以要有信得過的人來瞭解情況，控制事態，一旦看我們這裡沒什麼戲了，我毫不懷疑花間風可以反手就將我們賣了。可以讓她留下，但是你不要接近她。」

邵鈞道：「好的。」

柯夏正要再說些什麼，忽然手腕上通訊器閃爍，他接通，古雷激動地出現了，滿臉欣喜若狂：「你們在哪裡找到這能源的？這就是鈦銀！原來我們找到的鈦銀隕石是它氧化後又與其他礦石結合後的固態！固態雜質太多，液體的這個純度更高，能量更高！它應該叫鈦藍能源，原來它根本是液態！難怪我們怎麼都找不到。給我更多，夏！天寶有新能源了！還有空間鈕，空間鈕的研究可以開展了！」

他激動得語無倫次，喘息著說：「夏！給我更多！我需要進一步研究！我們發財了！這個能源效果是金錫的百倍甚至千倍！能源的變革、機甲的變革就在眼前！」

柯夏伸出手，做了一個制止的表情，臉上沉鬱：「古雷，此事是高度機密，記住甚至不要和學生們說。」

古雷稍微冷靜了些：「當然，你可以信得過我，這涉及太多利益了。」

柯夏深吸了一口氣：「晚一點我會帶更多給你，但是這項研究，一定要高度機密開展，還有，我們迫切需要能夠將它市場化，你先研究能夠利用它出什麼產品，讓我們儘快變現，我們現在太窮了，需要更多的武器和防禦裝置——還有人，有錢，我們就能招募雇傭兵了。」

古雷臉上難掩激動：「好！最簡單的產品就是能源卡了！」

柯夏道：「你先研究，晚點我帶過去給你。」

一邊卻另外給花間風撥了衛星通訊，花間風很快接通了通訊，一眼就看到了邵鈞，鬆了口氣：「杜因你還好嗎？我很擔心你。」

柯夏冷笑了聲：「所以派了你親妹妹過來關心嗎？」

花間風臉上微微有些尷尬：「翡翠星已經簽下了一百年的租期。小雪最近替我惹了不少事，聽說你們在翡翠星上建了一座城，她很好奇，又貪玩，主動說要押貨過來看看杜因。你們放心，你們的身分我沒有說，但是你們那邊應該缺人手，小雪能力不錯的。再說她手裡也有不少資源，可以方便調配，你們可以信任她的。」

柯夏不置可否：「隨便吧。」

花間風誠懇道：「你得相信我的誠意，但是作為建設基地來說，還是需要太巨額的資金了，武器、防禦罩以及最昂貴的是能源，很多事我也做不了主，請你原諒。」

柯夏擺了擺手：「風先生，多謝你的誠意了，我們合作愉快，相信你的投資一定不會落空的。」

花間風有些無語，卻也知道自己前科在前，和柯夏他們除了利益相同的合作外，情感上是很難博得對方信任的，更何況派花間雪過去，的確是有私心。只得又看了邵鈞幾眼：「現在你們都沒有去礦星了吧？我怕他們知道你沒死，還有後手，一定要謹慎小心。」

柯夏淡淡道：「知道了——我有一件事要交給你。」

花間風道：「什麼事？」

柯夏輕描淡寫道：「我們手裡有一種新能源，可以近期會做出一批能源卡，需要你幫忙賣出去，這樣你也不必再擔心資金的問題。」

花間風一怔：「新能源？比金錫能源好上多少？」

柯夏道：「超過一百倍。」

花間風眼睛瞪大，臉上浮現出狂喜，任何人都能知道這背後是多麼巨大的利益，一種能取代金錫的新能源！帝國的壟斷將會被打破！世界的格局甚至會被影響！

但他很快地冷靜了下來：「確定是新能源的話，我們銷售也會出問題，反而會惹禍上身！」

他快速道：「能源和軍火，是聯盟少數幾個巨頭家族一直把控著，不少和帝國都有著千絲萬縷的關係，一旦世面上忽然出現一種比金錫能源更好的能源，觸動了這些家族的利益，一定會被這些家族，甚至包括帝國瘋狂追根究柢的！你們經不起查！我們保不住這些能源！」

柯夏淡淡道：「巨大的利益背後必然面臨巨大的風險，我能保證這批能源短期內不會匱乏，但如何保住這個祕密，就要靠你了。」

花間風臉上充滿了亢奮的神色：「我需要和奧涅金家族合作，他們是老牌家族，勢力強大，把持能源、軍火多年，只要分成合理，他們應該會合作，沒人敢和他們抗衡！」

柯夏道：「可以，只要能變現。透過你們家族去談，他們只能合作，畢竟他們也不願意與一個可怕的長於暗殺的家族為敵。」這也是花間這個家族在夾縫中得以留存的立身之本。如果是他自己，面臨的一定是謀殺，他太弱，弱者連議價的機會都沒有，只能靠花間風，雖然花間風也並不可靠。

這世界上，已經無人可以信任，他只剩下身邊的機器人了。

第一批能源卡是古雷帶著邵鈞在工作室裡祕密製作的，製作時完全不讓任何人進入，用古雷的話來說，要不是為了保密，這樣的事隨便一個學徒都能做好。他們只做了三百張，準備拿給花間風拿去和奧涅金家族談生意，然後柯夏很順理成章地將整天在翡翠星基地裡瘋玩的花間雪派回去了，帶著三百張鈦藍新能源卡。

「總算把她打發走了，我讓花間風訂製一批流水生產線以及機械手，一旦裝起來，生產線大量生產將成為現實，能源卡只是最基礎的，下一步他們要做的是能源核。」柯夏總算能見到邵鈞，一邊說話一邊靠在沙發上等邵鈞做飯，這些日子邵鈞一直在做能源卡，怕放射性影響他，一直不肯出來，他只能跟著學生們一起吃飯。

邵鈞問：「我聽說她上課上得挺好的，學生們喜歡她。」

柯夏撇了撇嘴：「覺得她漂亮啊，畢竟青春期的男孩子，這裡女學生又少，見個母豬也覺得眉清目秀。」

邵鈞笑了下：「小主人沒有比他們大多少吧？」

柯夏拿了個蘋果啃：「我覺得奧涅金家族應該會答應，接下來我想啃掉紅幽靈這個硬骨頭。」他不願意再和邵鈞探討自己的年齡問題，他希望自己儘快成熟強大起來，新能源給了他一個機會，讓他原本低迷的心重新振奮起來，這幾日他一直在心裡想著自己下一步怎麼做。

邵鈞一怔，轉過頭：「那個星盜集團很大，不如還是先想法子拿回冰霜之刃的基地。」

柯夏點頭：「對，我也是這麼打算的，先拿回基地，然後再和紅幽靈杠上，吞併他們的實力。當然這一切都需要錢，這之前，我想先攪混水。」

邵鈞問：「怎麼攪混水？」

柯夏笑了下：「當人人都畏懼紅幽靈時，沒有人敢和他們作對，但當紅幽靈如果也開始敗了呢？人們對他的畏懼就開始消失，當所有人開始懷疑他們的實力的時候，就是壯大的我們出手的時候了。」

邵鈞也有了些興致：「那主人打算怎麼做？」

柯夏興致勃勃向他招了招手：「過來，等你主人教你。」

邵鈞過來坐下，柯夏倒下躺在他的膝蓋上，按出了顯示幕，一個通體霜白色的機甲出現在了空中，機械手持著銀色大劍，劍上彷彿凝結著冰霜：「這是霜行者，冰霜之刃首領霜鴉的機甲。」

螢幕上開始顯示這個機甲與另外一台機甲對戰的戰鬥畫面，霜白色機甲戰鬥動作十分簡潔，幾乎碾壓性的將對方擊潰，戰鬥的最後他躍起，雙手持劍，自上而下將對方機甲從中間劈開，冰霜一般的劍銳不可當，令人印象深刻。

柯夏道：「這是他以前戰鬥的畫面，他操控機甲很乾脆俐落，而且不喜用熱兵器，多用機甲配劍霜劍戰鬥，獲勝之時喜歡將對方機甲劈成兩半，他的個人戰鬥風格非常強烈和明顯。」

他切換了下畫面，出現了一個披著雪白長髮的俊秀男子，他有著一雙非常醒目的金銀異色瞳眼眸和過於白皙的皮膚和比常人更淡的唇色，柯夏道：「這是霜鴉，他患有虹膜異色症，這是一種很罕見的基因病，有一定機率伴隨聽障，這是他的真實相貌，實際上平日裡他會戴上墨鏡遮掩他的瞳色，並且他確實也聽力不好，在耳朵內置了助聽器，只有組織內的極少數人見過他的真實面貌。」

「我看完了艾莎那邊存著的所有霜鴉戰鬥的畫面和影片，加上他的面容沒有人見過，你知道我怎麼想嗎？」

邵鈞低頭，看著躺在他膝蓋上的柯夏金色的長捲髮瀑布一樣幾乎垂到地上，眼睛閉著，嘴角含著笑，顯然很是得意自己想出的好點子：「我可以扮演霜鴉，在不同的地方打劫紅幽靈，他們會自亂陣腳的。霜鴉的威名赫赫，紅幽靈知道他重新出現並且開始報復的話，一定會嚴陣以待，然而只要他們敗上幾次，他們的敵人就會出現了。我們現在有能源在，天寶就可以擬態了，他本來就有雪地形態，我和古雷說了想法，要求他儘量讓天寶的雪地形態朝著霜之行者的外表去偽裝，唯一的問題就是天寶比霜行者大很多，但沒關係，宇宙戰鬥往往讓人對大小失去具體感覺，只要模仿霜鴉的標誌性動作和戰鬥方式，加上相似的外表，以及絕對不敗的戰績，對方只會認為是霜鴉回來報復了。」

「你知道有了新能源的天寶將會多麼強嗎？我們將會所向披靡。」

「我們？」

柯夏笑了下：「當然要帶上你了，這段時間，讓我們好好扮演復仇的霜鴉，正好練習我們的雙人機甲操作。」

古雷動作很快，大概是新能源給了他無限的激情，他沒用幾天就將天寶的外形重新改裝過了，又配了一把相似的霜劍在機甲上。

銀白色的機甲彷彿霜雪覆蓋，凜然不可侵犯，機甲啟動，銀藍色的雙眼亮了起來，在下邊看著的艾莎眼圈立刻就紅了，她指著眼角低聲道：「不知道首領到底怎麼樣了，還有黑蠍子，也還被紅幽靈關押著。」

古雷安慰她：「霜鴉重新出現在星空中，一定會四處有流言，到時候說不定首領聽說了，就會出現也未可知。」

艾莎點了點頭，也換上了她的女王蜂機甲，「霜鴉」的復仇，將是占領紅幽靈一處補給站，名叫環星中轉站，那個點是這一塊最重要的，只要占領下來，紅幽靈過來這邊就不方便了，也算是對翡翠星以及風暴星的一種隱晦的保護。

柯夏卻提醒古雷：「你儘快做好風暴星到翡翠星的躍遷門，現在不缺能源。」古雷明明剛把天寶重新改裝過外型，卻仍然鬥志昂然，風暴星是主要的能源來源，這個躍遷門的重要性不言而喻，而同時如何在風暴星不動聲色地將能源保護起來，建立自己的防禦點，這也是迫在眉睫的事，他們需要錢，需要大量的錢，需要武器，需要防禦裝備，需要人手。

但他們只要有能源在手，一切都是可以暢想的。

雪白的兩尊機甲一大一小，颼地一下拖著長長的光尾往無垠的天空中飛去，古雷彷彿看到昔日首領的英姿，不由也有一些感傷，但他還是振奮起精神，果然回去研究他的躍遷門去了。

環星中轉站上，一艘星艦剛剛進站，滿載貨物，紅幽靈的一支主力隊伍正在這裡補給，隊長菲克正在酒館裡與他的隊員們享受這掠奪後滿足地慶功。

炮火就在這一刻來到，一聲震耳欲聾的巨響帶著硝煙響起，「嘩啦啦！」小酒館四壁龜裂，屋頂在離子炮中雪亮的光芒中化為齏粉，尖銳的警報聲拉響了——「敵襲！」

菲克摔下酒杯，面色劇變，暴怒道：「誰敢招惹我們紅幽靈！歸隊出戰！」

所有人訓練有素，飛快地奔回自己的戰機、機甲上，數百輛戰機飛了出去，星艦也迅速起航，往敵人來處駛去，漸漸的，無垠的宇宙中，那尊雪白巨大持著霜劍的機甲巨人懸空站在中轉站上方。

通訊頻道裡已經不少人在恐怖尖叫：「霜行者！是霜鴉！」

「隊長！是霜鴉！我們快向總部求援吧！」

「霜鴉回來了！」

「霜鴉來報復了！」

菲克瞳孔緊縮，厲聲道：「冰霜之刃早就解體了！我們怕什麼！他才一個人，我們人多，所有機甲出戰！他擅長近戰，我們不要靠近他，出去立刻開離子炮！只要擊敗霜行者，有重賞！可以升為隊長！」

下完命令，菲克已自己上了他的機甲，星艦艙門打開，十來架機甲滑了出去，迅速形成了一個包圍圈，離子炮開始蓄能，炮口對著那巨大的霜白巨人，但那霜白色巨人卻一動不動，彷彿凝固在宇宙中一般。

菲克厲聲下令：「所有機甲都打開離子炮！鎖定目標開炮！」

十五台離子炮開炮，無數白光亮起，足以灼傷人眼的十來道雪亮光柱迅速爆發出來，往那霜白色巨人飛射而去！

菲克幾乎要狂喜，沒有任何一個機甲能在十來個離子炮炮火下逃生！擊殺霜行者霜鴉這可是大功一件！他必能升職了！

然而那巨大的霜白色機甲忽然動了，他不閃不避，卻舉起了巨大的霜劍，對準了他。

菲克的笑容忽然凝固了，就在離子炮光柱即將擊中霜白色機甲巨人的剎那，機甲巨人身上忽然撐出了一個巨大的離子盾！所有的離子炮落在離子盾上，只濺起了一些火花，彷彿節日禮花綻放，霜白機甲分毫無損。

菲克震驚地看著那離子盾，這可是十五台機甲的離子炮！能擋住十五台機甲離子炮的離子盾，該要多少能源？理論上不可能有機甲有如此充沛的能源放出這樣的離子盾！

通訊頻道裡嘈雜一片：「怎麼可能！」

「不可能！」

「快撤吧老大！」

霜白色巨人雙手持劍高高躍起，霜劍在宇宙中劃出了銀亮的弧度，巨人做出了那標誌性的空中劈下動作。

菲克剛剛發射過離子炮，根本沒有來得及做下一個動作，他瞳孔最後映出那巨大璀璨的霜劍向他的機甲迎面劈下的情形。

他的最後一個想法是：怎麼可能在開啟離子盾的同時，繼續操縱機甲做近身突進和空中劈砍的動作？

對方——難道不是人嗎？

Chapter 125 留不住

霜行者歸來！

冰霜之刃大首領霜鴉報復性屠殺了紅幽靈核心機甲隊十五台機甲，占領了環星中轉站！

爆炸一樣的新聞在星盜間飛速傳開。

更絕的是霜鴉占領了環星中轉站後，把裡頭屬於紅幽靈的物資劫掠一空，卻放過了其他星盜勢力，不僅如此，還將拿不走的紅幽靈的東西都給其他幾家星盜分了分，然後瀟灑地離開了，其餘星盜迅速的重新分割占領了環星中轉站的地盤，反而形成了微妙的平衡，至少紅幽靈再回來，肯定不能再厚著臉皮向進中轉站補給的其他星艦收稅了。

這之後霜行者一連挑了好幾個紅幽靈的星艦，雪白巨大如幽靈一般的機甲，標誌性地當頭空劈動作成為了紅幽靈多支隊伍的噩夢，甚至有不少邊緣星盜小隊，本來就是想借紅幽靈的名聲掠奪財富，交了不菲的費用才得以掛上紅幽靈的星盜旗，如今卻發現因為這紅幽靈的旗幟而惹上了霜行者的瘋狂報復，這就有些划不來了，於是不少周邊只是掛名的星盜迅速地脫離了紅幽靈。

這讓紅幽靈十分震怒，然而卻始終沒有找到霜行者落腳的地方，不得不精心設計了幾個陷阱，想要誘捕霜行者。

「這個戰術擺出來的陣勢還行，可以很明顯看得出來紅幽靈的大首領非常偏愛高星元帥的戰術手段，顯然是對他的每一場戰役都默記在心熟極而流，可惜他太看得起自己了。這個戰術的戰法重在包圍，高星元帥是正統軍，他的包圍戰術基本是綿密嚴謹，猶如網一般外鬆內緊，他手下帶的兵戰術執行力非常強，因此才能將這個口袋誘捕戰術施展得淋漓盡致。」

「可惜，這位大首領卻忘記了，他手下的是利益當先的匪，是喪心病狂的星盜，當利益足夠的時候，執行力的確很強，但如果自身利益受到損害時，他們會毫不猶豫地拖出隊友出來墊背，自保優先，因此這個口袋誘捕戰術，我們只需要找出他們的薄弱點，避開強者，逐一擊破，再簡單不過了。」

「好了現在我來分組，按上一次的戰術手法來，注意安全第一，觀摩體驗為主，有事立刻上逃生艙，攻擊的任務交給我和艾莎，都明白了？」

學生們閃閃發光的眼睛看著自己年輕的老師，異口同聲道：「都明白了！」

然後柯夏轉身便上了機甲內，機甲裡邵鈞已經和之前一樣默默坐在了手動操作鍵盤前，柯夏坐進駕駛艙內，神經元索帶垂了下來纏繞在他身上，閉上眼睛道：

「和之前一樣，你負責盾，我負責攻擊，出發！」

雪白的機甲從星艦中滑落出來，猛然上升，迅速變形，肩披雪足踏霜，手中持刃，衝破氣流，攜帶著千萬道雪亮的電弧殺向了敵人的包圍圈！

……

又是一場酣暢淋漓的教學指導戰鬥，柯夏心滿意足帶著學生們收隊回來，清點戰利品，學生們每發現一樣稀罕東西就要興高采烈地大叫，而這次又收繳了十台機甲，還有學生們十分惋惜：「可惜每次夏老師都要劈壞一台機甲，太可惜了，我們快一人能有一台機甲用了，夏老師說要組建機甲小隊了。」

「可惜什麼，沒有夏老師那一劈的震懾，我們哪裡能這麼順利。」

「以前老大駕駛霜行者的時候，也是這麼帥的嗎？」

「那肯定，不然我們基地怎麼能那麼多年沒人敢惹呢？」

「你們說夏老師和老大哪個更厲害。」

柯夏聽著學生們七嘴八舌，心情不錯地拿起了一個十分精巧的鐳射槍在手裡把玩，艾莎道：「今天這收穫是真不錯，這鐳射槍型號我還沒見過。」

柯夏淡淡道：「這是軍方配給文職專用的槍，去年才淘汰的。」

有學生好奇道：「軍方淘汰的鐳射槍？紅幽靈可真是神通廣大，這都能找到。」

柯夏嗤笑了聲：「真是太年輕。」

艾莎也笑盈盈教育孩子們：「這肯定就是那幾個軍團裡頭流出來的，文職用的鐳射槍，本來就不常用，既然換了新型號，自然就有人拿到外邊賣，各大軍團都駐紮在荒無人煙的星空裡，能賣給誰去，可不就是賣給星盜們最划算嗎？軍需官們油水可多了。」

學生們眼睛都瞪圓了：「等等，那這豈不是通敵？」

艾莎笑得前仰後合：「果然還是孩子，聯盟三大軍團，帝國七支貴族軍，哪一個沒收過星盜的進貢，說白了，消滅了我們星盜，他們拿什麼理由去打報告繼續要軍費？這叫養寇自重，特別是帝國和聯盟簽訂了和平公約，我們這些星盜，可就是他們要軍費、擴軍的唯一理由了，否則歷年來怎麼星盜越打越多呢？都是心照不宣罷了。」

柯夏嘴角掠過一絲嘲諷，轉頭看邵鈞也在好奇地把玩著那些兵器，嘴角又翹了起來，上前正要和他說話，通訊器卻響了：「夏老師，有衛星通訊。」

柯夏心情不錯，招呼邵鈞就走，邊走邊和他說話：「應該是能源卡有消息了，這次咱們也收穫不小，等錢到位，可以考慮招募一些人手。」

海神號上，通訊已經接通，花間風出現在畫面上，柯夏笑了下：「新能源生意合作有眉目了？」

花間風臉色一改從前的嬉皮笑臉，臉色正經許多：「先說好消息，因聯盟和帝國已經簽了和平公約，雙方正在按公約要求裁軍和撤除一些駐軍。我們正在暗自遊說促進聯盟軍方將一些不重要的軍產礦星放開租賃，讓民間開發，三九九星已經進入了這一批名單中，如無意外，花間家族應該可以順利簽下長租協議。」

「第二個消息，奧涅金家族非常重視這次合作，願意承擔精細加工、新產品研發、銷售等後繼開發銷售，甚至提出了四六分成的條件，我們六，他們四，我原本是打算五五分的，但是，他們提出了一個條件。」

柯夏冷笑：「是想知道能源來源吧？告訴他們休想，你也要保持清醒，一旦被人發現這是軍產礦星，我們一毛錢都拿不到，三大軍團會瘋了一樣來搶的，在我們擁有足夠的力量之前，這裡一定要藏好。」

花間風搖了搖頭，他的目光落在了邵鈞身上：「奧涅金伯爵是個聰明人，他是不會提出這樣的條件的，他唯一的條件只是：讓另外一個『花間風』到他身邊，全權負責此次合作事宜。」

空氣凝結起來，柯夏一開始沒反應過來，等他理解了話裡的意思，回頭看了邵鈞一眼，臉色忽然變得鐵青：「什麼叫另外一個花間風？」

邵鈞開口：「扮演風先生期間，我曾經以風先生的名義和他有過一點合作往來。」

花間風苦笑：「他發現了，有兩個花間風，這次談判除了其他條件外，他唯一提出的條件就是這個，明確指明必須要你到他身邊，負責合作事宜，否則他誰都不信，花間家族太過詭詐，這次合作又太過重要而隱祕，他要求你必須留在他身邊擔任助理至少三年，保證所有合作順利。」

柯夏太陽穴上的青筋暴起，暴怒道：「不同意！他們以為他們是什麼？能源在我們手裡，我們可以選擇其他家族合作，並不是非他們不可！」

他來回走著，彷彿一頭暴怒的野獸，眼神暴戾：「拒絕他們！不同意我們就找下一個家族！他們以為他們是誰？」

花間風看著他有些無奈：「小郡王，你身上背負著滔天血仇，我們目光要放長遠，不要拘泥於這三五年。奧涅金家族是最好的合作對象，而且這個時候換合作對象已經不可能，隨便哪一家，都會遭到來自奧涅金家族在市場上的狙擊，還是那句話，我們經不起查，也經不起這麼一個把持軍火、能源生意數百年歷史悠久的龐大家族的敵對。平心而論，他們提出來的條件也並非那麼難以接受，只不過是三年而已，杜因可以做到的。有一個我們的人在奧涅金伯爵身旁負責合作事宜，合作也的確更能有保障和順暢，除了杜因我還真想不到更合適的人選了，無論是我和你，都能完全信任杜因，不會擔心杜因會被對方收買……」

柯夏怒吼：「不行！我說不行！你聽不懂嗎？誰都可以，他不行！」

他毫不猶豫切斷了通訊，彷彿害怕再聽花間風繼續遊說下去，他轉過頭看著杜因，目光冰冷狠厲：「你不許離開我！」

邵鈞冷靜道：「花間風其實沒有說錯，只有我去，才能最大保障你的利益，畢竟沒有人知道，花間風的背後是你，你也不能完全信賴花間風……」他忽然停止了說話，因為他看到了柯夏彷彿受傷的野獸一般盯著他，然後漸漸那雙冰藍色的雙眸湧上了一層霧氣，柯夏扼住了他的手腕，咬著牙一字一句道：「我不許你離開我身邊，聽明白嗎？」

「以後你哪裡都不許去，就在我身邊，我去哪裡，你就去哪裡。」數日前，他抱著他失而復得的機器人說過的話還言猶在耳，命運就再次給他糊上了滿臉的惡意，彷彿在嘲弄著他的無能。

連最後一個屬於他的機器人都留不住的無能。

柯夏將自己關在了房裡，誰都不見，晚餐也沒出來吃。

邵鈞想著他需要時間冷靜和接受事實，便將晚餐放在桌面上，去古雷那邊幫忙做了些事，古雷正忙於躍遷門的建設，看到邵鈞來正中下懷，把他指使得團團轉，邵鈞正好對躍遷門也有興趣，想到以後再也沒有機會看到這東西了，便也邊幫忙邊詢問，一不小心就忙到了深夜。

等回到房間，餐桌上的晚餐原封未動，臥室裡頭仍然無聲無息，邵鈞索性推開了門進去。

屋裡漆黑，厚重的遮光窗簾拉得緊緊的，但黑暗對邵鈞並沒有任何作用，他環視了下房間，便看到柯夏蜷縮在牆角的單人靠背椅上，垂著頭，頭髮淩亂披散著，遮住了臉。

邵鈞低聲問了句：「主人？您不用晚餐嗎？」他向前走了兩步，他的嗅覺報警器卻提示他，有血腥味。

他驀然轉身將燈光打開，雪亮的燈光立刻充滿了臥室，一切無所遁形。柯夏伸出手遮住了這太過強烈的光，邵鈞卻已經上前握住了他的手，將他已經被血浸透的襯衫袖子強行撕開，露出了下頭新添了幾道劃痕皮肉綻開的醜陋傷痕，有的血已經凝住，有的血卻還在慢慢往外滲著。

邵鈞拿出了止血噴霧凝膠往上噴了厚厚一層，然後抽出繃帶包紮傷口，期間柯夏一直垂著頭任他施為，表情漠然，彷彿那還在不斷流血的手臂不是自己的一般。

邵鈞一想到以後自己走了，不知道他還會這樣自殘多少次，氣得發抖，已經無法再去思考他查閱過的那些抑鬱症、自殘應該如何科學應對的資料，忽然揚起手，抽了柯夏一個耳光。

柯夏的臉被抽偏向一邊，震驚地轉過臉，瞪視這個竟然會打主人的機器人：「你打我？」

邵鈞冷冷道：「我擁有可以適當懲戒和教育犯錯誤的小主人的許可權。」

柯夏藍眸裡跳躍起了憤怒的火花：「我不是孩子了！你憑什麼打我！」

邵鈞道：「可是我現在看到小主人像一個巨嬰一樣，拒絕自己的機器人保母離開，不肯接受現實，遇到了事情只會躲在陰暗中哭泣，傷害身體，迴避問題。」

柯夏臉上氣得鐵青：「胡說八道！」這是第二次了！第二次被他的機器人鄙視甚至侮辱！

邵鈞冷冷道：「請你成熟一些，像一個成年人一樣面對世界，接受事實。」

柯夏惡狠狠瞪視著他，忽然抬起手，唰的一下刀光一閃，邵鈞這才發現他右手上一直持著一把匕首，他低頭看到自己的手臂上，被柯夏用刀割下了深深一道痕跡，他抬頭看著柯夏，柯夏兩眼通紅卻冰冷：「你知道什麼是痛嗎？」

「只有這樣的切膚之痛，才可以壓下我的焦慮和仇恨，對自己無能的仇恨——你不知道，你沒有感覺，你甚至沒有心。」

他看著他，胸脯上下起伏，喘著氣：「你沒有心。」藍眸裡忽然淚水滑落了下來，這一刻他多麼痛恨他面對的是一個冰冷的機器人，偏偏他在他跟前永遠像個孩子，他人生的所有經歷過的痛和愛，軟弱迷茫和堅持，都投射在了他的身上，可是他不知道。

他縮回了他的靠背椅裡，蒼白的臉上嘴唇顫抖著，還有些單薄的身體佝僂了下去，金色的頭髮胡亂披散著。邵鈞看著他，終於閉了閉眼睛道：「有一個辦法，可以讓我一直留在你身邊，沒有分離，沒有痛苦。」

柯夏啞著聲音道：「什麼辦法？」

邵鈞道：「放棄你的仇恨，放下所有的過去，無論是帝國還是聯盟，他們都當你已經死去，新能源直接賣斷給花間風和奧涅金家族，拿上一筆豐厚的錢，去聯盟任意一個小國，隱姓埋名，過一個平淡的人生，你不再是帝國的小郡王，也不是優秀的機甲高材生，你不需要再負擔任何仇恨，可以重新開始你的人生，同樣……」

他深吸了一口氣：「我也可以一直陪伴著你。」

柯夏沉默了許久。

邵鈞道：「三天後花間風的飛船會過來接我，並且帶上一批新能源核，你可以想清楚。」

他轉身走到房門處，手才觸摸到門把手，身後聲音傳來：「我做不到。」

邵鈞沒有回頭，柯夏低下頭，眼淚還在滑落，一滴一滴落在他的膝蓋上：「我不能放棄仇恨。」

古雷說，機器人說的話其實是你的真實想法。柯夏在這一刻清醒地認識道，他每一刻都希望放棄這條太過艱難看不到希望的路，去選一條更舒適，更平靜的路，和他的機器人過著輕鬆愉快的日子。然而他不可以，金鳶帝國皇室永不言棄的血液在他血管裡湧動，他絕不會讓自己的下半生在平庸中度過，他也絕不能接受殺了他親人的仇人在帝座上安然度過有生之年。

他的機器人什麼都沒有說，走了出去，房門關上了。當然，機器人沒有心，永遠理智冷靜，他一定早就知道他的主人必然會選擇這條利益最大化的路，即便自己痛得彷彿心臟生生被扯開，離開自己的胸腔。他的機器人陪伴他太久了，以至於不過是離開去做別的事而已，就讓他感覺到血肉分割不能呼吸的劇痛。

三年而已，很快的。

即便這樣安慰自己，他仍然感覺到不能呼吸。

他一直沒有出房門，邵鈞離開的時候，到臥室門口敲了敲門，低聲道：「飛船到了，我走了，主人，保重。」

柯夏沉默著，一言不發，這三日他在黑暗中數次想要用習慣的疼痛來懲罰自己的無能憤怒，卻在每一次握緊匕首之時，想到了那個尖銳刻薄的詞——巨嬰，然後刀子便再也刻不下去。

邵鈞又在門口站了一會兒，始終沒有等到裡頭的回應，飛船要出發了，他沒有再說話，轉身離開了這座他親手建造的冰藍色城堡。小鷹總要學會自己飛，柯夏總要學會獨立，他也終究不是一個沒有心永遠能夠跟隨主人永不分別的機器人，分別是遲早的，時間會沖淡一切。

飛船起飛之時發出了巨大的聲音，柯夏走出門口，抬頭看著飛船離開了翡翠星，往那無邊無際的太空駛去。

他抬頭讓陽光照著他的臉，風中吹來一陣薔薇花香，他轉頭，發現他的機器人之前小心栽培在溫室裡的白薔薇，不知何時已經移栽在了他房門外的院子裡，一出門就看到那雪白嬌嫩的花瓣在海風中輕輕綻放。

他上前摸了摸花瓣，忽然就遮住了自己的臉。

眼淚彷彿停歇不了，像一首詩寫的，眼睛是永不癒合的傷口。

他手指遮住眼睛，心裡想，再哭最後一次吧。

他的機器人保母不在他身邊了，以後就真的不是孩子了。

他該長大了。

「所有的合約條款都在這裡了，說實話讓出的條件很是優厚，每一條都考慮查到了長久合作的可能，看得出奧涅金家族是很有誠意了，所以我之前才勸夏接受，提出來要求一個可靠的人在身邊方便合作，也可以理解，雖然我不明白他為什麼指明一定要你。」

高速飛馳的飛梭中，花間風轉頭看了眼一直沉默看著窗外的邵鈞，深黑色的高級定制正裝讓機器人顯得分外沉著，柔軟的黑髮和黑眼睛明明和自己一樣，長在機器人臉上，卻硬是和自己氣質迥異，的確怎麼看都比自己更可靠——所以這就是老謀深算的奧涅金伯爵高明的識人之術嗎？

飛梭到了，花間風先下了來，邵鈞跟在他身後，他們跟前的是奧涅金家族在霍克公國首都桑尼堡的能源總公司大樓，這幢大樓高聳入雲間，顯得分外威風闊氣。

來接引的助理分外恭敬，一路引他們進入了貴賓電梯：「伯爵大人今天行程有些滿，但是聽說花間先生要來，還是吩咐我們安排出時間。」電梯飛快上升著，邵鈞轉頭看著透明觀光電梯外一幢一幢黑色氣派卻又風格相似的大樓，花間風介紹道：「都是奧涅金能源公司的產業，旗下就有數十家大型跨國公司，分屬不同業務。」

邵鈞沉默地點了點頭，在外邊天光映照下，他的面容給人一種憂鬱之感，花間風想起狂怒到現在都不肯接通通訊的柯夏，不由也有些感傷。

叮的一聲頂樓到了，穿過長長的走廊進入了有著正面玻璃牆的寬大辦公室內，阿納托利正坐在辦公桌後凝視著面前的星網螢幕，看到助理將他們引進來正站起來一邊伸手與花間風握手一邊道：「風先生遠道而來辛苦了。」然後他的目光就落在了邵鈞身上。

花間風道：「伯爵閣下客氣了，我只是把你指定的人送過來，好讓我們的合作下一步更順暢。」

阿納托利那雙迷醉無數女子的琥珀色眼睛蘊含了滿滿的笑意，彷彿十分欣然，他伸出了手向邵鈞道：「所以，我應該怎麼稱呼這位先生呢？」

邵鈞伸出手：「杜因。」言簡意賅。

但阿納托利卻沒鬆開手，而是握著他的手笑道：「希望杜因先生不要介意我的冒昧，但當我發現有兩個風先生之後，我真的陷入了巨大的好奇和無盡的疑惑中，我感覺如果不能再見到真正的你，我這輩子可能都無法解開這個心結。」

邵鈞有些無奈，點了點頭道：「沒有介意，感謝伯爵閣下抬愛。」

阿納托利鬆開手，伸手請他們坐下，花間風開玩笑道：「只是疑惑嗎？當伯爵閣下以為我是替身之時，差點把我切成了碎片，只為逼出真正的花間風，我可是花了不少言語，才證明了我是真正的花間風，而他才是替身呢。」

阿納托利臉上帶了些歉意：「真對不起，風先生演技雖然很高超，但是說實話，杜因先生和您還是截然不同的兩個人，稍加相處，就可以很明顯地感覺出差別來，但聯想到風先生你的豐功偉績，我不免以為被計算了因此對風先生做了一些冒犯的事。如今想來，杜因先生那一天在拍賣場，是真的在休閒度假吧？畢竟才完成了那麼長時間的替身扮演任務呢。」

邵鈞點了點頭：「是，當時只是被拍賣會吸引，所以想去見識一二。」

阿納托利親手倒了兩杯酒遞給花間風和邵鈞：「這麼一說我更抱歉了，打擾了您的旅程，希望接下來您在霍克公國長居的日子，能允許我稍加彌補。」

花間風端起酒杯微微致謝，輕輕飲了一小口道：「杜因個性好靜，不喜歡熱鬧，也不怎麼愛說話，希望伯爵閣下也多擔待。」

阿納托利笑了下：「杜因先生是個十分務實可靠的人，我十分欣賞，相信接下來的合作，也會十分順利的。」

邵鈞道：「新能源的合作有很多機會，感謝閣下給我們的優厚條件，我想知道閣下打算在下一步打算開發什麼新產品。」

阿納托利看了眼邵鈞跟前絲毫不動的酒杯道：「杜因先生不喜歡喝酒嗎？或者有什麼喜歡的飲品？我讓他們送進來。」

邵鈞道：「謝謝，冰水就行。」

阿納托利起身從冰箱裡親自拿了杯水打開，倒進裝著冰塊的玻璃杯裡遞給他：「下一步開發我打算先從民用管道開始，雖然其實我很想直接開展武器能源的製作開發，但你知道，現在聯盟和帝國剛剛簽訂和平公約，新能源的出現會打破平衡。」

花間風笑了下：「我以為軍火商會更樂於看到戰爭的爆發。」

阿納托利抬了抬濃黑的眉毛：「戰爭，當然對軍火商有利，但不是現在。如果帝國發現我擁有足夠顛覆帝國壟斷地位的新能源，那麼戰爭一定會即刻爆發，我們沒有時間應對。」

「各地這些年，各種新能源也都有，光能、核能、水能、風能以及各式各樣的古怪新能源都層出不窮，但，都沒有風先生這一次送過來的能源讓人吃驚，我們需要時間來慢慢發掘和開發，這期間，讓帝國以為我們只是一種普通的民用新能源就好。所以也還請風先生耐心等候，這一開始的利潤，肯定有些薄。」

邵鈞聽到了自己關心的問題，終於放下心來：「伯爵閣下考慮問題很是嚴謹周到。」柯夏同樣需要時間來長大，循序漸進是最穩妥的戰略。

阿納托利笑道：「杜因先生還是叫我阿納托利吧？」

花間風也笑如春風：「恐怕還是要叫尊稱的好，接下來杜因是要在貴公司擔任職務的吧？總不好沒大沒小的。」

阿納托利道：「總裁助理，我希望杜因先生能夠擔任我的助理，當然薪水是一定會發的，我的助理薪水都很優厚，入職手續今天就可以辦理。」

花間風道：「那我真是要替杜因向你表示感謝了。」

阿納托利道：「今天兩位遠道而來想來也累了，你們是住在飯店吧？杜因先生今天就乾脆留下吧？我帶您去我的住處，這樣比較方便合作，行李晚點讓人送過去就好了。」

花間風挑了挑眉毛：「其實我在霍克公國也是有產業的，還是讓杜因單獨住比較合適。也是避嫌吧，我可不希望到時候貴公司有什麼機密洩露出去了，您怪到杜因身上來，畢竟您對我們花間家族，可是非常觀感不好呢。杜因並不是我的下屬，他是我的朋友，我不希望看到伯爵閣下將那些手段用在我朋友的身上。」語氣裡帶了一絲怨氣，顯然上一次真的被整得不輕。

阿納托利笑了下：「對風先生的冒犯，我也很抱歉，這一次條約上我已經給出了足夠的補償，應該能讓花間家主滿意。既然要合作，自然是要互相信任的，況且杜因先生實在是難得一見的穩重人才，我相信我的直覺。這次合作至關重大，又十分機密，杜因先生住在外面，洩漏資訊的可能性太大了，我不建議冒險，要知道一旦這種新能源的消息洩露出去，那無論是聯盟還是帝國，都不會放過我們的。」

花間風轉頭以詢問的目光看向邵鈞，他擔心的是邵鈞的身分，邵鈞倒是點了點頭：「可以。」

阿納托利注意到了他們的互動，眼睛微瞇，又露出了那迷死人不償命的微笑：「那麼，請容許我邀請兩位到我府中用個晚餐？」

阿納托利在桑尼堡的住處不是城堡，只是一幢別墅，但從位於黃金路段上看，這幢別墅也已經是屬於豪闊的大，從第一道門口到住處的中庭，飛梭也要了十幾分鐘才抵達。管家先送他們去了房間裡休息，花間風親自到了邵鈞的房間裡，仔仔細細替他檢查了一輪，確定沒有裝有任何監視和竊聽設備，又交給他一個項鍊：「戴在身上，可以隔絕干擾一切電子設備的檢測和監聽。」

邵鈞接過來戴上了，花間風又笑：「幸好住處還是不同的小樓，我以為他真這麼放心呢，真不愧是赫赫有名奧涅金家族的家主。」

邵鈞隨口問：「所以他當初到底怎麼對你了，讓你怨念這麼大。」

花間風臉上掠過了陰影，身上微微打了個寒顫：「我不想回憶了，總之你記著這人不好招惹，敬而遠之，專注在合作上就好。」

而另外一邊，老管家正在和伯爵大人彙報：「已經安置好了，客人很滿意，說沒有什麼需要添置的了。他拒絕了人工管家服務，只接受智慧管家，另外風先生說他明天就回洛倫。」

阿納托利點了點頭，他旁邊的一個心腹笑道：「這是被伯爵大人被嚇壞了吧，連多停留一天都不行，他就不怕合作有問題？就這麼把自己的替身扔在這裡了。」

阿納托利淡淡道：「杜因絕不是受控於花間風的替身，也不是他的下屬。花間風對杜因很是尊重，甚至有些過於顧及杜因的感受了。兩人相處之間，我甚至感覺杜因更從容不迫，在合作中顯然也有極大的自主權。我之前的感覺沒錯，新能源並不是花間家族的獨家生意，花間風背後還有人。」

那心腹驚道：「難道那杜因才是背後的主使者？花間一族手段百出，不可不防，主人還是要多加小心。」

阿納托利搖了搖頭道：「他沒有花間家族身上那種令人厭惡為了利益毫無底線的味道，但可以肯定他確實有相當大的話語權，所以花間風才能這麼放心地讓他一個人留在這裡，自己回國。你還記得杜因的身手嗎？對上他我沒有把握，但花間風卻弱得很，很輕鬆就被我制服。所以他才敢一個人留在這裡，無所畏懼，這是屬於強者的自信坦蕩，也是花間家族那種常年生活在陰暗只能憑藉旁門左道的人所不具有的。」

心腹嘆息：「閣下，這樣的人放在身邊太危險了。」

阿納托利看著遠處飄落的秋葉：「去年冬天第一次見到他，我的心緒就已經被他征服，結果等到同意合作，我卻發現真正的花間風另有其人，這讓我寢食難安。我不清楚究竟我是被這個替身所迷惑了，還是被這兩個人糅合在一起矛盾的外在形象迷惑，總之我的心告訴我，把他放到身邊來，我就可以分清楚看明白我的心了。」

「不出所料，今天第一眼看到他和花間風站在一起，看向我的眼神平靜淡漠，我就清清楚楚地瞭解了我的心，那是個強者，可以和我並肩的強者，我想要征服他。」

「從來沒有這麼強烈過的挑戰欲和征服欲在我的胸口漲滿，我想要這個人臣服於我，平靜的目光被我打破，我要他眼裡只有我。」

「一定非常難，但正因如此，才會格外期待回報，時間越久，酒就越醇厚，我很有耐心。」

晚上的宴會基本都是阿納托利與花間風在聊天，雖然阿納托利作為主人，還是時常照顧邵鈞，說一兩個話題，但很快又被花間風接走，晚宴結束後回房，花間風又叮囑了邵鈞一些事情，然後將一張銀卡交給他：「收好這個，可以在霍克公國任意一家銀行領取限額內的錢，也可以刷卡消費，這適合匿名消費。你一個人在這裡和奧涅金伯爵周旋，有需要幫助的及時聯繫我，另外我給你留了一輛飛梭在停車場，你隨時可以用。」

邵鈞點了點頭：「謝謝。」

花間風道：「不用——你知道你們給我帶來了什麼嗎，一種新能源，有了這個在手，花間家族從黑暗轉向光明不再是夢想，就連赫赫有名的奧涅金家族也為此折節與我們合作。我會盡快處理租下礦星，夏那邊你也不用擔心，我會照顧好他的。你自己一切小心。」

邵鈞道：「夏那邊，有什麼事麻煩您及時轉達給我，我這裡不方便衛星通訊。」

花間風道：「我會留心的，小雪留在那邊，也會傳消息給我的。畢竟夏是個太高傲的人，我對你們那邊的訊息基本沒辦法掌握，所以才派出了小雪，希望你不要在意。」

邵鈞道：「沒什麼的，合作需要坦誠。」

花間風看他的神情，忍不住道：「你一定要小心，你可能不能理解，你這樣的人……」他猶豫了一下，似乎想要找出準確的詞語來形容：「乾淨無私，純粹正直，偏偏又強得難以馴服，這樣的人對於我們這種在黑暗中沾染了髒汙的人會非常有誘惑力。」

想要弄髒他，想要折斷天使羽翼，一起在地獄裡共沉淪，他太瞭解阿納托利的眼神了，因為其實他們是一類人。同樣在黑暗裡生長，見過無數出賣、暗殺、背叛，自己手上也早已沾滿血腥，他們這類人早已心如鐵石，唯有杜因這樣天然如璞玉的強者才能讓他們信任，因為純粹沒有太多欲望，所以不會輕易為了利益背叛，因為強得足以自保，所以不需要擔心分別。

邵鈞有些茫然看向他，漆黑雙眸乾淨得過分，花間風有些狼狽的別開眼神道：「你要小心，奧涅金伯爵這個人，是大公的次子，他十八歲就已經開始主掌能源和軍火生意，非常冷酷無情，手下人命無數，他指名要你，我怕他對你有別的心思，你自己小心。」明明只是一個機器人而已，花間風卻早已不知不覺把他當成一個人，他甚至可以理解柯夏的憤怒和對這個機器人的占有欲。

邵鈞沒放在心上：「好的，多謝提醒。」

花間風苦笑了聲，在奧涅金伯爵沒有發現他們有兩個人時，他曾經對他發起了多麼猛烈的追求，幾乎將整個天堂的鮮花都拱手擺在你面前，沒有多少人能夠抵抗他那如蜂蜜一般流淌著愛意的眼睛。他勉力抗拒，就在幾乎要淪陷的時候。他卻發現了他的替身，這個強大到令整個地下社會都為之顫慄的人，毫不猶豫地翻臉了，從天堂到地獄，只有他經歷過。自己這個臭名昭著的花間族家主，被奧涅金棄如敝履，當然，因為相信他以利益至上，所以用優厚的條約補償打發了他，可笑他曾玩弄他人感情於股掌之上，在帝國翻手為雲覆手為雨，卻同樣被人如此炮製，果然是報應不爽。

他沒有再繼續說什麼，他甚至有些冷眼旁觀，等著那個自大的人在杜因跟前折戟沉沙，他太理解面前這個機器人對那個小郡王的保護欲和無私的付出了。興許他萌生了自我意識，對小主人有了感情，但他到底還是一個機器人，呵呵，阿納托利閣下，我等著看你如何打動一個內核裡早已刻上了主人，沒有心的機器人。

他沒有繼續停留，他不願意在霍克公國繼續停留，繼續見著阿納托利毫無顧忌地在他跟前向杜因大獻殷勤，他是一族之長，肩上還背負著一族的命運，誰不想一出生就清白乾淨，強大到不需要採取任何陰私手段？出生在陰溝裡不是他的錯，錯在他不甘心接受命運，掙扎著不擇手段要爬出來。他們這樣的人，本來就該是利益至上。

第二天清晨花間風就一個人離去了，只是讓老管家轉達了對主人熱情接待的感謝。

這一日奧涅金伯爵有重要國賓接待，因此請杜因一個人隨意，有什麼需求只管吩咐。杜因倒也沒什麼，他有些不習慣，他有些懷念在風暴星那永遠沒有盡頭的風砂拍打窗子的聲音，他懷念翡翠星風吹波浪的海濤聲，他掛念他的小主人有沒有好好吃飯，他有些後悔臨走時有些過激的舉止。

他一個人坐在房間二樓寬大的觀景陽臺舒適的扶手椅內，手邊放著一本書，卻沒怎麼看，只是看著外邊正在飄落著黃色葉子的闊葉樹林子。對面坐著丹尼爾，他正拿著一本書十分認真地讀著，奧涅金伯爵這間房間裡也放了十分豐盛的古典紙質藏書，丹尼爾一看到整個書架就被迷住了，從昨晚就一直手不釋卷，他是個非常沉靜的性格，很少說話，也很能自得其樂，邵鈞帶著他倒也是兩人性情相宜，相處自然。

門口傳來輕輕的敲門聲，邵鈞出去開門，看到伊蓮娜站在門口優雅對他行了個禮：「杜因先生，聽說您這次要過來常住了，歡迎您住在這裡，我想請問，丹尼爾在嗎？」

邵鈞有些意外：「多謝伊蓮娜小姐，丹尼爾在的。」

屋裡丹尼爾已經踩著亮晶晶的枝條走出來，花瓣忽閃忽閃：「伊蓮娜。」

伊蓮娜歡喜地伸手拉他銀亮枝條的手：「艾斯丁呢？我們出去玩吧，我帶你參觀我的遊樂園好不好？」

丹尼爾聲音有些傷感：「艾斯丁太累了，他休息了。」

伊蓮娜道：「這樣啊，好遺憾，那下次吧，我們一起去玩吧？」

丹尼爾道：「可是我這本書還沒有看完。」

「什麼書呢？」

丹尼爾道：「尋寶之旅。」

伊蓮娜好奇道：「很好看嗎？」

丹尼爾：「……好看，這本就是妳家的書啊，妳沒有看過嗎？裡頭有很多尋寶冒險的小故事，不然我講給妳聽聽？」

很快伊蓮娜和丹尼爾一起手牽手拿著書本去樓下讀書區一起去看書了，走之前還彬彬有禮和邵鈞道別。

屋裡就又只剩下邵鈞一個人，他想起了艾斯丁留下的後門，心中一動，接上了天網。

天網裡還是那樣熙熙攘攘，空中的幽藍色主腦一如往常，誰也不知道它魂體已經沉眠。他很快找到了艾斯丁告訴過他的暗門，穿過了傳送門，亞特蘭提斯那漂亮的天網主城再次出現在跟前。

也不過才離開了幾日，看到熟悉的海水和冰藍色的城堡，他還是感覺到了親切，雖然空無一人。他隨便走了走，走上了古雷的工作圓堡，看到他在裡頭埋頭看著什麼，抬頭看到他：「喲，你來了？回去感覺如何？」

邵鈞道：「還好，你怎麼在？躍遷門做好了嗎？」

古雷道：「我們這裡是晚上，晚上我一般都在，天網裡有助於我思考白天解不出來的問題，你這個時間點來的話，我通常都在。躍遷門做好了，效果很好，花間雪過來帶了不少最先進的勘探採集機器人，我和夏過去全布置好了，現在採集能源的效率越來越高，幸運的是，那座星球的能源，經過我的觀測和測量，它還在生長！這真是令人感到欣慰。我們下一步打算做能源核，還有，我的空間鈕也開始有進展了，再這樣下去，天寶將會越來越強，到時候攜帶機甲空間鈕就可以隨時在戰場上召喚出機甲的技術將成為現實！」

邵鈞點了點頭，古雷又看了他兩眼：「夏心情不太好，最近一連挑了好幾個紅幽靈的據點，我們都感覺太有些操之過急了。」

「不過有好消息，紅幽靈開始分裂了，我們正在開始準備聯繫其他星盜集團，想辦法收回我們的基地。」

邵鈞道：「其實可以慢一點，這邊的利潤不會那麼快，考慮到這種能源效果實在太驚人，一開始我們不會就考慮先在軍用能源上發展，以免樹敵太快。」

古雷笑了下不以為意：「沒關係，我們可以自己先用，天寶換上新能源以後，已經所向無敵，雖然如今沒有使用雙人機甲功能，但其他功能全都用上了。等我們收復基地，把原來分散的人都找回來，一定會越來越強大的，如果老大也能回來就好了。」

邵鈞道：「他對你們很好吧？」

古雷點了點頭：「我被人陷害流放，後來我逃了，路上被基地收留了。他專收養沒有身分的黑戶孤兒，很久以前我聽他說過一次，他原本是帝國貴族的後代，似乎是政變失敗了，曾經做過很長時間的奴隸，後來找機會逃了出來，他一直憫弱鋤強，這一次消失是真的很奇怪，我們都很擔心他。」

邵鈞道：「霜行者是很有名的機甲了，難道也沒有再出現過嗎？」

古雷搖了搖頭，想了下道：「那具機甲也是我組裝的，你現在是在霍克公國吧？那兒的冬季拍賣會上往往會拍賣一些違禁品，如果真的霜行者落在別人手裡的話，很可能會拿去那裡賣，但也有可能是自己收集，或者落到了聯盟軍方手裡，但是如果真看到霜行者的話，霜鴉處境就不會好了。」

邵鈞道：「我會留意。」

古雷點了點頭，過了一會兒微微感慨道：「希望我們早日好起來，讓這座天網主城也充滿人。」

邵鈞環視了下空無一人的主城，美麗的城市裡只有潮汐的聲音層層疊疊地沖刷著，他輕聲道：「會有人的——總有一天，這裡會成為繁榮的天網主城。」

「還是一直在自己房裡？他就真的對霍克公國沒什麼興趣嗎？」

阿納托利脫下自己的外套，讓管家端走，一邊解著襯衣袖釦，管家報告：「聽伊蓮娜小姐說，杜因先生只是一直在屋裡看書，就連丹尼爾也天天看書，還為伊蓮娜小姐說了不少故事。」

阿納托利眼睛裡滿是笑容：「看書？這麼有意思。」

管家笑道：「怎麼這次伯爵不和之前一樣緊迫攻勢了？」

阿納托利搖了搖頭：「花間風肯定有和他提醒過，我再緊迫追人，只會讓他反感，還是得細水長流，採取別的策略。」

他脫下了繁複的花邊襯衣，露出了精壯的背肌和結實的腰腹：「替我約格鬥教師，我明天要去訓練下。」他換上了寬鬆的家居睡衣，頗有些躊躇滿志，「只有真正的強者，才能折服他。」

阿納托利一連冷落了邵鈞數日，只說是公國有公事，行程排滿了，邵鈞並沒有在意，只是在屋裡瀏覽星網，搜集了所有關於各種能源的知識以及奧涅金家族的所有公司情況。

終於這日奧涅金伯爵有空帶邵鈞入職了，早晨他在飛梭上專門和邵鈞道歉：「杜因先生遠道而來，又是我邀請來的，本不該冷落您，只是這幾天國事繁忙，我身上偏偏有著個爵位在，不得不去接待，倒是讓你久等了。」

邵鈞道：「沒關係。」面容還是冷淡沉靜，阿納托利不由心裡又彷彿被羽毛掃過一般，那種想要打破這種平靜面容的欲望越來越強，他笑道：「今天我帶你過去入職，為了這個計畫，我單獨成立了一個專案組，整個小組都是我旗下的精英，而且絕對可靠，絕對保密。你作為我的助理，同時也擔任專案組的特別顧問，今天我已經通知各方面人員前來開會，順便也介紹其他專案人員給你認識，畢竟今後新能源的開發、產品、銷售，都全靠這個專案組了。」

邵鈞仍然從容道：「好的。」

阿納托利又看了眼端端正正安安靜靜坐在邵鈞旁邊的機器人星輝花，笑道：「杜因先生倒是童心未泯。」

邵鈞道：「丹尼爾是我很重要的工作助手。」

阿納托利頗有些寵溺地笑了下，沒說什麼。

飛梭到了，阿納托利十分尊重地帶著他直上了最高層他的辦公室一側，先介紹他的辦公室：「所有的助理辦公室都在頂層我的辦公室旁邊，以便我隨時找人商量事宜，你可以先看看有什麼需要的，一會兒十點開會，助理會過來領你過去。」

邵鈞點了點頭，送他出去後，大致看了看辦公室，設備齊全且嶄新，辦公室內間裡還有休息間和浴室，他對著鏡子理了理自己的正裝，看著鏡子裡的自己有些恍惚。

他可從來沒想過，自己還有在辦公室裡正經八百地上班的一天，這一身的正裝和手錶等配飾，仍然是萬能的歐德替他購買的，看著還真像個商務精英。

這時有人輕輕敲門提示：「杜因先生，伯爵先生請您過去會議室開會。」

邵鈞應道好的，便起身將丹尼爾端起，推門出來，助理引領著他到了一旁的會議室裡，會議室裡已經所有人都端正就坐了，主位的阿納托利也已經就位，笑著道：「這是我們來自洛倫的能源顧問杜因先生，這次專案組的副組長，我不在的時候，他可以全權負責整個專案事宜，今天過後，請各專案組所有的報告都要先呈杜因先生簽批後才送我。」

各個專案組的組長微微有些騷動，畢竟他們在集團中多年，屬於中堅力量，這次整個新能源項目又是高度機密，非骨幹忠誠分子是不可能加入這個專案組的，他們每一個都野心勃勃，既以能加入這個專案組為榮，又希望能借此機會再上一層更何況還是直接空降下來作為副組長，那幾乎就已經是淩駕於他們之上了，畢竟伯爵本人一向不怎麼問細節。

阿納托利敲了敲桌子示意大家安靜，一邊道：「現在先請能源開發組組長比羅先生彙報近期工作成效、下一步工作安排，目前存在的困難，一個一個組接下去，因為杜因先生初來乍到，大家儘量說詳細一些，好讓杜因先生充分掌握情況。」

比羅按開了螢幕，面無表情道：「能源開發組目前組員十人，前些日子日以繼夜已經對新能源的資料進行了具體分析，尤其是與金錫進行了詳細比對，可以說，如果這種能源真的足夠的話，的確有可能全面取代金錫能源，成為高級能源來源，這是我們這些日子做的實驗資料，請大家詳細看看，但我們目前有幾個問題亟需證實，一是此類能源的穩定性，高溫、低溫以及各種條件下的穩定性；二是這種能源的持久性……三是這種能源的相容性……」

比羅技術出身，一說起來就沒完沒了，一串又一串的資料從他嘴裡冒出來，問題也越說越多，偏偏上座的阿納托利想來是真的想讓杜因好好瞭解，竟然也沒有打斷，只讓比羅一直彙報了十來分鐘，才算說完，期間還問了幾個問題。

之後其他小組長也心裡有了數，每人都極盡詳盡的彙報，圖文並茂，之前做過的細枝末節，下一步想要開展的工作，目前存在的困難，一條條羅列出來，又反復解說。直到最後一個小組市場銷售組彙報完，時間已經接近中午，阿納托利笑道：「今天這會有些長，這樣吧大家先去用午餐，休息一個星時後，我們再來繼續開會，商議有關問題。」

會議室打開，眾人都紛紛離開了會議室，阿納托利笑著邀請邵鈞用午餐，邵鈞卻搖了搖頭：「我在辦公室用餐即可，我還有些資料要看看。」今天接收到的資訊太多了，阿納托利笑道：「行吧，那有什麼問題隨時找我。」

邵鈞匆匆點頭，帶著丹尼爾也離開了會議室。另外一個助理笑著對阿納托利笑道：「閣下，他一個新來的，哪裡弄得清楚這些，您這不是為難人嘛。」

阿納托利含笑：「本想讓他開口問問我，我就教他了。」

助理搖頭道：「您這可真是，之前對風先生那可是捧在手心裡，現在呢，又這樣為難人。」

阿納托利悠然起身：「不這樣他怎麼能夠領會到我的強大之處呢，打架我打不過他，這專案管理上我總能說得上點話了。」

邵鈞回了辦公室，丹尼爾在他肩膀上軟聲道：「這些問題我不太瞭解，但是古雷先生肯定知道，我看他和我說過相關參數。」

邵鈞道：「我上天網去碰碰運氣，希望這時間他會在上頭。」

卻是上了天網，迅速到了亞特蘭提斯，看到古雷時他鬆了一口氣：「還好你在，有些新能源專案的資料得讓你看看，有些問題需要解答。」

古雷有些詫異：「你要問什麼？」

邵鈞將剛才會議記下來的問題一一問了古雷，古雷凝神：「不錯的團隊，問的問題都問在點上了，不過這些我全都做過實驗證實過，我研究了鈦銀能源幾十年，你等等，我直接告訴你結論，你只要按這個結論告訴他們，讓他們根據這個結論驗證，就能少繞許多彎路，不必一樣一樣的窮舉驗證了。」

他拿出了自己研究多年的資料，一一將相關問題說給他聽，好在兩人精神力都極強，竟也沒花多少時間便都解答完畢，又提了幾條要求給專案組：「這幾個要求，他們有人有先進的實驗室，條件比我這邊做好多了，你叫他們算出這些來，我用得到。」

邵鈞點了點頭，古雷又讚嘆：「真好，想不到老頭子也能有使喚這麼多高科技人才的時候，一整個專案組來替我算替我做實驗，真爽。」

邵鈞一笑，看時間差不多了，便起身走了出來，迎頭卻撞上了柯夏，他萬萬沒想到能在天網猝不及防遇到柯夏，臉色微變，柯夏卻也有些吃驚：「鈞？你怎麼在這裡？天網主城能到這裡？」

古雷在後頭解釋道：「俱樂部關門了，鈞有些擔心，這些日子一直在找我們，剛才上線正好看到我，我把他用好友召喚拉過來的。」

柯夏倒也沒多想：「哦，我也沒想到這裡也能上天網，就睡前突發奇想試了下，沒想到居然能聯上，還照著我們的主城建起了天網主城，真是不可思議，天網是不是讀取了我們的精神力，映照出來了這麼一座主城。」

古雷道：「是吧？我也不清楚，我上天網就已經是這樣了。」

柯夏看了邵鈞道：「好久沒見到你了，還真想和你過兩招。」

邵鈞道：「改天吧，我時間也不多了，現實生活還有點事，找機會和你們敘舊，你還好嗎？你們這裡很美。」實在太突然了，他生硬地找著話題，忍不住想從柯夏的精神體上看出他好不好，這實在是有些意外之喜，他很是有些高興，畢竟臨走之時，他實在有些過分了。

柯夏非常直接了當：「美吧？這座城叫亞特蘭提斯，有人為我建的。」

邵鈞微微有些結巴：「這——這樣啊，亞特蘭提斯嗎？」

柯夏轉過身去，望著遠方潮水和著縹緲虛無的歌聲：「是啊，可惜他走了。」

邵鈞一時竟不知道如何說才好，古雷在後頭道：「三年而已，能像個男人點嗎？別像個小女生了。」

柯夏轉過頭，臉上帶著笑容：「是啊，三年而已，我們都有很多事要忙。」他抬起了手腕，微微揚眉：「能聯上天網，那很多事情就好辦多了。」

古雷卻提醒他：「記得隱身。」

柯夏淡淡道：「早刪了所有好友。」他轉頭看了看邵鈞，又拍了拍他肩膀：「你還有事就先忙吧，放心，我們的俱樂部，很快又能開張了——我們還會賣一些你們見不到的稀罕貨色，歡迎你介紹你的朋友來。」

他眉目帶笑，彷彿與他的機器人分離並沒有給他造成太大影響，金髮碧眸，意氣風發，專注於新的征程。

邵鈞忍不住也笑著應了：「好。」

下午的會議又開始了，阿納托利端坐在上座看了下人員都齊全了，才笑吟吟問邵鈞：「基本上各個小組都說得差不多了，杜因先生還有什麼需要瞭解的嗎？都可以問的，然後如果各個小組的問題，你有什麼建設性意見的，也可以提一下。」

邵鈞點了點頭，並沒有謙虛，動了動座位前的鍵盤，懸浮螢幕顯示出來了整整一滿版的資料：「關於能源組比羅先生的幾個疑問，我的建議是這樣……」他將古羅做過的實驗結論一一列舉：「接下來建議你們根據這幾個結論可以重新來驗證，理論上應該沒有問題了。此外我們還有幾組資料需要進一步確認，建議你們下一步在這幾個方面開展驗證，一是關於與核能的結合，二是與金錫能的結合，三是搭載性……主要需要完善幾個構想，我希望你們能在下一次彙報會上能有相關的實驗資料以及結論。」

他說完以後抬頭，看到對面能源組比羅面目呆滯，他點了點頭，卻又向下一個小組組長點了點頭：「應用推廣組組長菲萊雅女士，妳上午提出的幾個困難，經過我們進一步推敲，認為應該從以下幾個技術難點開始攻關，一是新能源在通信方面的應用；二是新能源在交通方面的應用；三是生物方面的應用……」

他一個一個小組地說下去，每一個人他都能準確無誤叫出名字，每一個問題和資料他都瞭若指掌，清清楚楚明明白白地顯示著上午所有小組介紹的情況、提出的問題，他全部都記住了，並且都能一一提出自己的見解和下一步的推廣計畫。

等他全部說完以後，他抬頭對阿納托利道：「另外，總裁，我個人還有一個建議，建議增加一個小組。」

阿納托利抬了抬眉毛，眼睛裡全是笑意：「杜因先生請說。」這個貌似不起眼的花間風的替身，實實在在讓他意外了。

邵鈞道：「我建議增加一個小組——新能源機甲。」

阿納托利一怔：「主要研究方向？」

邵鈞道：「兩個方向，一個是空間鈕、一個是生物機甲。」

對面應用推廣組的菲萊雅已經乾脆俐落道：「我反對！我們曾經研製過生物機甲，耗資巨大，最終卻是以失敗告終，而且現在帝國和聯盟簽訂了和平公約，機甲研製耗時長，收效甚微，且早已證實了效用提高不大。空間鈕更是天方夜譚，以現在的科技根本不可能做到……」

邵鈞不慌不忙道：「聯盟和帝國的和平公約，大家都知道絕不可能真的能維持到一百年，更何況，現在新能源出現了。」

菲萊雅一怔，邵鈞道：「大家應該能理解新能源對這個世界的意義，帝國這麼多年能夠保持帝制，而且是實權帝制，依靠的不就是能源壟斷嗎？一旦有一種新能源打破了這種壟斷，帝制的基礎搖搖欲墜，你認為聯盟還會放任帝國這塊肥肉嗎？新能源技術趨於成熟的時候，就是帝國的悲歌，戰火必將重燃。」

阿納托利笑道：「說得沒錯，但技術上確實有著不可逾越的鴻溝，杜因先生有什麼好的想法呢？」

邵鈞點了點頭：「空間鈕，原本就有兩種思路，一種是壓縮折疊機甲，這個按現在的科技水準，的確不可能，另外一種思路就是躍遷，機甲停駐在外太空，在接收到主人的召喚後躍遷到主人所在的當前戰場，這個方法正是受制於躍遷所耗費能源巨大，躍遷成功後很難再次對敵，但如今新能源出現了，我們可以大膽採用這個新思路研究了，事實上我們也已經有了一些初步的研究成果，如果總裁同意成立的話，我們可以提供前期研究相關資料。」

阿納托利看著他，琥珀色的眼睛裡深不見底：「那麼生物機甲呢？」

邵鈞道：「關於生物機甲方面的技術，我請我的機器人助手丹尼爾來解說一下。」

阿納托利一怔，只看到邵鈞將他身旁一直乖乖坐著的星輝花托了起來，放到了桌面上，星輝花動了動花瓣，有些羞澀地開了口：「關於生物機甲，之前許多生物學家都提出了相關的研究思路，主要研究方面有三方面，一是與機甲融合，以生物神經和肌腱取代目前使用的神經帶連接；二是機甲神經元套裝；三是完全採用複製人造生物體來製作機甲，三種方向，都有很有名的物理學家和生物學家進行過研究，具體我們可以看大螢幕……目前具有可行性的，是第一種，在目前比較成熟的機甲模式上，增加生物神經和肌腱，這個原本的確是很難實現的，但是有一個研究方向，卻是受制於能源，金錫能源無法接受生物傳導，因此生物肌腱以及生物神經無法持續在機甲裡頭『活著』，這一種新能源我們目前經過初步檢測，對生物電有反應，初步推測可以為生物肌腱、生物神經進行供能，這是一個極大的突破，也給予生物機甲的實現提出了可能性……」

小小的花朵剛開始還有些奶聲奶氣的，但後來卻猶如行雲流水，螢幕上閃出了各種論文以及相關的研究成果，研究範疇，完全顯示出了這生物機甲的可行性，而且顯然是經過深入研究的。

專案組各個組長神色從開始的輕慢到後來專注，然後開始有人忘記了正在說話的只是個機器人，貿然打斷提問：「這個生物機甲與現在的機甲有什麼優勢呢？」

沒想到小小星輝花寵物機器人花瓣一搖，確切地給出了答案：「一是節能，人造心臟接受供能跳動重新產生能量，然後借助生物肌腱和生物神經技術，做出比目前機甲更強更快的動作，而且損耗更低。」

「二是降低駕駛門檻，生物機甲可以對駕駛者體能要求更低，只要精神力足夠高，哪怕是身體不夠強健、或者是神經受損的人，同樣也可以駕駛生物機甲，這意味著有更多的戰士可以駕駛機甲，大量女性和文職工作者精神力卓越，卻因為體能無法操縱機甲，生物機甲讓這些人越過了這一道門檻，畢竟體能以及精神力同樣卓越的人機甲戰士很難找，但生物機甲將極大改善這一現狀。」

專案組中專案規劃組長已經激動道：「可以說誰掌握了生物機甲，誰將在戰場上取得絕對壓倒性的勝利！」他雙目奕奕，彷彿已經看到了未來的戰場上，掌握了空間鈕技術和生物機甲技術的軍隊，將會是如何可怕的一支神兵，他看向阿納托利：「總裁！我申請加入機甲研發組！我曾經發表過相關論文，我感覺可以驗證一下！」

阿納托利笑了下：「先評估一下具體的資金投入、專案預算以及市場評估吧。」

專案規劃組組長釜金自告奮勇：「我來做這個可行性報告，到時候我會先呈杜因先生看看，另外還有一些難點，還得和杜因先生請教一下。」他看向邵鈞的眼神已經充滿了狂熱和崇拜，態度更是謙虛到近乎卑微。

邵鈞道：「可以傳訊息給我，另外各個專案組有什麼問題的，都可以傳訊息給我，大家一起交流。」

阿納托利笑道：「各個專案組最近也辛苦了，剛才提出的問題杜因先生也都一一提出了解答並且指出了下一步的工作建議，我看建議都很周到，各組就按副組長的要求開展下一步工作。下個月的例會彙報工作進展情況，另外關於新能源機甲專案，請釜金組長組織可行性研討，同樣是下個月例會前提交可行性報告審議，之前一律交由杜因先生審示。好了，大家沒有問題了的話，就散會了。」

專案組組長們卻都上前和杜因交換通訊好友，每個人臉上都不復之前的高傲，而都是尊敬和謙虛，等人們都散去後，阿納托利上前道：「真想不到，花間風到底是從哪裡把你找出來的，我現在相信你確實不是他手下了，他用不起你這樣的人。」

邵鈞道：「伯爵閣下過譽了。」

阿納托利沉默了一會兒，在他臉上掃視著，忽然道：「話說回來，當初在海貝爾，傳說天網之父羅丹的一樣很重要的金鑰丟失，傳說裡頭有許多羅丹的研究成果，當時羅丹的後人大動干戈，海貝爾全城搜索都沒有找到下落。傳言都說是已經落入了花間家族手裡。現在看來，結合時間點來看，那個時候在海貝爾的，應該是杜因先生你了？」

邵鈞回視他，表情漠然：「我不知道伯爵在說什麼。」

阿納托利笑了：「沒什麼，我忽然感到了意外之喜，我當初指定你過來，看來我選對了人，便是花間風本人在這裡，恐怕也不能做得比你更好。」本來以為是一顆絕世鑽石，誰想到無意中發掘開的是一個寶藏，他不僅僅身手過人，居然還智商不低，就算他背後可能還有其他的研究人員，這也很強大了，早知道他強，卻沒想到還能強在這個方向，這確實是意外之喜。

邵鈞道：「生物機甲和空間鈕都有著巨大獲利空間，建議您考慮。」

阿納托利卻道：「我會考慮的，只要是你想要的。但是我更好奇的是，你給人的觀感並不是好戰分子，性情平和安靜，為什麼偏偏希望推進這兩樣東西的研製呢？你應該也知道，這兩樣東西一旦研製問世，那就是真正的殺人武器。」

邵鈞道：「真理在大炮射程之內，殺人武器也要看掌握在誰手裡，無論何時掌握力量總是沒有錯的。」

阿納托利琥珀色的眼睛在夕陽下閃閃發亮：「我是否有榮幸邀請您共進晚餐，我們可以更進一步的探討。」

邵鈞卻無情地拒絕了：「不了，謝謝邀請。」他抬起了手腕示意：「各個組組長已經傳了很多資料過來，我想認真看一下，實在對不起，我的時間不多。」他得趁古雷還沒下天網，再把相應的資料發給他。

阿納托利有些遺憾地起身：「那好吧，但是過幾天是我的生日，您一定可以出席吧？」

邵鈞欠身：「不勝榮幸。」

阿納托利深深看了他一眼，轉身走了。

空曠的會議室裡，坐在邵鈞肩膀上的丹尼爾突然軟軟道：「你是為了夏吧？」

邵鈞沉默著，丹尼爾低聲道：「神經元套裝不是長久之道，根本性的改善在於研發出生物機甲，才能減輕每次戰鬥機甲給他帶來身體、神經上的負擔。」

邵鈞伸手撫摸了下他的花瓣：「多謝你的鼎力支持。」

丹尼爾也在夕陽下側了側花瓣小臉：「沒有，我也很喜歡探索未知的解法，這個課題我很喜歡。就是，我也有點想艾斯丁了。」

「你說，如果生物機甲推廣開來，精神力就更重要了，會有越來越多的人使用天網吧？這樣的話，艾斯丁也會甦醒得更快了吧？」

邵鈞道：「應該會的，相關的生物技術推廣以後，精神力應該能做到更多的事，到時候人們更喜歡上天網了。」

丹尼爾細聲細氣道：「所以，我們都要努力啊，為了那一個人。」

可行性報告寫得很嚴謹，但那需要的天文數字一樣的資金預算讓邵鈞看得有些心驚，古雷同樣也吃驚道：「太可怕了，這費用，等等！這什麼專家諮詢費？太貴了吧！是什麼專家？歐拉博導？什麼人？沒聽說過，不請了！所有理論指導有我和丹尼爾就可以了！」

一旁的丹尼爾皺著小花瓣，也點著頭：「這個諮詢費用真的有點貴啊。」

古雷繼續補充：「還容易洩密，我和丹尼爾解決不了的問題，不客氣的說，聯盟帝國的專家，沒幾個能解決的。這個理論已經很成熟了，也不涉及其他專利，我也認為不需要聘請專家了，這費用砍去，就能少了一半的預算。」

邵鈞道：「好的，我和伯爵那邊說，砍掉這一項。」

古雷和丹尼爾一老一小點了點頭，又繼續指著專案可行性報告和專案建議裡頭開始滔滔不絕議論起來，邵鈞幾乎完全聽不懂，不過沒關係，他只負責記結論，傳遞給外頭專案組。

討論完後邵鈞問古雷：「夏是真的打算要賣貨嗎？」

古雷道：「是的，從紅幽靈那邊搶了不少東西，打算出手掉。花間家族這邊不好出手，他們目標大，出手很容易被人盯上，到時候順藤摸瓜摸到我們不好。就是這些東西肯定要湊大筆的整筆賣掉，不然可是運費都不夠的。所以只能回洛倫去透過地下俱樂部找大客戶，通過匿名管道出掉貨，換成錢以後，我們打算雇傭星際雇傭兵，趁紅幽靈現在在鬧分裂，正好奪回我們的基地，只是現在回洛倫主城的俱樂部有點遠，有點麻煩。」

邵鈞道：「有一個比較隱蔽的傳送門，可以直接過去洛倫。」

古雷一怔：「你怎麼知道？」忽然反應過來：「對，難怪我說你怎麼過來那麼快。」

邵鈞帶著古雷找到了王座後頭密室的那個門：「最好還是先不要讓外人知道這個門。」古雷點頭：「我知道，我們這是祕密基地，真神奇，你怎麼找到這個門的。」

邵鈞道：「沒事的時候隨便走走發現的。」

古雷嘲笑了聲，倒也沒細問，畢竟這個夏的表哥身上實在太多謎團了，就是夏對他也是諱莫如深，平日裡甚至不願意任何人和杜因交談，更古怪的是這個杜因還偽造了個天網身分接近夏，連夏都蒙在鼓裡。當然，夏身上的謎也很多——好吧，至少他們兩人都是好人，古雷終於放棄了思考，決定全憑直覺信任他們，畢竟他們這些星盜、黑戶們，誰身上沒有一些想要遮掩，不堪回首的過去呢？

經過邵鈞審核最終提交的可行性報告終於交了上去，阿納托利再三確認不需要專家諮詢，通過了報告，但還是笑著和他說：「實在沒必要省這個錢，我們不缺錢，我實在不想你太累。」

他說話深情款款，十分體貼，總讓人錯覺是被他分外珍重的，但可惜邵鈞對來自於男人的調情和示愛並不敏感，因此只是十分耿直地解釋：「也不僅僅從節約資金上來說，同時考慮的還有保密的因素，假設這位專家不太瞭解理論知識，他有極大可能會和自己的老師、同事甚至學生探討，哪怕再謹慎，也很容易洩密。」

阿納托利點了點頭：「你考慮得很對。」又邀請他：「你過來整天都在忙於工作，今天是我的生日，您總能出席我的生日宴會了吧？」

邵鈞有些恍然：「啊是今天嗎？祝您生日快樂，晚宴的地點是在哪裡呢？」

阿納托利道：「就在我們住的別墅的前院主廳裡，我只是擔心你陷在工作裡，根本連我生日都忘記了，這些天你可真的是太忙了，我完全沒想到你居然是個工作狂，回家也是足不出戶在看資料，在辦公室也是足不出戶在看資料，這樣對身體不好的。」

邵鈞歉然：「好的，今晚一定出席，到時間我換了衣服就到大廳去，有什麼需要我注意的嗎？」

阿納托利道：「沒有什麼，就是今晚聯盟各國來的貴賓比較多，我可能會有些招呼不周，還請您諒解。」

邵鈞道：「您不要介意我的疏忽就好，禮物我倒是準備了，但可能也不是很合適。」

阿納托利那雙琥珀色雙眼瞇了下笑了起來：「還有禮物？那已經是意外之喜了，是什麼？」

邵鈞道：「伯爵先生品味高，又什麼都不缺，我只能簡單為您訂製了一隻手錶。」他從手提包裡找了出來一個金屬盒子：「也是剛做好送過來的，這隻手錶只做了一點小小的改動，就是在錶盤一側設置了個按鈕，按下去以後能在佩戴者周圍撐起一個小型離子盾防身，每次大概持續三分鐘，大概也只能使用三次左右，不過在更換能源棒以後，可以繼續使用。」

阿納托利這下是真的意外了：「這是——新能源做的？金錫能源要做到撐開離子盾就需要很大的內核了，沒辦法隨身攜帶。」他接過來打開，手錶設計得頗為華麗繁複，用藍寶石和純金鑲著日月星辰，佩戴在他手上也絲毫不顯得太過平凡。

邵鈞點頭：「對，用了新能源，其他能源做不到這麼小隨身攜帶，也算是將來一個新的產品開發方向吧，手錶外形是風先生設計訂做的，我在這方面不大在行，之前提供的設計太簡單了，風先生說和你的風格不符。」他同時還訂製了一隻背面為銀色薔薇花紋的表，讓花間雪在下一次飛船中捎去給柯夏，花間風毫不客氣地也做了兩隻給他們兄妹自用。

阿納托利珍惜地戴了起來：「你送的什麼我都會喜歡的。」他撫摸著表面，感慨道：「等這個防禦器推出市場，所有達官貴人都一定會趨之若鶩的——至少我現在就想給我女兒也訂做一隻。」

邵鈞笑了下：「早晨已經讓丹尼爾送給伊蓮娜小姐了。」阿納托利看著他笑著的側臉又有些心癢難搔，但還是壓下了那立刻將他強留下來的衝動：「接受了這樣的厚禮，請您一定也要告知我您的生日，以便回禮。」

邵鈞搖了搖頭：「您太客氣了。」

兩人一路走著，一起登上飛梭，回了居住的別墅。

別墅裡已經裝扮一新，門口的小型飛梭也都陸陸續續停滿了，邵鈞回了自己住的小樓，簡單整理了下外表，換過正裝，和丹尼爾又聊了下專案的進展，看著時間將到了，便也到了前院大廳處，大廳內已經來了不少客人，三五成群地或站或坐的在自助餐長桌旁交談，一側舞池裡有樂隊在演奏輕柔的音樂，邵鈞隨意拿了杯酒，然後找了個角落站著，打算等一下和阿納托利碰個面，就可以走了。

賓客們開始漸漸多起來，門口禮賓的安排了三四個管家，仍是來回小跑個不休，忽然門口一陣忙亂，然後阿納托利被一個管家匆匆引著往大門去了，想來是來了重要客人。

周圍客人們也都竊竊私語：「是哪位貴賓到了？大公嗎？」

過了一會兒阿納托利陪著幾位客人走了進來，笑容可掬，其中最中央的那位穿著深黑色聯盟軍服，有著一雙深邃的眼睛和鷹鉤鼻，他還挽著一位打扮極為漂亮的年輕女賓，紅髮綠眸，臉上微微帶著些木然，正是元帥的女兒，露絲。

客人在紛紛議論：「竟然是布魯斯元帥親自來了，難怪大公遲遲不到，原來是要陪著元帥過來。」

「元帥挽著的那女賓是誰？」

「元帥的女兒啊，聽說在第一軍團機甲隊任職，非常優秀的——我聽說奧涅金伯爵似乎有意想要往政壇發展，下一步是不是有打算與元帥的女兒聯姻？」

「不太可能，但元帥想要交好他是肯定的，我倒聽說總統也和伯爵私交也不錯。」

「奧涅金伯爵真夠有面子的。」

「那還用說嗎？他人面可廣著呢，我剛才看到了好幾個帝國的公爵也都派了人過來送禮。」

「做能源生意啊，自然也要和帝國那邊交好了，更何況現在都簽了公約了。」

邵鈞漠然看著元帥父女倆，忽然肩膀被人一拍，他轉頭看到了一個穿著墨綠色絲絨禮裙的漂亮姑娘正對著他笑，有些驚喜：「鈴蘭，你怎麼也在這裡？」

鈴蘭輕聲笑道：「我看到您才是吃驚呢，雖然上次是聽風先生說過一次您目前在這邊工作，但是沒想到今晚會遇到你，我正好在霍克公國有演唱會，也接到了邀請，你還好嗎？還有夏，怎麼樣了？」

邵鈞道：「我們都很好，你呢？還有布魯呢？」

鈴蘭道：「布魯很好，已經考取了聯盟軍事學院，免費的，他還拿到了獎學金呢。」

邵鈞不由欣慰：「孩子長大了。」

鈴蘭嫣然一笑：「說得好像您好像老了一樣。我看您一點都沒變，還是這麼風華正茂。」

邵鈞笑了下沒說什麼，只岔開話題和她討論一些近況。

然而這一幕落在上頭正與元帥交談的阿納托利眼中，卻是本來沉默寡言近乎於木訥的年輕人，如今卻和一個漂亮女子言笑晏晏，說話說得十分投機。那女子看著有些面熟，想來是哪裡的當紅影星，但應該不重要，卻與他說話之時十分親近，甚至並不忌諱身體接觸，彷彿一見如故。

這讓這些日子絲毫找不到突破口的阿納托利感覺到了惆悵。

生日宴會就在遇見故人敘舊中平淡過去，邵鈞繼續投入了生物機甲研發以及新能源開發的專案雜務中，他凡事專注，工作起來心無旁騖，加上又是機器人身軀，感覺不到勞累，所有專案組的組長和成員在和他共事並且有求必應以後，都深深感覺到了敬畏和崇拜。並沒有多久，阿納托利就感覺到了自己的下屬全都被這個花間風的小替身給征服了。他也有些哭笑不得，在一次一次和這個沉默寡言卻分外專注的人交談後，他恍惚都覺得自己是真的因為他的工作能力，所以和花間風要了這麼重要一個人才過來。

新能源的一切開發十分順利，第一批產品是飛梭能源器，投向市場後反響不錯，時間長，乾淨，很快引起了各國能源商人的注意，但他們經過一番打探後遺憾地發現，這種鈦藍能源，被牢牢掌握在奧涅金家族的手裡，高度機密專案，誰都打探不到詳情。

然而正因為神祕，這一年的冬季拍賣會來臨的時候，雲集在凜霜之堡參加拍賣會的客人達到了一個空前的高度。

邵鈞自然也得了邀請，再次入住了凜霜之堡。

分類拍賣中規中矩，邵鈞沒什麼想要的東西，但看到幾樣好東西合適柯夏的，還是忍不住拍了下來，後來又拍了些號稱功能強大的新產品，打算拿來讓專案組拆出來看看，看如果更換新能源的話，是否能夠更有效率。

直到遊輪拍賣的時候，重頭戲才上場了，他照例去了武器拍賣專場，見了幾樣稀罕武器後，機甲霜行者出現在了拍賣臺上。

臺上正全方位展示著霜行者的各項指標和戰鬥圖像，拍賣師在介紹著各方面的性能：「這具機甲內核原本是帝國的著名機甲『雪鴿』，曾經歸屬於帝國機甲少年天才雲首相的幼子雲翼使用，後來雲首相叛國被殺，雲家流放的流放為奴的為奴，這具機甲流落到了星盜手裡，被改造成為了『霜行者』，無論是外型還是性能，都相當出眾，而且有著不菲的戰績。拍賣者透過其他管道收購了這款機甲，要價很低，各位不可錯過這具有名的機甲。」

邵鈞一顆心沉了下去，雪鴿，霜鴉，應該不是巧合，霜鴉本人，應該就是雲家那少年機甲天才雲翼，這具機甲重新被拿出來拍賣，看來霜鴉本人凶多吉少。

他嘆了口氣，看了下價格，的確不貴，但仍然非常昂貴，他估算了下金額，花間風給的卡的限額，馬馬虎虎剛好夠，但是如果別人加價的話，那就實在是沒辦法了。

他想了下還是出了價，然而神奇的是，竟然無人再加價，他順利的拍下了這台霜行者，只是又支出了這麼巨大一筆費用，但願柯夏他們出手賣掉那些沒用的物資能賺回來點。他到沒想什麼，只是刷了卡，然後對方保證七日內會將霜行者送到他指定的地點。

沒多久忽然有管家過來：「霜行者的拍賣者想見見杜因先生，伯爵閣下問杜因先生是否想要過去，如果不想去，也可以的，他會替您回絕。」

邵鈞一怔，站了起來道：「沒事，請帶路。」他正想知道究竟是誰在拍賣這具機甲，好能打探出霜鴉的下落。

遊輪上位置最好的包間裡，光線昏暗，阿納托利正陪著一個衣著華貴金色短捲髮的男子坐在沙發上端著酒杯閒聊敘話，身後各自侍從無數，阿納托利抬頭看到邵鈞進來笑道：「來了？柯葉親王說想要見見你，因為他身分不好張揚，所以只好請你移步聊聊。」

柯葉親王？柯葉是柯冀的長子，但柯冀上臺後，一直沒有給自己幾個兒子封太子，只分封了親王——也就是說眼前這個眼神銳利的金色捲髮男子，就是柯夏的堂兄弟，一個已經壯年，卻一直被柯冀打壓著的長子，甚至連皇太子都不封，想來他的處境也並不樂觀。

邵鈞向柯葉鞠了個躬，柯葉坐在沙發上短促笑了下，顯然有些並不太將他看在眼裡，頗為倨傲：「沒什麼，就是想看看誰有這個膽子把霜行者拍下來，畢竟霜行者我拿到手，放到幾個拍賣行寄賣，根本沒有人敢拍，你為什麼不怕被星盜霜鴉報復呢？」

邵鈞臉上恰到好處帶了點茫然：「我在奧涅金伯爵手下工作，近期正在研究開發機甲的一項新技術，正愁沒有較合適的機甲，看到這具機甲價格優惠，也聽說代表了帝國目前較為先進的科技了，就想拍下來學習一下——霜鴉星盜，很厲害嗎？」原來如此，難怪無人敢拍，怕是都知道是這位陰晴不定的親王拿出來拍賣的，所以不想得罪他吧？

柯葉眼皮微撩：「喲，阿納托利，你手下員工看來薪水很高嘛，就連機甲都能臉色都不變就能拍下來。」

阿納托利笑了下：「親王殿下，杜因先生的確是我手下專案組的副組長，我們最近在研發新的專案，我們這位副組長一心撲在專案上的，我給予他們的專案經費是比較充足的。」

柯葉眼皮微撩：「呵呵，阿納托利，我們也算是認識多年了，誰還不知道誰，什麼新專案，是新能源吧？可惜，要有能取代金錫的新能源，人家早發現了，還等到現在？無論你們研究什麼新能源，到最後還不都是白花錢？我給你的條件已經夠優惠了，再不知足的話，聯盟，可不止你一家做能源生意。」

阿納托利不疾不徐，款款道：「親王殿下明智，其實我們是想要研發生物機甲，但還是有些技術難題無法克服。聽說帝國那邊機甲技術也有許多獨到之處，我前陣子是和他們說關注一下帝國這邊的技術，我這手下技術出身，考慮事情比較直接，看到有帝國科技機甲拍賣，也不知道是親王殿下的，就冒失拍了下來，若是親王殿下捨不得的話，我讓他再奉還給親王殿下，如何？」

柯葉笑了下道：「還就不必了，畢竟我也用不上了。」他伸出靴子，忽然將他腳邊一直伏著的一個人低垂著的臉用靴子抬了起來，戲謔著道：「是不是？我的小鴿子？」

這屋裡侍從太多，邵鈞進來因為注意力一直在柯葉身上，沒注意他腳邊沙發陰暗處居然猶如寵物一般蜷縮著一個人，見狀吃了一驚，只見那個人被強迫著抬起臉來，雙眸在黯淡燈光下依稀看著是非常漂亮的金銀異色瞳孔，一頭銀髮瀑布般的滑落下來，他手足動了動，依稀聽到了鎖鏈聲，那年輕男子精緻臉上露出了難受的神色來，但一瞬間卻又重新變成了沉迷和恍惚，雙眸迷離，臉色緋紅，就往柯葉靴子上蹭，還伸出了舌頭去舔那光亮的靴子，整個人看著神智迷離，並不清醒。

柯葉有些嫌惡踢了他臉一腳：「畜生就是畜生，總是不分場合地發浪，拖他出外邊甲板上給他清醒下，別讓我們奧涅金伯爵見笑了。」兩個侍從將那寵物人一路拖了出去，那寵物人手足軟垂著，一路完全沒有掙扎地被拖了出去，一時屋內氣氛有些沉悶。

阿納托利笑道：「親王殿下的複製人寵物倒是別致，這是糅合了貓的異色雙瞳基因？」

柯葉轉過臉笑了下：「伯爵沒聽說過鴿子也有鴛鴦眼的嗎？」

阿納托利道：「原來是鴿子的，親王殿下好創意，帝國那邊流行各種複製人寵物，今晚也有不少帝國那邊送來的新寵物拍賣，殿下倒是可以也選幾個喜歡的。」

柯葉漫不經心道：「算了，養寵物太累，就那隻小鴿子，我養了好些年，好不容易才弄出了金銀鴛鴦眼，就是做的人不小心，把他耳朵也弄聾了。就為了這個我有點心疼他，略寵了些，要什麼給什麼，忽然有一天就趁我不在飛走了，這次花了好些手段才又把他逮了回來，這次把他的翅膀和爪子都折了，看他還能飛去哪裡。」

阿納托利笑道：「複製人也會逃跑？不是沒有靈魂嗎？」

柯葉淡淡道：「是個漂亮的小農奴，我讓手下試了試手，改了瞳色。」

拿活生生的人做實驗！這下連見多了複製人寵物的阿納托利脊背上都竄起了一陣涼氣，心裡暗自罵變態，即便是帝國，這也是被嚴格禁止的。也只有眼前這親王毫無顧忌，連遮掩都懶得遮掩。

他不得不應付這個喜怒無常的親王，畢竟能源還要和他合作，卻也不希望杜因留在這裡繼續應付這個變態神經病，連忙笑道：「我的手下是做技術的，不太適應這種場合，既然親王殿下不打算留下霜行者了，那我先讓他回去了？」

柯葉有些厭惡地揮了揮手，阿納托利連忙向邵鈞施展眼色讓他出去，邵鈞走了出來，聽到背後的柯葉在和阿納托利說話：「科技什麼的我不太懂，但是阿納托利，別怪我沒提醒你，這也是現在我負責能源司，但這幾年父皇陰晴不定的，聽說他有意讓三弟歷練一下，也讓他插手能源，三弟這人，呵呵，可是又貪又狠，你在底下做什麼小動作，我能忍，他可不一定。」

阿納托利輕笑了聲：「親王殿下過慮了吧，三皇子我聽說還小，資歷怕是還不足，哪能像您上過戰場有過赫赫功績的，能源軍火這麼重要的事宜，自然還得親王殿下來。」

柯葉鼻子裡哼了一聲。

邵鈞沒有再聽下去，而是快步走了出來，離開了那令人作嘔的包廂。

海面上氣溫頗低，邵鈞一走出來就看到了霜鴉蜷縮在甲板上，項圈上有一條長長的鎖鏈將他鎖在了欄杆上，兩個保鏢一個人拿了一桶海水正在從他頭上潑下去，而且顯然是存了折磨的心，一邊緩緩地淋看著人在冰水中渾身溼透發抖嗚咽的樣子，一邊嬉笑著：「這樣還壓不下你發浪嗎？真是夠賤的了。」

「呵呵你說話他又聽不見，聽說是請了最好的精神力專職訓練師來調教的，什麼都不懂，只知道床上那點事。」

「嘖，難怪每天都這麼一副不知羞恥的樣子，只會纏著殿下。」

「就是只認殿下一個主子，完全打破自我意識了。好了，差不多了，真把他弄病了，殿下會反過來罰我們。」

「哪那麼容易病，他耐操著呢，天才機甲戰士，知道嗎？現在就像一條狗一樣，連爬都爬不了了。」

「殿下也就一時生氣，過兩天又會讓人接上的，現在科技發達，接幾條筋小意思。」

「就算接上也沒辦法開機甲了，而且我看他現在這樣什麼都不懂的樣子，應該是精神力崩潰了吧？」

「不知道，噓，別說了。」

邵鈞慢慢走下船上的樓梯，假裝完全沒有理會他們，穿過走道時，忽然身後傳來一個聲音：「那伽。」

邵鈞有些無奈，轉過頭，果然又看到那位英俊得有些憂鬱的費藍子爵，他點頭致意道：「費藍子爵，您又認錯人了。我沒記錯的話，你不是被禁止參與拍賣會了嗎？」

費藍子爵臉上有些無奈，輕聲道：「我和柯葉親王殿下過來辦些事，親王殿下特意和奧涅金伯爵要求解除了我的禁令，就算當初是我認錯人，但現在真的是偶遇，我只是想——想和你心平氣和地坐下來聊一聊，可以嗎？」他聲音甚至有些低聲下氣的哀求。

邵鈞卻在心裡飛快計算著，忽然一口答應：「好吧，什麼時候？你住在哪個房間？」

費藍子爵臉上一下子浮起了受寵若驚來：「我就住在親王殿下臥室隔壁的 V2 房裡，現在親王在拍賣會那兒和奧涅金伯爵在商談合作，我先過去談一些事，晚點我會回來，如果你不介意，可以先去我房裡等著。」他臉上甚至透出了一些緊迫來，邵鈞想了下道：「我現在沒事，先去你房裡等你吧。」

費藍子爵臉上幾乎是狂喜，他拿了張卡遞給他：「這是房卡，你先過去，我一會兒就來。」

邵鈞接過房卡，對他露出了個笑容，費藍子爵一陣恍惚，彷彿又看到了過去那個短碎發，有著一雙清透雙眸的學生，他定了定心道：「我儘快。」

邵鈞點了點頭，直接當著他的面往他的房間走去，刷開了他的房卡，掃了眼旁邊的VI房間，轉頭看到費藍子爵還呆呆看著他，又微微一笑，直接進了門內。

費藍子爵這才回過神來，往拍賣會的貴賓包間走去。

邵鈞進入了費藍子爵的房間，關上門，轉頭拉開衣櫥，將自己的外套解開掛在一側，順手抽出了費藍子爵的一條圍巾，乾脆俐落地繞了幾層嚴嚴實實捆紮在自己頭上，一刻都沒有遲疑地迅速走向了朝海的窗子那一側，輕而易舉地穿出了窗口，手掌按在牆壁上牢牢吸附住，整個人猶如一隻壁虎沿著船外壁往上游爬上了欄杆附近。

那兩個保鏢還在外邊守著霜鴉，聊天內容已經變成了抱怨這麼冷的天還要在外邊守著。邵鈞單掌按著甲板，翻身越過欄杆，筆直雙腿橫掃過一個保鏢的後腦勺，「啪」的一聲，鈍重一聲響，那保鏢晃了晃身體，雙眼翻白直接整個人砸在了甲板上。另外一個保鏢驚懼轉過頭，剛要呼救，卻再次被邵鈞右手握拳直出，「砰！」

這個保鏢也乾脆俐落被他解決了，暈倒在甲板上。

邵鈞手中亮出了鐳射刀，「嚓嚓」兩下將鎖鏈全都切開，彎下腰將溼漉漉的霜鴉抱住，低頭卻看到了霜鴉一雙金銀色的雙眸注視著他，邵鈞便明白他神志是清醒的，伸掌覆蓋在他腦後，掌心麻醉針彈出，迅速將他麻暈了，將他往懷裡一攬，翻越欄杆，迅速貼著輪船外牆又往下游走，整個過程甚至沒有超過五分鐘。

他找到了V1的房間窗口，帶著霜鴉翻了進去，果然不出所料親王房間裡什麼人都沒有，他將床上一張絲毯扯了下來，包住他全身，然後將他塞入床底下，又輕快地翻出了窗子，沿著輪船外壁回到了費藍子爵的房間內，扯下頭上套著的圍巾，攪成一團直接往窗外海裡扔了出去。

烘乾自己身上襯衣沾到的水，然後穿回自己的黑色襯衣，剛剛坐下在費藍子爵臥室套間外的沙發旁拿起一本拍賣雜誌看，門口就被敲響了。

他抬起頭，門被推開了，費藍子爵、阿納托利，以及身後一堆保鏢站在門外，阿納托利看到他好整以暇坐在沙發邊，一怔，轉頭去看費藍子爵，費藍子爵有些尷尬道：「我在走道遇見這位先生，因為上次有些誤會，所以希望能和他道歉，便邀請他在我房裡等著，等我和親王殿下談完事再回來聊。」

阿納托利意味深長道：「哦，原來是誤會嗎？」

邵鈞站起來道：「怎麼了？發生什麼事了？」

費藍子爵道：「柯葉親王的一個寵物複製人被人擄走了，柯葉親王大發雷霆，要求逐間房間搜查，我是第一間要搜查的，你剛才在房裡——有聽到什麼聲音嗎？」

邵鈞搖了搖頭：「我才坐下來十分鐘不到吧？房間隔音效果很好，我什麼都沒有聽到。」果然，他沒有判斷失誤，發生事以後，他們第一反應絕不會去搜親王的臥室，而是旁邊費藍子爵的臥室，所以他果斷將霜鴉藏回了柯葉親王的床下，萬一就算被發現了，霜鴉也是什麼都不知道的，柯葉親王應該也不至於會怎麼為難他。

費藍子爵有些歉意道：「因為這個人很重要，所以只能如此，冒犯到你了，真對不住。」其實他心裡已經也起了疑竇，因此轉身示意保鏢們仔細搜，保鏢們湧進房裡，裡裡外外都搜了一遍，出來道：「沒有人。」

費藍子爵眼神變得柔和了些：「沒有就好。」想來是他多心了，親王的寵物，關那伽什麼事呢？

阿納托利笑道：「杜因你不回房嗎？我怕他們翻亂你的東西，不然我帶著你回去？」

邵鈞道：「我和費藍子爵說幾句話就走。」

阿納托利笑了下：「好，現在都在分頭搜房，亂得很，你最好也不要亂走以免被誤會了。也不知監控那邊調得如何了，我回去看看，子爵您要去陪著柯葉親王嗎？」他深深看了邵鈞一眼，說到監控的時候甚至強調了下。

費藍子爵搖了搖頭道：「親王盛怒之下，我就不去湊熱鬧了，我和這位——杜因先生聊一下，多謝奧涅金伯爵了。」

阿納托利又看了眼邵鈞，轉頭出去了，實際上事情發生第一時間他就已經看過了監控，雖然蒙著面，他可以肯定那個救下寵物的人就是他無疑，他只想著替他遮掩一二，但顯然這位杜因主意大得很，自有辦法。

他有些頭疼，卻又禁不住微微笑，不過是路見不平，立刻就如此有行動力，自第一眼看到那寵物，他是不是就已經想好了怎麼救？只是這裡可是遊輪啊，漫漫大海之上，他想怎麼做才能瞞過柯葉親王，將人救走？為什麼不求助於我呢，他很是遺憾。

費藍子爵的房間內，費藍卻已經坐在了邵鈞跟前：「你現在是叫杜因嗎？」邵鈞道：「我一直叫杜因，我不知道那位那伽先生有多像我，但我確實不是他。」

費藍臉上帶著懷念：「不是就不是吧，我知道，從前是我對不起你，你不肯認我，我也理解，理由什麼的我也不說那麼多，其實我也萬萬沒想到在經歷了那麼多，你還願意平心靜氣坐下來和我說話。」

邵鈞回憶了下花間風的脾氣，做了個惟妙惟肖的花間風式的表情：「不然呢，難道被狗咬了一口，還要咬回去嗎？」

被罵成狗的費藍子爵臉上神情一言難盡，卻又有些釋然：「看到你現在這樣，我也很替你高興，不然我這一輩子，恐怕都在愧疚中走不出來了。」

邵鈞想著親王床下的霜鴉，有些不耐煩，不想繼續應付眼前這個只是需要告解來緩解他內疚感的男人，他站起來道：「沒有什麼話了吧？我先回去了。」

費藍子爵站起來，神情複雜：「我只想問你一句話，你愛過我嗎？」

邵鈞頭皮一緊，感覺到一股天雷從天靈蓋落下，轉頭就要走，費藍子爵卻忽然衝了上來，將他壓在玄關處，眼裡落下了淚水：「那伽，我只想告訴你，我真的愛你，即使是現在。將你送走那一天，我永遠都不能忘記。」

邵鈞屈肘握拳給了他一拳，費藍子爵被這拳揍得偏過頭去，眼前一黑，失去了意識。

比起柯葉和費藍子爵，同出於帝國皇室的柯夏簡直是小天使，邵鈞看著躺在地上的傻逼，心裡閃過這麼一個念頭。

邵鈞迅速再次熟門熟路從他的房間窗子翻了出去，翻到了親王的房間內，從床底拖出了還在昏迷的霜鴉，然後熟練地在床底上放上了一個定時爆炸的小可愛，古雷出品，能夠發出持續不停的巨大的聲音以及滾滾煙霧，不斷閃動的耀眼光芒，讓人誤以為還會繼續爆炸的那種。

他從窗子翻出去，路過費藍子爵的房間時，熟練地往窗子裡頭也按上了一顆小可愛，然後抱著霜鴉一路回到了自己房間內，進入了臥室，將他放回自己床上，數著時間：三、二、一。

轟！

外邊尖叫混亂起來，無數人跑動的聲音，怒喝的聲音。

邵鈞愉快地笑了起來，慢條斯理地替仍在昏迷著的霜鴉換了一身衣物，混亂正是他需要的，帝國的皇子，保全是重中之重，床底被人安上了定時炸彈，他還敢繼續留在這裡找一個微不足道的寵物嗎？是，他喜歡這個寵物，如果摧殘和囚禁算愛的話，但是能比得過他的性命重要嗎？就算他願意豁出去，他的屬下呢？押寶在他身上的跟隨者們呢？

「砰！」

門被打開了，阿納托利大步邁了進來，看到他以及床上的霜鴉，一向涵養很好總是微笑著的他鐵青著臉：「果然是你！」

阿納托利胸脯上下起伏，顯然氣得不輕：「如你所願，我這號稱絕對安全的遊輪拍賣會，以後再也沒人相信了，你知道我將損失多少嗎？」他明明可以和自己說，自己總會護著他替他藏好首尾的，為什麼要製造會引起恐慌的爆炸？親王的床下竟然被安裝上定時炸彈，這簡直是令人毛骨悚然的威脅，柯葉的所有保鏢第一時間放棄了搜查回貴賓室保護親王，一個外人都不敢再讓他們靠近親王。

邵鈞涼涼道：「為了一個親王丟失的寵物，就可以將所有來參加拍賣的尊貴客人的房間都逐間搜查，我可不認為拍賣會現在還有什麼名聲。伯爵可以現在將我和他捆起來送到親王面前挽回你的聲譽的。」

阿納托利看著有恃無恐的邵鈞又愛又恨：「你明知道我肯定會護著你，才敢這麼大動干戈製造混亂——但是你只要開口，我總會替你收尾，你何必要製造這麼大的混亂呢？柯葉親王那邊必然會遷怒於我，何必呢？為了這麼個微不足道的寵物。」

邵鈞臉色平靜：「我和柯葉親王的意見一致，首鼠兩端左右逢源可不是什麼好品質，伯爵如果下不了決斷，我可以小小促進一下。」這樣讓他兩邊取巧，誰知道哪天就把他們賣了？柯葉就是個喪心病狂的神經病，阿納托利一邊和自己這邊進行新能源的深度合作，一邊卻還和柯葉保持著良好關係，一旦他發現柯夏出自帝國皇室呢？誰知道他會為了利益作出什麼？政鬥可是你死我活，沒有腳踏兩條船的道理，到時候合作更深入了，難以切割，白白將柯夏陷入危險局面。他不能留下這個隱患，不如早點讓奧涅金伯爵與帝國切割，一心一意搭在柯夏這條船上。

阿納托利深吸了一口氣：「帝國和我們的合作已經許久，新能源不一定成熟，我不能就這樣把我的後路給斬斷了，和花間風一樣，我身上也背負著一族，不能光憑好惡做事的。」

邵鈞似笑非笑：「我還是那句話，你現在就可以把我捆了送去親王跟前。」他捨得新能源背後那巨大利益嗎？生物機甲和空間鈕的研發基本已經沒有問題，他捨得在已經投入了這麼多的情況下，放棄嗎？

阿納托利閉上眼睛，將自己那狂怒的情緒壓服了下來，但仍然無法做出輕鬆的笑容，暴怒的柯葉親王那邊還在等自己去認罪道歉，遊輪即將靠岸，不能暴露身分的親王會為了安全儘快撤離，他還有許多事需要善後——包括繼續給面前這個膽大包天的人掃尾，他沒有繼續說話，而是轉身出去，將門大力給摔上。

他真的是鬼迷心竅了，怎麼會以為眼前這個人是個純良無辜的人呢？能讓花間風恭恭敬敬的人，怎麼可能是個普通人！怕是花間風也在他手上吃過虧吧！他是被他天天沉迷在工作中一副工作狂的樣子給迷惑了！

遊輪靠岸，已經迅速有隊伍過來將柯葉親王接走，臨走前柯葉親王冷冷地對阿納托利道：「我算是看到了伯爵合作的誠意了。」

阿納托利滿臉歉意：「這真是我們保全的不足，只是親王入住之前，親王的安全專家也是排查過臥室的，我們可以肯定在親王入住時，是確然乾淨安全的。所有人上遊輪都是經過安全檢查的。只有親王來的時候，因為信任親王，親王身邊的人沒有安檢過的，如今想來，只能是那劫走寵物的人趁著搜查親王身邊薄弱的時候做的了，親王身邊，不是混進了什麼不得了的人吧？唉，遊輪拍賣幾十年的聲譽毀於一旦，在下也是痛心得很，真的是和親王同仇敵愾了，若是親王找出了那個內奸，一定要告訴我才好，怎麼也要他賠償我這次拍賣會的損失。」

柯葉親王聽了這綿裡藏針的話心裡大怒，但最後卻還是壓下了暴怒，而是陰森森地看了阿納托利一眼：「如果你在什麼地方看到了我逃掉的小寵物，也請抓回來給我。」

阿納托利微笑：「必當遵從親王殿下指令。」

柯葉親王冷哼了一聲：「希望你說的和你所做的一致。」他甩了下披風，頭也不回帶著人走了。費藍子爵跟在後邊，停留了下，他半邊臉還青腫著，輕聲對阿納托利道：「麻煩你轉告那伽，希望他幸福，我永遠歡迎他回來報復我。」

阿納托利彬彬有禮道：「抱歉費藍子爵，我不認識什麼叫那伽的人。」

費藍子爵苦笑了聲，什麼都沒說，往前跟著柯葉走去，送走了柯葉親王，阿納托利忙著安撫各方貴客，一一上門致歉，返還拍賣訂金，同時分別贈送補償。

這邊霜鴉卻悠悠醒轉，他動了動，感覺到自己身上什麼束縛都沒有的輕鬆，沒有鎖鏈，沒有各種令自己難堪的玩具，沒有各種奇怪讓自己發熱心跳加快的膏藥，他睜開了金銀色雙眸，看到了之前柯葉親王特別見過的黑髮男子，親王怎麼說來著？他拍下了霜行者，挺好的，父母親留下的霜行者交付給這樣一個扶弱除強的他，挺好的。

邵鈞伸手摸了摸他的額頭：「沒有發燒，之前給你打了一針，看來你身體還不錯，那樣澆冷水都沒事。」

霜鴉轉頭動了動手臂，邵鈞道：「古雷說你耳朵植入了助聽系統，你還聽得到嗎？」

霜鴉聽到古雷的名字，神色變了：「古雷要你來救我的？他們怎麼樣了？」

邵鈞道：「他們一直在找你，我也是拍賣會來碰碰運氣，沒想到就看到了霜行者，等一下就有人來接你走，替你檢查身體，治療好你手腳以後，會送你去古雷那邊的。」

霜鴉轉了轉頭，低頭看了下自己無力的手腕，手指甚至都無法伸直，那是柯葉拿了匕首，親自將他的手筋腳筋挑了出來，當著他的面切斷的，就連麻藥也沒有打，冷笑著說要讓他永遠記住這痛苦。

他低聲道：「謝謝你們，不過就不必送我回去了，我如今已經是廢人一個，就把我放在霍克公國這裡，我會自謀生路的，不必拖累人了。」

邵鈞道：「手筋腳筋接續是很普通的手術。至於機甲，我和古雷正在研究生物機甲，目前已經有了些眉目，霜行者可以先留在這裡，如果改造成功，你精神力正常的話，仍然可以駕駛機甲的，生物機甲將會大大降低對駕駛者體能的要求。」

霜鴉忽然抬頭：「你不是為了安慰我瞎編的吧？」

邵鈞搖了搖頭：「當然還在研製中，成敗如何不敢保證，不過你們的基地都被人奪走了，你的人流離失散，你不回去看看他們嗎？」

霜鴉緊緊抿緊了嘴唇：「是柯葉給了紅幽靈一筆錢，煽動他們去占領冰霜之刃基地的。」他甚至將基地被摧毀被侵占的影片拿了來一遍一遍放給已經被挑斷手筋腳筋的他看，讓他知道背離他的後果。

邵鈞低頭道：「我知道你受過很多折磨，即使是這樣你仍然能保持神志清醒，想來你的精神力也一定非常高，等生物機甲研製成功後，我相信你一定能夠繼續操作霜行者的。」從冰霜中飛出的小鴿子，不會輕易放棄的。

霜鴉忽然笑了起來，金銀色的雙眸含了淚光：「不錯，你說得對，仇人尚在，怎能安睡。」

邵鈞聽到這耳熟的話，有些無奈，安慰他道：「他們現在有新的居處了，等替你做了手術就把你送過去。我有一個朋友，他和你有點像，正和他們一起建設基地，你一定能和他成為好朋友的。」

剛說完，門口忽然被輕輕敲了三下，邵鈞知道花間風派來接應的人應該到了，他剛剛給花間風傳過訊息請求增援接應，沒想到遊輪才靠岸，人就安排上了，果然花間一族神出鬼沒。

他起身開門，幾個面目尋常的人推著一架餐車進來，默默無語地上前將霜鴉用床單包起來，塞進了餐車內，然後鞠了個躬，悄無聲息地放下了餐點，退了出去。

邵鈞眼看著他們離開，心裡才放了下來，抬手看到通訊器上有一條訊息：「眼線已經派出，很快就去接應你，負責治療的醫生也已經安排好了，等人到了就開始治療。知道奧涅金吃了個大虧，吾心甚快，有需要用錢的地方可以繼續開口。」

邵鈞幾乎可以想到花間風臉上那幸災樂禍的神情，忍不住莞爾一笑，阿納托利自從和他發了火以後也沒有來找過他，但遊輪上他來去自由，想來已經接受了現實。

他很是輕鬆地給花間風回了個訊息：「我還替你狠狠打了費藍子爵那個大傻子一拳，臉都打腫了，我認為這個應該值得一筆獎金。」

沒多久花間風回了個訊息：「？？？……！！！」

阿納托利生了幾天悶氣，但看邵鈞彷若無事一般，仍然一心投入到了項目研發中，又好氣又好笑。特別是等霜行者送到以後，邵鈞更是埋首在了實驗室裡，索性都不回別墅住處了，這更是讓他悵然。

他找了個理由到了實驗室裡，看技術員們正在圍繞著巨大的霜行者在爬上爬下，邵鈞站在一側凝視著技術員們將一副生物肌腱安裝上去，技術員們包括技術實踐組組長看到伯爵過來，人人都受寵若驚，連忙迎上來，阿納托利笑道：「不必理我，你們忙你們的，聽說你們進展很大，我來看看。」

組長興奮極了，連忙彙報：「確實非常順利！這得多虧杜因先生，基本是全程指導，和我們一起日夜趕工研究。」他看了眼杜因肩膀上的丹尼爾，想起那有求必應有問必答的小機器人，雖然明知道這機器人就是杜因先生的，但還是時時有錯覺這是一個很強大有著豐富經驗的生物學家，他十分佩服和敬畏道：「生物領域的頂尖行家也不過如此了。」

阿納托利看著杜因平靜的臉，笑著道：「真是太辛苦杜因先生了，還是要多注意身體，我看現在午休時間也到了，能否有這個榮幸請杜因先生在附近的咖啡館喝個下午茶？」

邵鈞可無可不無，點了點頭，轉頭吩咐了技術員們幾個要求，將沉迷於技術中的丹尼爾留在了實驗室裡，這樣也方便其他技術員們隨時詢問問題，然後自己一個人和阿納托利走了出來。

阿納托利十分懇切對邵鈞道：「杜因先生，前幾天是我錯了，您別放在心上吧？我以後一定一心一意和你們合作。」

邵鈞抬頭也誠懇道：「沒有，是我的問題，不該壞了遊輪拍賣會的名聲，還讓伯爵閣下親自賠罪，聽說賠了出去不少賠償款，我其實也內疚得很。」

阿納托利百感交集，內疚什麼？我看你心裡得意著呢，我這真是看走眼了，被這隻看似忠厚的羊吃得死死的。他只能仍然笑著：「沒什麼，小事，這點錢我沒放在眼裡，而且冬季拍賣會，暫時還沒有其他人能有這個實力號召，等明年新能源產品全面研發成功，會有更多的人來的。」他微微側著身子，中午的陽光透過玻璃窗打在他身上，琥珀色的眼睛折射出蜂蜜一樣的光芒，看著真是相當有魅力的一個紳士，咖啡館路過的人都忍不住都注目於他。

邵鈞笑了下，阿納托利又有些色迷心竅，忘了眼前也不是個省油的燈：「那個你救回去的寵物——人，恢復了吧？柯葉真的是喪心病狂了，人體試驗即使是帝國也是嚴格禁止的，我真想不到他敢在人身上做基因修改。」

邵鈞想起那漂亮到近乎妖異的金銀琉璃雙瞳，不由問道：「對人體做基因改造，會有什麼影響？他還滿好的，醫生全面檢查了他的身體，也治好了一些舊傷。」手筋足筋全都動過手術，幸好還沒有斷太久，重新接上了，目前正在接受復健，但整個人的精神狀態都非常好，他和邵鈞通過視訊電話，笑語盈盈，彷彿從來沒有經受過那些地獄一般的苦難。

阿納托利道：「必然會影響精神力，此外雜糅入動物基因後，就不會再有生殖能力，同時也有可能染上動物才會有的基因病，這是惡魔才做的事。難怪這幾年帝國皇帝遲遲不肯立他為太子，聽說就是覺得他太過殘忍暴戾。說來也好笑，柯葉其實是最像柯冀的，但正因為太像自己，柯冀才深深忌憚打壓他，這幾年都在扶持二皇子柯楓，三皇子柯樺。」

影響精神力嗎？即便是如此，霜鴉還是逃了出來，並且駕駛著機甲，在星空中辟出了一條道路，卻不知怎的又被柯葉捕捉回去，施以辣手，甚至要完全摧毀他的精神力，逼他完完全全成為一個失去自由意志的寵物。即便是這樣，他卻仍然還是在那些殘酷的折磨中保持了自己的神智，真是一個令人肅然起敬的人。

阿納托利仍然還在分析著：「帝國皇帝不願意讓出自己權力，偏偏兒子們一個個大了，他自己又是血腥手段上位的，自然疑神疑鬼擔心自己的兒子們會效仿，要我說真的是報應不爽。」

「可惜的是，大皇子不能深交，二皇子、三皇子也都有各自背後的支持者了，且也沒有什麼實力，目前我們在帝國，沒有更好的合作者，很難繼續發展下去。」阿納托利有些遺憾道。

邵鈞回了一句：「只要你有實力，不需要你主動結交，其他人自會來幫助你的。」

阿納托利眼睛微亮：「沒錯，新能源崛起後，我不需要再求著帝國了，到時候主動權就在我們手裡。」他雄心勃勃，邵鈞卻心裡暗想，若是他知道這新能源的掌握者，仍然是帝國皇室的人，不知又會如何想了。

兩人度過了一個愉快的下午茶時間，邵鈞繼續投入了他的生物機甲研發中。

一個月後，邵鈞聯繫了花間風，問霜鴉是否已經恢復了身體，他們對霜行者做了一些改造，看他能否過來測試一下。

霜鴉欣然過來了，他雙手雙足筋絡已經重新接好，經過一段時間復健，行走和拿一些東西已經可以做到，只是已經無法做到一些精細動作以及太快的奔跑了。

巨大的祕密實驗基地內，霜鴉進入了已經搭載了生物機甲駕駛系統的霜行者內，啟動了機甲。

實驗室監視大螢幕分成了三塊，第一塊螢幕顯示著霜行者的外觀，銀藍色的雙眼正在點燃，高高聳立著的霜白色機身如同踏著堅冰歸來的王者。

第二塊螢幕顯示的是霜行者機械外殼下搭載著的生物系統，柔軟的深紅色的生物肌腱、生物心臟、生物神經，密密麻麻地密布裝載在機甲堅硬的外殼下，一端接著能源核，新能源給予了生物心臟巨大的能量，讓它勃勃跳動著，整個生物系統彷彿活了一般，另外一端則隨著數以億萬計的密密麻麻的生物神經，全部接入了駕駛艙內豎著的巨大感測器內。

第三塊螢幕顯示的內容，寬大的傳感艙內霜鴉閉著眼睛懸浮在碧綠的液體裡，頭上戴著頭盔，那裡連著密密麻麻的精神力傳導神經索帶，身體只穿了一件薄如蟬翼的短褲，全身浸在黏稠如果凍一般的傳感液內，這是為了方便全方位便捷準確傳達駕駛者的神經、肌腱的指令，準確回饋到生物系統，從而達到與駕駛員身體同步的效果。

邵鈞和一群技術員肅穆盯著螢幕上的場景，只看到霜鴉在傳感液中握緊拳頭，猛然出拳！巨大的霜行者同時也霍然蹲下出拳，完全與駕駛員身體達到了同步！

技術員們歡呼著鼓起了掌，監控駕駛員身體資料的研究員激動道：「心跳、血壓正常！」

霜鴉在懸浮艙裡跑動，操縱著巨大的霜行者行走，跑步，蹲下，起身，做了一套標準的機甲操，然後對著測試的鋼板使盡全力衝出了一拳，測量壓力的數值瘋狂往上漲著，戰鬥資料收集員喜悅道：「衝力、壓力數值完全達標！甚至比未裝載生物系統之前更強大！」

邵鈞嘴角也露出了微笑，問霜鴉：「霜鴉，你感覺如何？」

霜鴉在頭盔裡露出了笑容：「感覺非常好，彷彿我就是機甲，機甲就是我。身體非常輕鬆，幾乎沒有感覺到和從前一般的壓力。」

邵鈞道：「還需要進一步進行耐力測試、體力測試，可能要麻煩你住在實驗室一段時間了。」

霜鴉笑了下：「沒問題——非常高興我是生物機甲駕駛的第一人，將來機甲教材教科書上會記上我嗎？生物機甲測試的第一人是帝國的一個小農奴。」

邵鈞笑了：「為什麼不是令帝國權貴聞風喪膽的星盜頭子霜鴉呢？」

霜鴉暢快笑了起來：「不錯！」

邵鈞在實驗室裡又足足待了幾個月，和霜鴉一起一一測試了相關資料，根據資料研究希望能夠進一步簡便接入人體，至少不用每個駕駛員進入機甲之前都必須先解衣。使用傳感凝膠以及生物神經整合成為駕駛服成為新思路，整套生物系統的可攜性，生物心臟的持久、生物肌腱的強化提高等等都需要太多的改善。

霜鴉帶著霜行者去翡翠星的那一天，已經是接近半年後了。那之後，帝國的災難就來了。

霜行者以及天寶，兩台機甲在帝國與聯盟星空交界處，專門針對帝國的軍艦進行了掃蕩型的劫掠。帝國軍艦一次又一次被兩台機甲攔截，幾乎沒有反抗之力，倖存回來的軍官們基本都表示：「能源太過充足，他們的離子盾防禦也太過高，上百枚核彈頭都轟不破。」

「攻擊太高，根本來不及反抗。」

「他們能源好像不要錢一樣，離子炮隨便轟，持久戰也熬不過他們。」

「完全碾壓，我們的機甲就直接被劈壞了。」

「霜鴉每次都會放回俘虜，帶話給柯葉親王，說總有一天要將柯葉親王加諸於他身上的一一奉還。」

帝國皇帝柯冀大發雷霆，當天就用茶杯將柯葉砸破了額頭趕了出去，聽說辱罵他養虎為患，勒令他親自率星艦剿滅星盜。但等柯葉率領星艦才出發沒多久，柯冀忽然又疑神疑鬼，懷疑是柯葉與星盜勾結裡應外合演的戲，為的是掌握軍權，於是又即刻發了十幾道撤軍令，命令柯葉即刻返航，改讓二皇子柯楓掛帥出征。

帝國這場父子猜忌兄弟相讒的大戲正熱鬧之時，天網上，地下格鬥俱樂部賣黑貨的店，也悄悄開了起來。

邵鈞踏入琳琅滿目地地下賣場，也被霜鴉他們的精心算計搞得啼笑皆非。賣場裡是整船打包賣貨，每一船上有珍貴難得的金錫能源，新式武器，礦石、貨物，也有一些破舊落伍的舊裝備，沒什麼用處的資源，清單列出來，只打包拍賣，每個客人在限定時間內出價，可以多次出價，時間到最高出價的客人拍得貨物，先支付一半訂金，貨到後再支付另外一半貨款。

柯夏並不在，古雷看到他來熱情地招呼了他：「丹尼爾呢？」比起邵鈞本人，丹尼爾更受他歡迎，邵鈞笑了下：「被研究員們圍住了，空間鈕的想法還有幾點需要改善，晚點他會上來找你探討，畢竟他其實並不擅長這個。」

古雷道：「不會不會，天才在哪個領域都是天才，不過你這個實驗室的研究員真是水準太高了，果然有錢才能這樣，奧涅金家族真是財大氣粗啊，倒也算得上是鼎力支持你了。」

邵鈞笑了下：「畢竟現在沒有戰爭，生物機甲還不能那麼快變現，但空間鈕就不一樣了，一旦研製成功，那真會帶來巨大的利潤。」

古雷道：「也只有這種老牌家族才捨得在還沒有盈利的時候就大把投入資金研發了。」他感慨了兩句，看邵鈞心不在焉地在四處打量，笑了下：「夏今天去風暴星訓練隊伍去了，那邊已經順利地長租下來，我們如今圍繞翡翠星、風暴星嚴密地布下了一個防控圈。」

他按開了操作臺前的懸浮螢幕，兩個星球周圍數個光點：「你看，圍繞這裡我們做了幾個空間站和躍遷點，加上躍遷門，基本可以牢牢控制住這個地方了。」

邵鈞凝視著那兩個星球，他還真有些懷念了。古雷點開翡翠星上的亞特蘭提斯：「你看看，變化很大吧，越來越漂亮了。這些薔薇居然活了，之前快死的時候夏查了好久資料，又買營養液又找玻璃罩的，竟然救活回來了，現在院子裡種了不少薔薇花。人越來越多，奪回基地後我們的人都遷到了翡翠星，也幸好經過這一次篩了不少別有用心的人，剩下的都是真金了，這次只有絕對核心的人才定居翡翠星基地，然後我們兼併了不少星盜團，包括已經四分五裂的紅幽靈，剛剛收編的人都放在原來的遠藍星系冰霜之刃星系裡，目前正打亂了各個星盜投誠的人員，重新整編，訓練人手，養精蓄銳——你別說，夏治軍還真有一套，頭頭是道的，霜鴉都說他太厲害了，真不愧是軍校出身。」

邵鈞只是默默聽著，盯著懸浮螢幕上的主城根據古雷的描繪想像著，古雷道：「只剩下一年多你就能回來了吧？到時候也讓你帶一支艦隊！咦，霜鴉上線了，我叫他過來，說說最近測試的情況給你聽，目前看來已經相當穩固了，我也建議可以在天寶身上試著加裝生物系統了。」

邵鈞笑了下道：「好的。」自從霜鴉回去後，因為生物機甲系統還算是試運行，需要即時回饋，因此古雷還是告訴了他鈞的身分，但也再三叮囑不要在夏跟前說漏嘴，如今在古雷和霜鴉眼裡，他似乎成了一個默默付出對柯夏好，卻又遮掩自己的單戀者。

霜鴉很快過來了，天網裡他恢復了他的瞳色，亞麻色的頭髮亞麻色的眼睛，這大概是他作為雲翼時原本的瞳色，雙眸笑意滿滿：「你在呀？昨天我們又弄了一船貨回來，都是帝國最新的武器，老辦法，下次讓小雪帶回去給你們研發，看看有沒有什麼好東西。」

邵鈞道：「柯楓這下子要哭死了，每次幾乎都是送裝備去給你們了。」

霜鴉滿臉戲謔：「他急於求成，反而失誤連連，說實話如果真的是柯葉掛帥，我們可能沒這麼好過。可惜柯冀年老多疑，倒是源源不斷地白白送來了裝備給我們。」

邵鈞道：「我以為你更想手擒柯葉復仇。」

霜鴉聳了聳肩膀：「想太多，只要知道他過得不好，我就開心了，最重要的是當下的時光，他知道我過得好，怕也是寢食難安呢。」

邵鈞欣然道：「你真該和夏多聊聊。」這種樂天隨性的性格和堅不可摧的心智，真的是柯夏欠缺的。

霜鴉看向他，眼睛微瞇，笑得很是瀟灑：「我們相處得不錯，不過我認為強烈的執著和總是壓抑著的有些偏執激烈的感情，也是夏的獨特的個人魅力所在，非常執著的人，愛上一個人大概永遠都不會放手那種，如果改了這點，那可就不是夏了呢。」

邵鈞一怔，霜鴉拍了拍他的肩膀：「你其實是個控制欲很強的人，你也要反省下自己呢，看著溫和冷淡，其實如果誰不中你的意了，就永遠別想進入你的心吧？只有按你的想法你的準則的人，才能夠得到你的喜歡，我真的太替夏感到辛苦了啊。」

邵鈞啼笑皆非：「你真的想多了，我和夏不是那種關係。」可能帶孩子久了，身上那種家長心態改不過來吧？再說柯夏身上那種強烈的自我毀滅的性格，凡是愛他的人，都會很擔心的吧？

霜鴉敷衍道：「是的是的，畢竟他還沒有完全符合你的要求吧？好啦不說了，先說一下生物系統情況，夏對這個也很感興趣，古雷也認為可以嘗試在天寶上加裝這個系統了，我聽說你們已經研究出了整體移植的技能？可以讓小雪帶過來，我們自己裝上嗎？」

邵鈞道：「可以的，還需要一點完善，還有駕駛服也經過了更好的提升，不需要之前那麼沉重的傳感服了。」

霜鴉喜悅道：「那可真是太好不過了，現在這套駕駛服穿脫不便，過於沉重，能改善最好不過。」

他上前熱情地搭著邵鈞：「記得也給我弄一套。」邵鈞哭笑不得：「當然也會幫你一起換了。」

兩人又說了一些話，邵鈞便下了線。

丹尼爾仍然深陷在研究員們的包圍中，研究員們已經將他當成了自動回答器，因為許多問題不好意思總是麻煩邵鈞，機器人就變成了個非常好的萬事通小寶貝，實驗室裡的研究院們都親切地叫他小丹尼爾老師，並且時時有錯覺這個機器人小星輝花，比杜因老師還要更專家，然後之後又會嘲笑自己，機器人的存儲和計算能力當然比人更強，但是理論基礎以及相關計算方法，那肯定還是杜因老師做進去的嘛，只是這個機器人哪裡還能買，可以量產嗎？

邵鈞與丹尼爾在實驗室裡泡了許久，將能夠單獨分離的生物機甲系統做了出來，先弄了一套讓花間風派人送去了翡翠星，沒多久古雷就傳來了佳音，已經安裝成功，使用一切正常，夏感覺非常好。

日子就在實驗室中平淡而繁忙地度過，邵鈞很喜歡這樣充實而目標明確的日子，為了某樣事情忙碌，每一天都能看到明確的進展，每一天都在往目標更近一些。

而他也時常從古雷和霜鴉的嘴裡，知道那顆翡翠星的變化，白薔薇花越來越多，已經適應了星球的土壤和氣候，雪白嬌嫩花苞爬得滿架都是，金髮的夏老師在白薔薇架下修剪薔薇葉時彷彿畫裡的美男子，長大了的女學生們也熱衷於照顧薔薇花，穿著漂亮的裙子有著緋色臉頰的少女們，日日在不同的薔薇前希望能讓夏老師能多看自己一眼。

基地越來越強大，他們兼併了不少星盜團，冰霜之刃已經開始組建三支不同的戰隊，每一支戰隊都配備有大型星艦，戰機，機甲以及相應的後勤供給飛船隊，人員越來越強。首領仍然是霜鴉，但人人都知道海神戰隊的海神之子，有著海洋一樣藍眸的夏，是最強的二首領，也是最強的機甲戰士，他們吸引了越來越多的強者的投靠，並且心甘情願遵守冰霜之刃定下的規則，在帝國與聯盟星域的交接邊緣地帶，成功建立起了一個灰色的國度，在這裡，只要遵守規則，冰霜之刃會庇護你，你能吃飽能穿暖，孩子們會在一個漂亮的翡翠小星球上接受教育並且將成為最忠心耿耿的後備力量。

帝國二皇子鎩羽而歸，但皇長子與皇帝之間的裂痕已經沒辦法彌補，父子之間的溝壑越來越深，三皇子則悄悄崛起，趁機博得了皇帝的寵愛。

三年快滿時，邵鈞與花間風一起和柯夏衛星通訊，非常遺憾地告訴他，自己還是不能立刻回到他身邊：「許多專案跟進得太深了，另外生物機甲和空間鈕的不斷研發提升，也需要繼續跟蹤，目前暫時還沒有值得雙方信任的合適人選來取代。」

影片通訊那頭的柯夏長高了太多，金色頭髮毫不在意地捆紮著，髮尾流淌在肩上，碧藍色雙眸猶如深湖，他聳了聳肩，非常平靜地接受了自己的機器人還不能回到身邊的事實：「預料之中了，你繼續在那邊追蹤生物機甲吧，加裝了生物裝載系統的天寶我很喜歡，這讓我輕鬆多了，新能源也開發了天寶更多的功能，希望能在能源載入上再增加能源容量，我感覺天寶還需要更多的能源。」

邵鈞點了點頭：「好的。」機器人還是那麼的沉默寡言，和從前一樣沒有變化。

柯夏凝視他的臉道：「還是不能留在那邊太久，你的年齡彷彿一點都沒有增長。」

花間風笑道：「放心，現在這方面技術很先進的。」

柯夏點了點頭，彷彿也沒什麼要交代：「好吧，那你們一切小心。」關掉通訊之前，他舉起了手腕亮出手腕上的手錶給邵鈞看：「對了，忘了說了，手錶我很喜歡，防護一次都還沒有用過，我現在很安全，也很強大。」

邵鈞忍不住笑了下，那邊斷掉了。

邵鈞也鬆了口氣，他原本以為自己三年到期回不去，柯夏又要鬧鬧情緒。還好還好，孩子長大了，交的朋友多了，自然而然也就不會再執著於一個保母機器人了，邵鈞心裡自以為是地寬慰了。

到了晚上，邵鈞上了天網，和古雷有些技術問題探討，路過月下清涼的亞特蘭提斯，他忽然看到柯夏坐在一叢薔薇花的陰影內，默默看著遠方的海水。

他心情正輕鬆中，便也沒怎麼擔心和他接觸，和他打了個招呼，坐在他身邊問他：「平時不都挺忙的嗎？怎麼今晚有時間在天網裡看風景發呆？」

柯夏淡淡道：「沒有什麼，今天一個說好了要回來的朋友，沒有回來。我有點難過。」

邵鈞一怔：「很好的朋友嗎？」他試探著問，這只是需要傾訴吧？他寬慰他：「人們都說離別是為了更好的重逢。」

柯夏抬起睫毛，笑了下：「人們也說成年人要勇敢地、成熟地、體面地面對離別。」

「但是我還是想做個孩子，嚎啕大哭，傷害自己，大鬧大吵，用盡一切手段不讓他們離開。」

「因為你可能都不知道，是不是某一次離別，會分別太久太久，甚至可能再也見不到那個人了。」

「長大，做一個不動聲色的成年人，真的太難了。」

「童年沒有能夠和家人構建起親密關係的孩子，一般在未來的生活和人際交往中，會極度渴望親密關係的建立，但又往往是這種渴望和過度的依賴，會讓其他人望而生畏，畢竟很難有人願意承擔或者全盤接受他人的情緒，生活和責任，這些都太過沉重。再加上這類童年經受過創傷的孩子，往往沒有學會如何與對方開展良好的互動和溝通，建立穩固的親密關係，採取了錯誤的方法，比如過於計較雙方的付出，占有欲過強導致干涉對方過多，過於注重自身情緒忽視對方，導致親密關係建立失敗，而失敗又往往會導致兩個極端結果的出現，一極是全盤放棄與人建立親密關係，疏遠人群，封閉自己，另外一極則是頻繁尋找下一個對象，失去理性，隨意地傷害對方以及被人傷害。」

「你說的這個朋友，父母親子關係良好，家庭幸福，只是年幼的時候父母就忽然去世，沒有了所有親人，他會比一般人更為渴望建立一個穩定的親密關係，尋求幼年曾經有過的安逸和平穩確切的幸福，排斥離別，厭惡分離，並由此生成了獨占欲以及強烈的不安全感、焦慮感等等，這些都很正常。」

「但是，過去的經歷造就每一個現在的人，從前人們喜歡解析原生家庭對每個人的影響，現在我們更注重個人的自我完善與成長，無論什麼經歷，無論什麼過去，都是構成現在我們自己的一部分，正視自己曾經面臨過的不完善的境況，接納自己的不完美，並且儘量在不傷害其他人的情況下，滿足自己的願望，治癒自己心理的巨大創傷，這是我們現在所希望能做到的。」

「那麼如果你真心愛護他的話，也應該儘量滿足他的心理需求，讓他得到平和、穩定的愛，幫助他和人建立相對牢固的親密關係，並且區別開不同的親密關係應當如何溝通相處，健康良好的師生關係、朋友關係等等，都是不錯的開端。」

語氣溫和的心理女醫生笑道：「我們還是建議您這位朋友能定期來做一下心理諮商，恰當的心理諮商可以大大舒緩他的情緒，使他不再焦慮，實際上這並不算得上非常嚴重的問題，只要定時做心理諮商，並且針對他的精神力做一些舒緩練習、冥想，這樣可以很快改善的。」

邵鈞點了點頭：「謝謝——他有些排斥看心理醫生，我有空會勸說他的。」他起身和心理諮詢醫生辭別，走了出來，付費後出門到自己的飛梭停放處。已經是深秋，落葉片片落下，筆直的林蔭大道一側，飛梭旁，阿納托利穿著秋葉色的風衣插著兜在等他，看到他出來笑道：「諮商完了？這個心理醫生真的是目前洛夏最好的了，排期都排到明年去了，我找了朋友才約到時間的。」

邵鈞道：「謝謝。」

阿納托利轉頭看了看風景：「這裡臨著公國中央公園，秋天的風景是最值得人稱道的，你這陣子也累得厲害，在這裡走走放鬆一下？我為你做個導遊吧，畢竟這些年你一直在為我工作，一點娛樂都沒有。」自從遊輪拍賣會上阿納托利破功後，和邵鈞又恢復成了平淡有禮的狀態，然而一個專心技術，一個終於收起了戀愛腦，充分尊重邵鈞的意見，在實驗室和專案開發上充分授權邵鈞，平日裡大部分公事往來交談，兩人居然關係反而得到了改善，遇事有商有量，成為相當不錯的合作朋友。

邵鈞點了點頭：「好。」

兩人緩緩走在飄滿金黃色落葉的林蔭大道上，阿納托利問邵鈞：「決定參加聯盟機甲技術交流論壇了？從前你一直沒有興趣，給我們實驗室的邀請函都是讓其他專家去的，我以為你是理論水準太過於超脫，不屑於參加這類論壇和技術交流的。」

邵鈞道：「今年葛里有個機甲生物電池能源應用的論壇有點意思，我想去聽聽。」其實是丹尼爾想要聽，他無意中聽到實驗室裡的專家討論機甲大師葛里今年的議題是機甲生物電池，十分好奇，一直和自己要求想要去聽聽，想著乘坐飛船來回也不花什麼時間，索性便接了邀請函，和奧涅金說了要借私人飛船一用，便定下了行程。

阿納托利笑道：「可惜我這邊還有許多公務接待，不能陪你一同前去。不過其實不去也罷，只怕是去了也都是聽不懂的。」他笑著，蜂蜜一般的眼睛又開始不自覺地釋放魅力，邵鈞笑了：「不必自謙，至少你去的話，說不定又能買下不少好東西讓實驗室裡的研究員們瘋狂很久，畢竟有錢是你難得的優點之一。」

阿納托利又笑了起來，秋風裡落葉簌簌，黑髮黑眼的沉靜男子笑著，散發出難言的魅力，阿納托利忍不住道：「杜因，你真是一個謎一樣的男人。」

邵鈞詫異：「怎麼忽然這麼說？」

阿納托利道：「你從來不說你的家鄉在哪裡，也從來不提你過去的經歷，你的學校，你的工作等等，都是一團迷霧，像你這樣的強者，在生物研究以及機甲方面研究又如此深，實在不該是一個憑空出現的人。」

邵鈞笑了下，什麼都沒說，阿納托利含笑：「沒有人能夠瞭解你，你把自己收藏得太緊了，彷彿一座圍城，然而又正因為這謎一般的過去，分外吸引人想要探索和接近。」

邵鈞道：「伯爵您是一個聰明人。」

阿納托利自嘲：「我可算不上聰明人。」

邵鈞道：「怎麼會，至少你知道權衡利益，在探索我的過去以及新能源的巨大利益中，選擇了繼續蒙在鼓裡，什麼都不查。」

阿納托利訝然：「我以為你不會諷刺人，真難為你把利益至上這樣尖酸刻薄的話說得這麼清新脫俗。」

邵鈞也忍不住笑了：「明天我就出發去洛倫，實驗室麻煩您照應了。」

阿納托利道：「沒關係，包括丹尼爾我也會讓伊蓮娜照顧好他的。」

邵鈞道：「我會帶走丹尼爾，他也很想去聽聽論壇的。」

阿納托利看邵鈞一本正經把寵物機器人當成一個真正孩子，微微有些頭疼：「好吧，只是伊蓮娜見不到丹尼爾，也會想他的。」

邵鈞點了點頭：「告訴她丹尼爾會帶禮物給她的。」

阿納托利挫敗道：「好吧，多謝小丹尼爾。」他真的很想知道當女兒和杜因都把丹尼爾當成一個真正的孩子的時候，是不是只有他一個人不太正常。

邵鈞第二日便乘坐奧涅金伯爵的私人飛船抵達了洛倫，這次舉辦聯盟機甲技術交流論壇在歌羅酒店，邵鈞入住了酒店後，基本也深居簡出，只拿了論壇上發的資料仔細閱讀。

看過以後頗有些大失所望，即便丹尼爾不說，被古雷和丹尼爾訓練教導過，還親手組裝過一整台機甲的他，也看得出這些論文集裡頭的技術大多是老生常談，類似觀點在星網論文庫內隨意可見，談不上什麼特別的突破和創意。

葛里的機甲生物電能論文只有個簡要介紹，但只看介紹也看不出突破在哪裡。

丹尼爾也有些失望：「我以為他真的能有很大突破呢，生物電能這一塊許多人都認為大有可為，但始終沒有人能夠有突破，如果能夠真正發揮出生物機甲系統裡的生物電能來，我們的機甲又能得到極大提高。」

邵鈞彈了彈他的花瓣：「明天聽聽看就好了。」

第二日果然演講堂內熙熙攘攘，都是來聽機甲大師葛里關於生物電池的演講的。

葛里站上臺，滿臉傲然：「我今天來為大家展示的是一種神奇的生物電池，這是一種昆蟲體內的生物蛋白，當時收集後經過一定的氧化還原處理，形成電極活性物質，隨後能夠產生極為強大的電能，具有相當高的能量轉化效率。只要經過適當處理，相信這種新生物電池可以應用在機甲上，大大減輕目前機甲能源完全依靠金錫能源的可能，下面我們來看一下相關實驗資料。」

他打開了懸浮螢幕，顯示著一項項相關詳實的實驗資料以及製作的生物電池相關實驗效果。下頭都沸騰了，有人迫不及待地高聲問：「那麼葛里大師，這種昆蟲，到底是什麼昆蟲呢？」

在座的多是機甲專家，大部分對生物領域也有所涉獵，他們看著上方那些高得嚇人的數值，都知道應該不是目前發現的昆蟲物種，一個昆蟲學家已經伸出手發言道：「按這樣的能量和資料推算，這個昆蟲應該非常巨大才對，至少得有一幢樓那麼巨大。」

現場譁然。

葛里笑了下：「不錯，這是一種新發現的物種，我們已經安排了飛船，明天我將帶大家實地去觀摩這種昆蟲，當然大家可以放心，安全是絕對得到保障的，我已經向聯盟第一軍團申請了軍方的機甲小隊隨行保護，因此請大家不用擔心，這種昆蟲的發現，將能夠極大改善機甲的能源構造，而且在座都是聯盟機甲研究者中的佼佼者，期待大家集思廣益，能在這種特殊的昆蟲身上得到更大的啟發，促進聯盟科技的進一步發展。」

「最後我還要提醒大家，因為這項科技事關機密，所以從今天開始一直到明天，在座諸位都已經算是參與了涉密軍方專案，請大家嚴格保守祕密，稍後會讓大家簽署保密協定，明天凌晨出發，在今晚到明天，請大家暫時先遵守保密紀律，交出通訊儀，還有明天的觀摩地點，也禁止拍照，稍後保密協議將會送到各位房間，當然如果不願意的，也可以立刻離開。」

會場專家們議論紛紛，但卻也都理解，恐怕這種昆蟲是軍方發現的外星球生物，想要控制知悉範圍，作為祕密項目，也是能夠理解的。而不少人臉上已經出現了激動和狂熱的神態，顯然能夠參與這樣重大的軍方涉密專案，對許多籍籍無名的專家來說，是一個十分重要的機遇和挑戰。

丹尼爾已經緊緊抱住邵鈞的手臂悄悄道：「鈞！我想看看！如果真的有那麼大的昆蟲，重要的並不是生物電，而是生物肌腱和生物神經！那是我們生物機甲改善的關鍵！」

邵鈞聽到涉密軍方專案的時候就已經感覺到了一絲疑竇，涉密軍方專案怎麼會如此輕易在論壇上就宣布並且毫無篩選？又或者本來論壇接到邀請函的專家就已經經過篩選嗎？

但丹尼爾卻強烈要求著：「一定要去看，如果真的存在這麼一種昆蟲，我覺得我們的生物機甲會有一個非常強大的進步！」

邵鈞問：「涉密項目可以這麼隨便地透露給我們普通民眾的嗎？」

丹尼爾有些滿不在意：「大概主要是提防帝國吧，再加上軍方也著急了。畢竟一直被帝國卡著脖子，參加的專家還是經過篩選的，我早晨看過名單，凡是有帝國資本在的實驗室專家，一個都沒有，都是聯盟老牌家族所屬的實驗室，而且看葛里研究的情況，這個祕密八成不會保守太久，這種外星生物一定不罕見，軍方不能保證壟斷，一旦研究成果發表，全世界都會知道的，只能說是搶時間，搶在帝國的前面搶先研發，所以才召集了這麼多頂尖的專家，只靠葛里一個人的研究肯定不行，必然要十分雄厚的團隊。」

邵鈞也微微打消了些疑惑：「你說得也有道理。」

丹尼爾渴望道：「那我們去看看吧？」他對於未知生物領域的探索，簡直到了如飢似渴的程度，如今心裡已經滿是那種巨大的昆蟲，如果拿到樣品，知道牠的肌腱，牠的神經，骨骼關節等等的原理，人工複製出來作用於機甲上，那將是多麼巨大的進步！可以說前無古人後無來者，以這樣方式製造出來的機甲，將會是國之重器，戰場上的殺神。

邵鈞道：「好吧。只是你一定要注意，我們悄悄看過，回去再研究，你有什麼想法，也不要著急說。」

丹尼爾喜悅道：「當然！」

Chapter 138 可怕的種族

次日用過早餐，邵鈞將丹尼爾放進了自己的包裡跟著其他與會專家上了飛船。本來以為安檢會非常嚴格，但什麼都沒有查，只是讓專家們上了飛船便啟航了。

大約七八個小時的星際飛行和躍遷後，他們在一處小行星上降落。

這座小行星上只有岩石和沙漠，只是建著巨大的軍事基地，均有士兵把守。穿過重重把守的關卡，專家們終於看到了傳說中的巨大的昆蟲。

透過巨大的實驗室強化玻璃觀察面往下看，一隻彷彿一座小山一般的昆蟲在沙土壤中央，有著微微墨綠色的甲殼，甲殼下有透明的翅膀，體外覆蓋著甲殼質的外殼，六足是典型的節肢動物的足爪，一雙複眼折射著詭異的光芒，牠注意到了入口處這邊有人群，嗡的一下振翅，以極大的力度衝撞上玻璃頂，然後被強化玻璃前的祕銀網牢牢擋住，但仍然發出了巨大沉重的聲音，甚至連整個玻璃都在震動，可見是多麼巨大的力量。

專家們全都議論紛紛起來，一時嘈雜不堪，甚至已經有專家迫不及待地貼在了玻璃牆上，如痴如醉地觀察。

丹尼爾在邵鈞耳邊激動地低聲說話：「太完美了，那隱藏在節肢裡頭的肌纖維，將會多麼的強大有力！那裡頭的神經元，將會多麼豐富！這麼大的蟲子，分離出來會更簡單，培育複製體也容易！」

邵鈞卻盯著那隻巨大的蟲子，喃喃道：「這麼巨大的力量，還會飛，如果落在城市裡，將會是災難吧？機甲能阻止牠嗎？人類能控制住牠嗎？」

正說著，只見玻璃牆那一面，一隻銀白色機甲已經從天而降，機甲手中持著光劍，背後飄著兩片優美的銀色光翼，邵鈞認得，那正是元帥愛女露絲曾經演示過的機甲「春風」。那蟲子已經豎了起來，揮動著兩支前螯向機甲攻擊，那巨大鋒利的前螯刷地一下沒有戳中機甲，卻戳到了背後的山石上，「砰！」山石塵土四射，前螯深深紮入了石頭內，顯示著巨大的破壞力。

「春風」將光劍向蟲子斬下，只看到蟲子揚起甲殼，光劍重重劈在來了甲殼上，甚至沒有留下一道痕跡。專家們微微騷動，只見機甲騰空而起，再次打開了榴彈炮，無數帶著白煙的榴彈炮密集向蟲子轟了過去。

然而那堅硬的甲殼質仍然無堅不摧，只不過是微微變了些顏色，而蟲子也被這炮彈給激怒了，抬起嘴，只見「春風」迅速展開了離子盾，蟲子身邊的泥土和土石彷彿被什麼東西擊中一般的震動掀翻，有專家了然地交頭接耳：「是聲波攻擊，好厲害，不知道有沒有具體數值……」

只見「春風」在半空中，調整肩膀上的離子炮，趁著蟲子一時未能調整攻擊方向，近距離放了一炮離子炮，雪亮的炮彈軌跡準確擊中了蟲子，專家們全都被耀眼的光刺激得遮住了眼睛，過了一會兒睜開眼睛，才看到地面上已經出現了一個巨大深坑，而那可怕的蟲子終於垂死，但六隻足肢仍然還在彈動著，翻過來的蟲腹甚至也只是出現了一個並不算大的洞，顯然即使是離子炮，也並沒有造成十分毀滅性的傷害，可以想像如果這蟲子不是在這狹窄的實驗室裡，而是有著廣闊空間，以牠剛才表現出來的速度和力量，只要能躲閃開離子炮，機甲未必能如此輕鬆地將牠擊斃。

專家們紛紛議論起來：「速度很快，感覺靈智也很高。」

「真的不是什麼受到輻射的變異昆蟲嗎？」

「你見過這麼大的變異昆蟲嗎？這只能是天生的，就不知道是吃什麼東西長成這麼大的體型，應該是外太空生物。」

葛里在高臺處道：「請大家靜靜，下邊，我們的第一軍團長宋勞德將軍來和大家說一下這種昆蟲發現的基本情況。」

眾人安靜了下來，只看到一位氣勢不凡的將領走上台去，他頭髮銀灰，鷹眼高鼻，向大家點了點頭：「首先感謝各位專家今天蒞臨我們的太空基地，來參與這個關乎全人類的軍事項目。」

專家們安靜了下來，宋勞德伸手先按開了一個懸浮螢幕：「剛才各位專家也都看到了，這種昆蟲，速度、力量、攻擊力都相當驚人，而各位剛才看到的昆蟲，還只不過是一隻才從蟲卵裡頭破殼而出不到三天的幼蟲。」

專家們發出了吃驚的議論聲，宋勞德繼續道：「三個月前，我們在金火星系的星艦受到了蟲群的攻擊，我們經過了十分艱苦的奮戰，才全殲了牠們，並且還俘獲了一批蟲卵。剛才你們見到的幼蟲，就是我們請來的生物專家孵化出來的幼蟲。」

他頓了頓，看了看下邊仍然在竊竊私語的專家們，繼續說話：「但是，在這三個月中，我們的衛星發回來的訊息分析，再次發現了這類蟲群的蹤跡，大約有上萬隻活的成蟲，正在太空中飛快移動，牠們曾經在一座礦星上短暫停留，然後只用了一個星時，就將那座礦星的礦全部啃食完畢。這一群飛蟲，從我們最初的監測影像，推測牠們是從一個宇宙黑洞中突然出現的。」

懸浮螢幕上顯現了無垠太空中一整群的蟲族在熙熙攘攘地飛落入一座小行星內，密密麻麻地覆蓋了整個星球表面，聳動著的甲殼，振動的翅膀遮天蔽日，看著分外令人毛骨悚然。

專家們譁然，宋勞德道：「更可怕的是，牠們甚至還在不停的產卵和繁衍，繁衍速度非常快，根據我們監測，那個蟲群一個月前還是三萬多隻，前幾日傳回來的影像已經翻倍為超過六萬隻。」

宋勞德嚴肅道：「我們嘗試過對牠們進行圍剿，然而，如大家剛才所見，一個精英機甲，拼盡全力也只能勉強對戰一隻到兩隻成蟲，然後能源就已告罄，只能返回母艦繼續補充能源。而這數萬隻成蟲，還會同時發出聲波攻擊，干擾我們的信號，破壞我們的武器，這是一種太過可怕的敵人，而牠們還在四處尋找星球落腳，但凡牠們經過的星球，寸草不生，連礦產都會被吃光。然後離開之前，牠們會產下蟲卵後才離開。蟲卵一個月後即可孵化，以牠們的蛋殼為初始食物，迅速成長，然後繼續成群地飛入太空，尋找牠們的族群。是的，牠們是一個族群，我們已經監視了許久，牠們的隊伍分工明確，有負責尋找食物的，有負責尋路的，有負責放哨警戒的，有負責保護母蟲的，有負責攻擊敵人的，不用多久，牠們就會變成一個極為可怕的數目，到時候我們人類必將遇到一個大麻煩！」

專家們全都變了色，宋勞德道：「今天我們請各位專家來，是請大家參與到這個拯救全人類的項目研究中，兩個月前我們就祕密請了幾位生物專家來，對這種昆蟲進行了深度研究，經過專家們的研究以及葛里大師的研究，認為深入研究後，應該可以在機甲設計機甲功能上進一步改善，研製出專門對付這種蟲族的機甲，在座各位的都是高級機甲專家，相信大家集思廣益，一定能研製出特製機甲。」

這時已經有專家反應過來：「將軍的意思是，要強制留我們在基地裡研製機甲？」

宋勞德微微鞠躬：「不錯，我們已經向聯盟議會提交了戰時緊急徵召令，列位在座的機甲專家們，都已經成為本次戰時緊急徵召的物件，大家只能留在基地裡專心研究，軍方將盡全力提供各項研究條件及研究經費，保障大家的研究，吃住穿的生活要求也都會盡力滿足，等研發出機甲後，你們將獲得聯盟榮耀獎章。」

在座已經有專家勃然變色：「這要待多久？並沒有事先徵求我們同意，我妻子臨產！我必須要回去！」

宋勞德歉然道：「真的很抱歉，因為這個項目是一級軍事機密，一旦蟲族的事洩漏出去，將會引起極大恐慌，大家應該也都簽署了保密協議，大家只能留在祕密基地這裡進行隔離研究，直到我們找到克制對抗蟲族的方法。請大家理解，此事事關我們人類命運，人民會感謝你們的付出！」

彷彿一滴水落入了熱油中，惶恐的專家們沸騰起來，人人群情激昂：「這是欺騙！這個論壇一開始就是一個陰謀！」

「這是非法拘禁！侵犯人權！」

「無恥之尤！」

「我家裡長輩病危，我必須要回去！」

「我要和家裡通訊！家裡人會擔心的！」

「總要有個時限，不可能無止盡地在這裡研究！」

「有報酬嗎?家裡需要生活費!」

「葛里出來解釋!」

宋勞德看著下方惱怒萬分感覺到被欺騙的專家們，忽然拔出腰間的槍朝天射擊：「砰!」

眾人靜了下來，宋勞德冷冷道：「列位，拒絕戰時徵召，等同於叛國，可判處星際監禁無期徒刑。」

在所有人冒著怒火的眼神中，宋勞德又微微一笑，十分道貌岸然：「我相信各位專家們都是非常具有犧牲精神的，全人類會感謝你們的，歷史也會記載下你們的奉獻和付出。」

葛里走上台的時候，所有專家們眼睛都是在冒火的。

所有人都已明白過來這個論壇從一開始就是個陷阱，先以絕大多數科學家都會感興趣的課題拋出來，吸引這麼多相關機甲專家過來，然後一網打盡，倒是不挑也不嫌棄，固然誰都知道葛里作為個人肯定不可能抗衡軍方命令，但是大部分人都知道元帥的機甲是葛里親自製造的，他必然有充分的時間準備，專家們卻是在一個完全沒有準備的情況下被騙來這與世隔絕的實驗基地，猝然與家人朋友分別，而且還遙遙無期，誰心裡不充滿了憤怒？

葛里卻彷彿完全無視了台下的憤怒，淡淡道：「我和大家一樣，也是被緊急徵召來的，對這種昆蟲進行了研究，已經取得了一定的成果，我個人認為這是千載難逢的研究經歷和研究素材，對任何一個有追求的科學家和機甲專家來說，這都是一項非常值得研究的課題，因此軍方採納了我的建議，讓更多的聯盟科學家們加入到這一項研究中，爭取取得更大的突破。」

葛里如此毫不遮掩地說出是他的建議，專家們反倒說不出話來，更何況如今他有軍方支持，也實在拿他沒辦法，他畢竟是享有盛名的機甲專家，有些接受現實的專家開始提問：「葛里大師有什麼專案能夠讓我們參與的呢？」「我們可以自己主持專案方向和專案研究嗎？研究資金如何撥付？」「我們的報酬又是多少呢？」

葛里伸出手往下按了按示意大家稍安勿躁：「各位所供職的研究所都已經收到了你們被軍方緊急徵召的通知，根據通知，列位在緊急徵召期間原研究所、實驗室的待遇都不變，基地在保障基本生活條件和實驗條件的情況下，發放基礎津貼，並還將根據各位專家的研究成果和研究進度分別給予不同等級的獎金。等徵召結束後，各項科技研究成果，仍然屬於各位專家的，能夠轉化成為巨大的經濟效益，我個人認為這已經是千載難逢的研究機會了，希望在座專家們好好把握。」

「現在各位專家們可以向我提交研究課題申請，提出需要的實驗資源及相關配套設施，一些大型設施實驗室是共用的，各位專家們可以自行組織成為不同的課題組、實驗組，每位專家不能參加超過三個專案的研究，自由組合。另外現在各位專家一人一票，在一會兒發下去的各位專家列表中勾選出十位專家來，這十位專家將和我一起組成專家代表委員會，負責組織課題審核、研究費、實驗設施分配等等涉及到大家的相關工作審議，大家還有什麼問題嗎？」

專家們默默無言，顯然是已經接受現實，又發現葛里方方面面也都考慮到了，連專家委員會都成立了，也不好再說他一手遮天把持項目經費壟斷課題研究。

於是便有士兵來發放候選人名單，錚亮長靴和腰上掛著的槍展示著無言的威懾，邵鈞接過名單，翻了一下果然看到沒有自己的名字，畢竟自己雖然在奧涅金家族實驗室主持專案，卻一篇論文沒有發表過，也從來沒有出外交流，便隨意勾選了十個交了上去。

然後便散了會，立刻不少專家圍上了葛里，急切地說話，也有不少專家去領取了分配宿舍的鑰匙，回宿舍安置，分配的宿舍雖然小，但乾淨通風，科技生活設施齊全。

邵鈞將丹尼爾放出來：「既來之則安之，看來我們只能繼續在這邊開展研究了，好在這種蟲族對生物機甲研發也很有幫助。」就不知道柯夏和花間風會不會著急。

丹尼爾花朵皺起來又打開：「不知道為什麼，看了那些影片影像，我怎麼覺得似乎以前見過相似蟲族的記載，但是我沒有記憶。」

邵鈞攤了攤手：「沒辦法，這裡上不了天網，只有隔離的局域網以及內部論壇供我們查詢資料和內部交流。嗯，專家們速度很快，已經開始有不少專家發出了自己的研究課題方向，招募相關專家一起研究，不引人注目的話，我們最好是加入一項比較大的課題研究。」掩藏自己的辦法是猶如水滴一般融入大海，儘量不突出地藏在人群中。

丹尼爾湊了過來看那些課題研究題目：「我們選肌纖維研究，這個可以趁機掌握累積這種蟲族的各種姿態，收集資料。」

邵鈞看了下發起人，正好也是洛夏公國的一個名叫伊萬的專家，下頭已經零零星星跟了幾個專家，他索性就跟著報名。他雖然名字普通，但奧涅金實驗室研究員的身分卻仍然讓對方欣然接納，無論這個項目前景如何，將來有機會結束戰爭徵召後，他們面臨的就是研究成果轉化成經濟效益的現實問題，財大氣粗的奧涅金家族在洛夏公國那就是最粗的金大腿，自然是立刻就通過了。

邵鈞和項目發起人伊萬以及專案組其他人開了個小會，確定需要申請的實驗室資源和實驗設施，然後又討論了下分工，他話少，偶爾說句話都顯示出對專案運轉和實驗過程十分熟悉，明明有大實驗室背景，卻務實又謙虛的態度讓伊萬以及其他專家都心生好感，合作融洽，很快報上去的議題也通過了，他們有條不紊地開展起研究來。

接受了現實的專家們在實驗基地裡很快度過了平淡的一週，各個專案組都建立了起來，五花八門的專案組專家們時常會在論壇上交流相關問題，研究氛圍倒是十分濃厚。

然而在這期間，論壇上一個貼文卻引起了邵鈞的注意：「我提出的課題項目是研究如何對付蟲族的次聲波攻擊，這應該很容易就能想到同樣用聲波攻擊的方式來抵消，我提出的解決方案明明有許多解決思路，明明很有研究前途，對軍隊對付蟲族明顯也很有軍事價值，只是經費稍微高了些，竟然沒有通過，請問究竟為什麼？」

很快下邊也有人回覆：「這個課題我也提了，沒有通過，駁回的理由也是經費預算過高，我不明白，這個如果能夠研製出對抗蟲族次聲波的武器，那應該可以免受許多傷害。但是人家葛里說了算，有什麼辦法？我還是換了課題，勸你也認了吧，不要浪費時間了，資源有限，等你再糾纏下去，到時候實驗室實驗設施都分完了，還是早點換課題吧。」

又有人陰陽怪氣道：「我聽說這個課題葛里已經研究了，當然不會讓你們來搶功勞，這項目多簡單啊，只要找到蟲族固定的頻率就好辦。」

再刷新，這個貼文已經被刪掉了。

同樣關注這貼文的丹尼爾也大惑不解：「宇宙中，普通聲波傳播不了，蟲族的應該是次聲波，這種蟲子的聲波很特殊，很值得研究一下，我們可以考慮利用同樣頻率的超聲波武器來考慮抵消掉對方攻擊，這確實很有軍事研究價值，真研究起來也不難，經費也是必須的投資。」

邵鈞眯了眯眼睛：「也許他們根本早就已經找出解決方法了呢？如你所說，這是很簡單的研究思路。」

丹尼爾道：「那他們也可以說已經研究出專案成果了，不需要重複研究了啊。」

邵鈞摸了摸丹尼爾的花瓣：「總是沉浸於科學研究的專家們太過缺乏政治鬥爭的神經。你沒發現我們這裡全程都在第一軍團的控制下嗎？為什麼對專家們幾乎不加甄別，一網圈盡？為什麼以這種極端誘騙不惜得罪所有專家的方式也要扣下所有專家？為什麼要放在這麼個與世隔絕的地方？我們服務的，興許不是整個聯盟軍區，而僅僅只是元帥嫡系親自掌握下的第一軍團而已。」

「我懷疑他們其實已經研究出了一些克制蟲族的方法，甚至蟲族在剛被發現的時候，也是可以控制的範圍，但他們卻在養虎為患，他們把聯盟所有相關的專家不加區分全都圈起來，並不僅僅是為了替第一軍團研究克制蟲族的方法，同時，還要讓其他軍團找不到專家可用。你想想，第二、第三軍團忽然毫無防備地遇見這群已經壯大了的蟲族軍團，是不是會損失慘重？這個時候，已經早有預見掌握了所有核心專家的第一軍團突然以救世主的方式忽然出現，情況會怎麼樣？戰功、人民的讚譽，以及被狠狠削弱的競爭對手、政敵……多麼完美的圈套。」

丹尼爾震驚抬起眼，邵鈞笑了下：「聯盟與帝國簽訂和平公約後，軍團本來就靠著剿滅星盜來爭取軍費，但這兩年星盜被冰霜之刃吃了不少，還大部分都針對著帝國軍隊打，聯盟軍團無仗可打，元帥在聯盟的影響力也越來越弱，這對於權力頂峰的狂人，那是難以容忍的，培養一個自己能夠克制的強大敵人，在關鍵時刻擔任救世主，博取更耀眼的名聲以及更大的利益。我毫不懷疑他們能夠做出這種齷齪骯髒的事——甚至極有可能他們會將蟲族誘到第二、第三軍團的星際守域上。」

「沒有敵人，就製造敵人，政治，從來都是如此啊。」

阿納托利站在寬大的飛船舷艙玻璃前，凝視著外邊猶如星河垂落一般密密麻麻包圍著他們星艦的戰鬥機，戰鬥機上都繪著藍色烏鴉霜刃旗標誌，在顯然經過嚴格訓練的戰鬥佇列前，十幾具機甲錯落守著不同方位，最前面一具分外巨大的深藍色機甲手裡持著雷神之戟，霍然站在正前方，雷神之戟上閃電環繞，顯示著正在儲存能量。

阿納托利嘴唇緊緊抿成一線，這樣的陣容，他還是在聯盟軍團閱兵的時候見過。旁邊的雇傭兵護衛隊首領格里茲也面色嚴峻：「是星盜，冰霜之刃，深藍色機甲那是他們星盜第一艦隊的頭目，外號『海神之子』，機甲操縱出神入化，從無敗績。奇怪，他們從來沒有在這一片星域出現過，他們一般不會胡亂殺人劫掠，之前也一直只針對帝國軍方的星艦，傳說其首領和帝國的柯葉親王有私人仇怨。誰都不會想和海神之子對戰，最好還是和對方對話一下，看看對方有什麼需求。」

阿納托利冷笑了聲：「沒有上來就打，也就是別有所求，可惜我這人吃軟不吃硬，還是先會上一會的好，我還是第一次見到能來搶奧涅金這個家徽下星艦的星盜。」

他笑得雖然淡然，但心裡卻正惱怒，奧涅金家族壟斷軍火及聯盟能源多年，無論是黑道白道，軍方還是星盜，都有和他採購過軍火設施，就連那支海神機甲手裡的三叉戟，也是從他這裡拍賣走的！這還是他第一次被星盜給圍逼。杜因拍下霜行者作為實驗道具，他觀看過裝上了生物系統的霜行者的演示，之後也隱約聽說過星域邊緣霜行者重現，但那卻是在霜行者拍賣之前，負責情報消息的部門認為那是冰霜之刃的手下故意模仿霜行者來穩定局面。

所以，這是為了他們買下霜行者來的報復嗎？

阿納托利心裡飛快計算著，這些日子正因為邵鈞的事心情不快，看到這些不知死活的星盜撞到自己眼前，正是心裡不痛快，便悍然下了開戰的命令，格里茲微微鞠躬領命下去，他雖然覺得與冰霜之刃對上，對雇主的安全很不利，也非常不想對上對面為首的海神之子，但雇主有命，他們拿錢辦事，自然也是不能惜命的。

各支艦隊牢牢護住了主艦，無數戰鬥機從星艦中四散出來，擺出了戰鬥陣勢，一支機甲小隊從主艦中飛行出來，在太空中切換成為戰鬥姿勢。

離子炮的雪亮炮擊軌道劃破漆黑宇宙空間，宣告了對戰的開始，格里茲駕駛的機甲是一座巨型怪獸，攜帶著不少重型武器，能源充足，但在對面那巨大機甲的襯托下，也顯得嬌小起來。

阿納托利一直站在星艦寬大的舷窗前看著那巨大的「海神之子」戰鬥，越看眉心擰得越緊，過了一會兒他接通了格里茲的通訊：「撤回來吧，你不是他的對手。」

格里茲狼狽地躲開攜帶著萬鈞之力橫掃過來的三叉戟，喘著粗氣駕駛機甲回撤，阿納托利跟前艦長緊張道：「伯爵閣下，收到冰霜之刃的語音通訊請求！」

阿納托利眼神淩厲：「接通吧！」

通訊接通，對面一個年輕的聲音傳來：「尊敬的奧涅金伯爵閣下，打擾到您實在很抱歉，我們冰霜之刃想要邀請您到我們這裡作客，不知道伯爵閣下可有雅興？」

阿納托利冷笑了聲：「海神之子是嗎？你的機甲身上，裝載的是『希望』？」過於巨大的身型需要消耗過高的能源，偏偏又能夠如此精準地操縱。『希望』是他們最新一代生物系統的命名，為什麼會裝載在星盜的機甲上？

柯夏笑了：「伯爵閣下真是敏銳，對於合作這麼久的老朋友，您更應該來看看了，不是嗎？」

電光火石間，阿納托利已經想通了一切，花間風怎麼會忽然掌握新能源？整個星球早就已經被能源勘測者們翻遍了，新能源唯一來源只有可能在外太空，什麼人更有可能掌握新能源？星盜！所以隱藏在花間風背後的勢力，分明就是冰霜之刃！

那麼——杜因，這個彷彿憑空出現的人，是冰霜之刃的人！所以才會拍下霜行者，而那天完全不顧得罪安危就救下的寵物……據說冰霜之刃與親王有私仇！所以那天救下來的寵物，難道正是失蹤多時的霜鴉！

阿納托利咬著牙，感覺到一貫自傲的自己，不知何時已經陷入了一場與星盜交易的可怕陷阱中，是新能源背後的巨大利益，是花間風的居中作保，可是有誰知道花間風這樣的百年家族，竟然也和星盜合作！他這是火種取粟與虎謀皮嗎？

還有杜因，溫文爾雅的杜因，冷靜又睿智的人，雖然一直知道他不是普通人，但是卻也無論如何不能將那個人與惡貫滿盈殺人如麻的星盜聯繫在一起。

柯夏還在輕笑著：「我們的星艦會和你們發起星艦對接通道，希望伯爵好好過來和我一敘，放心，伯爵的人身安全我們是一定會保障的，畢竟合作的日子還長著呢。」

阿納托利是個遇強更強的性格，咬牙笑道：「好。」

兩邊星艦緩緩靠近，然後對接通道，阿納托利帶著幾個心腹，一意孤行地踏上了敵方的星艦上，皮靴緩緩碾過腳下的紅毯，他眼神銳利，準確地捕捉到了對面前來迎接的星盜中央是一個金髮藍眸，英俊得有些過分的青年男子，這與所有他見過的窮凶極惡的星盜認知有些差別，但毫無疑問此人一定是這群人當中的領袖，因為那股獨一無二的高傲氣場以及隱隱倨傲毫不退讓的眼神。

他露出了一個有些嗜血的微笑，向那個金髮男子伸出手去：「你好，阿納托利。」

青年男子伸出手來，帶了一絲探究看了他一眼，又有些釋然地笑著伸出手握手：「果然不愧是奧涅金家族的族長，敢深入虎穴，很有膽識，我是夏。」

阿納托利緊緊握著對方，兩人四目相對，幾乎能聽到火花四射，劍拔弩張。

柯夏又開口：「伯爵閣下如此明敏，應當知道我今日大動干戈，來請伯爵閣下的來意。」他臉上仍然笑著，雙眸卻仍然猶如冰封的深湖。

阿納托利鬆開了手，睫毛垂下，將琥珀色的雙眸遮掩：「為了杜因忽然被軍方徵召一事？」前一刻他還震驚於杜因為星盜的事實，這一刻他卻明瞭杜因和這個人是一起的，他們兩人甚至與身旁的星盜都格格不入，言行舉止彷彿經過嚴格訓練過，談吐文雅，舉止高貴，這個金髮碧眼自稱夏的年輕男子，能夠駕駛強大的機甲在星空中縱橫，卻天下無人知，和杜因一樣，彷彿忽然冒出來的一樣。

以及那忽然冒出來的新能源。

這個夏，才是霜行者的真正控制者，霜鴉，只不過是名義上依舊是以前的首領罷了。

兩人在走向星艦上寬大的會客室，坐下來的時候，阿納托利已經極快明瞭了對方的形勢。

柯夏伸手請他喝茶，卻又似笑非笑：「不必拿軍方機密專案你也無從得知來解釋了，這句話花間風已經和我說了數次，不錯，作為間諜世家都探聽不到的軍方項目，以及這猝不及防的軍方徵召，應當是聯盟軍方高度機密。但我不認為作為奧涅金家族族長的伯爵閣下，對此專案一無所知，軍方會高度提防花間家族這種累世間諜，卻絕不會對最需要支援的世家大族也敷衍了事，杜因對你目前的專案來說有多重要你心知肚明，豈會放任軍方如此倉促徵召，毫無消息，沒有交代？」

阿納托利抬起睫毛，銳利的目光審視著眼前彷彿一個優雅的貴族公子閒坐著的柯夏：「杜因是你的人？」

柯夏彷彿被「你的人」這幾個字觸動了，露出了饒有興致的微笑：「為什麼是我的人，而不是我們的人？」

阿納托利道：「你和冰霜之刃，也並非一類人，你不是星盜——我見過的星盜，比一般人見的多得多，他們得過且過，縱情當下，道德觀念淡薄。你們不一樣，你們目標明確，眼神堅定，你們對未來有明確規劃，甚至我在你臉上看到了令人瘋狂的偏執，那種不擇手段也要達成目的的偏執，當然，很多人認為那是高精神力者最可貴的品質。」

柯夏抬眼看了一眼阿納托利：「我今天才知道，原來奧涅金伯爵也是一名極為難得的高精神力者。」

阿納托利笑了下：「不如此，如何面對你的步步相逼？」

柯夏道：「伯爵真是言重了，我說了，我只是來展示一下我們合作的誠意。畢竟，世界的劇烈變動就將在眼下，你我的合作，也應該更開誠布公一些。聯盟軍方突然出來的軍方徵召令，就連第二、第三軍團都不知道為了什麼，似乎是只有聯盟元帥掌握的高級機密。但是，杜因對你我都太重要了，我還是希望伯爵能夠配合我們，想辦法將杜因帶回來。」

阿納托利道：「不錯，聯盟軍方的確給了我一個比較明確的期限，半年。為了彌補專家被扣押的損失，軍方甚至給了我一個利潤豐厚的訂單作為補償，這一切據說是為了一個絕密項目的研製，並且和我再三保證絕對不會對專家的人身安全有任何影響，時間一到，一定安然放回。」

他看著柯夏，目光探詢著：「所以，你能放心了嗎？」

柯夏心裡卻騰起了更大的焦躁，關鍵是杜因的身分，他不是人類！一旦被軍方發現，後果不堪設想。他如鯁在喉，卻誰都不能告知，只能壓抑著心裡的戾氣追問：「地點不知道？」

阿納托利聳了聳肩：「明確說了不在藍星上，在軍方控制下的祕密軍事基地裡，如你所說，第二、第三軍團都不知道的話，那必然在第一軍團的星域內。」

他看了眼柯夏陡然變得嗜血的眼神，暗自心驚：「你不會真的想要攻擊軍事基地吧？」

柯夏站了起來，微微一笑：「感謝你提供的寶貴資訊，放心，我有分寸，一定不會連累到你的——接下來，看伯爵閣下是否有意參觀下我們的基地，以便於以後更好的合作。」

他言語仍然克制有禮，阿納托利卻彷彿看到了一頭勉強壓抑著憤怒隨時能夠撕碎冒犯者的雄獅，高精神力多年來讓他能夠準確感知對方的情緒，這讓他在與各方梟雄打交道上遊刃有餘，然而這一刻，他很明確感覺到了他神經的微微戰慄，那是來自精神深處的警告，對方很危險。

他也露出了笑容：「當然可以。」

邵鈞並不知道柯夏為了他已經提槍與奧涅金伯爵對上了，他仍然只是與丹尼爾兢兢業業地研究著這種全新的蟲族，這期間軍方又傳了幾次與蟲族對戰的影響回來給專家們研究，他們掌握的資料越來越豐富。明面上他們是在研究肌纖維，實際上丹尼爾已經結合他們的生物機甲技術，就這種蟲族肌腱的特性進行了許多實驗。

雖然葛里可惡，但如他所說，這其實是一個十分難得的研究機會，因此他和丹尼爾格外珍惜，努力研究，還時常也在論壇上和其他專家交流，漸漸一些人也都認識了這個奧涅金家族實驗室的年輕又謙虛的專案主持人，問的問題角度總是很新穎，往往還會給人新的啟發，看得出理論功底應該很扎實，重點是還很勤快，交給他的實驗，很快就做出來，也不嫌枯燥繁瑣，一項一項核對，既仔細又準確，雖然之前沒有名氣，但奧涅金家族豈會用沒有真才實學的人？於是邵鈞通訊錄上又加了不少專家的通訊方式。

上百個專家們與世隔絕，邵鈞和光同塵，彷彿一滴水完美融入了大海，不知外頭卻已經發生了翻天覆地的大變化。

如邵鈞所料，第三軍團是最先遭殃的，他們一支巡防星艦在一個猝不及防的日子，忽然正面遭遇了數十萬隻蟲群的瘋狂攻擊，之後星艦自帶的機甲隊和戰鬥機軍力不足，緊急呼喚救援，最近的崗哨接到求援信號緊急派了救援部隊過去，卻盡皆全軍覆沒，等到第三軍團的星艦主力趕到之時，蟲族已經揚長而去，留下的只是慘敗的星艦和殘兵。

蟲族攻擊的影像迅速被傳回了聯盟內，聯盟高層譁然，正在此時，帝國軍的星艦同樣也受到了蟲族的襲擊，根據路線，極有可能就是襲擊了第三軍團的那群蟲族，帝國這支倒是柯楓親王的主力軍，為了保命，將能源像是不要錢一樣地砸，倒是勉強打退了蟲族，然而也是損失慘重。

外太空出現一種新的可怕蟲族的事情先被帝國、聯盟兩國高層所知，但還未來得及研究討論出什麼，聯盟一個小小的島國德高魯領地受到了從天而降的蟲群的襲擊，正是接連遭遇了第三軍團和帝國軍，倖存的上千隻蟲族倉促地尋找到了這一個落腳之地。

一夜之間，所有民眾透過星網上德高魯居民發出的影片、圖片認識了這種巨大猶如野獸一般的蟲族。牠們從天而降，遮天蔽日，有著可怕的次聲波攻擊，什麼都吃，破壞力巨大，高樓被輕而易舉地摧毀，地面也會被次聲波翻起，普通民眾完全無法抵禦，一般武器根本無法擊穿他們堅硬的甲殼質。

星網上充滿了鋪天蓋地的惶恐討論：「天啊什麼情況！軍隊在哪裡？我們的聯盟軍隊！這是外星種族入侵嗎？」

「怎麼會讓這些怪獸突破太空守衛的？太可怕了！救救孩子們！」

「聯盟應該開放難民救濟！」

「你們傻了嗎？德高魯是島國！那些蟲族一旦飛過來聯盟其他國家，就完蛋了！」

「人類要滅亡了嗎？」

整個德高魯很快猶如一個人間地獄，德高魯政府第一時間向聯盟軍方提出了救援請求。聯盟緊急調集了軍隊救援，所幸第一軍團這次帶來了專門對付次聲波攻擊的聲波盾以及精銳機甲隊，他們降落在德高魯後，迅速與蟲族進行了生死搏鬥。

第一軍團指揮官親自上陣指揮，所有戰鬥場面都第一時間被關注著的民眾們從星網直播上看到。機甲們乾脆俐落地將蟲族砍翻，聲波罩將難民們有效地保護了起來，聲波盾反制了蟲族們的聲波攻擊。

大概一個星期後，降落在德高魯的蟲族終於被第一軍團滌清。

災後餘生心存餘悸的人們極為憤怒，德高魯星域太空守衛駐軍聯盟第三軍團成為眾矢之的，失去家園、失去親人痛哭流涕的人們要求追究當地的失職責任，第三軍團指揮長黯然請辭，聯盟元帥重新委任了新的第三軍團指揮長。

不是沒有人懷疑第一軍團太過於有備而來，畢竟事後一查就知道軍方早已下了緊急徵召令，但第三軍團指揮長一系正是千夫所指之時，民怨太大，無法為自己辯解太多，徵召令所徵召的專家到底在研究什麼，也因為是機密專案而無人知道。短短一個多月內，風雲變幻，軍方格局已經被重新洗刷，帝國也緊急派來了軍方考察團，考察交流與蟲族對抗的經驗，布魯斯元帥牢牢掌握了最高軍權。

基地裡雖然不知外事，但有一日論壇上有敏感的專家發了篇文：「大家有沒有發現？好像很久沒有見到葛里大師了。」

這時才有人驚覺：「對，最近一次見他好像還是上次專案評審會組織。」

回覆開始多起來：「說起來我們課題組申請的實驗設備已經遞上去好些天了，到現在都沒有批下來，沒有設備我怎麼做，全在這裡浪費時間。」

「專家委員會有專家說話嗎？」

「好像聽葛里的弟子說身體不適，休養一段時間。」

「不是吧，上次匹茲教授心臟病發，也只是基地的軍醫來診治，我看葛里大師精神好著呢，能有什麼大病需要休養。」

沒多久文章就被刪了，沒刪大家還只是有些疑慮，直接刪文後專家們都憤怒了：「都說不能離開基地，憑什麼葛里就有特殊待遇？」

「是發生了什麼事不讓我們知道吧？」

「從欺騙開始，在矇騙中研究，最後是不是我們的學術成果也要被騙走？我們需要真相！」

「資訊公開公示！」

「就算怕我們洩密，總該讓我們看看聯盟新聞吧？我們是被緊急徵召還是來坐牢的？」

「呵呵，坐牢也有新聞看，至少能看報紙呢，囚犯也有人權的，現在是連坐牢都不如了。」

這一日專家們乾脆集體罷工絕食，提出了幾樣訴求，包括觀看聯盟、帝國新聞，閱覽報紙，要求葛里出面等等訴求。

基地指揮官也非常乾脆俐落，當天就拉走了幾個負責組織帶頭的專家，表面上說是去談話，但幾個專家回來之後面色蒼白，絕口不提絕食的事。

專家們敢怒不敢言，心生反感，不少研究課題開始進入了拖拖拉拉的狀態，指揮官們則聽之任之，彷彿只要把他們關在這裡就已經達到目的，專家們漸漸意識到了他們其實是被囚禁的事實。

然而軍事基地堅不可摧，根本無法出外，專家們漸漸也死了心，整個基地研究地死氣沉沉。只有邵鈞和丹尼爾仍然在爭分奪秒地實驗，並且將每一天的實驗資料和成果包括重要的萃取物等等都藏在身上。邵鈞也感覺到了不對，保持一個隨時能離開的狀態比較好。

這日，響亮激烈的報警聲卻響徹整個基地，專家們紛紛走出宿舍，抬頭看基地那透明的巨穹頂，影影綽綽只能看到外頭似乎有炮火。

專家們有些恐慌，忙著想要離開基地，卻發現所有的門口都已經被鎖死，有語音通知通過廣播系統發出來：「各位專家們請不要著急，基地遭到蟲族入侵，數目不多，可以應付，請大家放心在基地裡，不要慌亂，基地安全防護等級很高，各位專家的人身安全可以保證……」

話音才落，「轟！」巨大的穹頂被轟破了！警報尖銳響動著！生態系統被破壞，氧氣急速流失，專家們紛紛抬頭驚恐看去，只見外邊可以看到一隻巨大的蟲族飛過，甲殼下透明的翅膀嗡嗡扇動。

有專家已經控制不住地驚聲尖叫，所有專家們彷彿無頭蒼蠅一般地亂轉，也有人在大聲指揮：「找地下祕密隧道先躲起來！帶上氧氣面罩！」專家們彷彿忽然找到了目標，紛紛跑回宿舍大樓，尋找有維生系統的地下室。

穹頂內的中央大廳內已經空無一人，只有被擊破的強化玻璃還在紛紛落下，邵鈞卻不知為何，彷彿心有預感一般地抬頭從那被擊穿的洞裡看出去。

「轟！」穹頂再次被打破出更大的破洞，邵鈞抬頭望去，只看到無盡蒼穹中，蟲群密密麻麻飛過，一個海藍色的鋼鐵巨人頂天立地握拳而立，一手持著巨大的三叉戟，一戟掃飛數隻正想要往破洞裡疾飛的蟲子，彷彿只是輕而易舉搧飛討厭的蠅蟲。

巨人低下頭，在人群中一秒也沒有延遲地鎖定了他想要找的人，他伸出手，準確無誤地將巨大的手掌穿過巨洞，將邵鈞一把握住，彷彿握住了生命中最重要的珍寶，然後颼地一下雙足躍起，在高空中變型成飛船，準確將邵鈞納入了艙內。

天邊迅速掠過了巨大的戰鬥載人飛船，降落在了破損的巨穹頂邊上，有廣播在大聲播報：「我們接到了一項匿名委託，來拯救列位專家，請有意離開基地的專家們根據指示燈迅速登船，飛船將於十五分鐘後離開，請有意離開基地的專家們根據指示燈迅速登船，飛船將於十五分鐘後離開，我們將送你們到中轉港口，並給予相關交通費供各位專家自行回國。」

嘈雜的背景音中，原本躲藏著的專家們紛紛從隱蔽躲藏處奔跑了出來，毫不猶豫地登船。沒有人願意繼續留在這蟲族肆虐的軍事基地，他們研究了數個月，對這種蟲族恐怖的殺傷力再清楚不過了！無論這武裝組織有什麼居心，先保命重要！紛紛亂亂中，沒有人注意其中不知何時已少了一個來自洛夏公國的專家。

「花了點時間確認你在的軍事基地，之後蟲族爆發，我又花了些功夫打探這其中的瓜葛，所以才拖到了現在。」

柯夏解開他的生物神經接入套裝，露出了結實的肩背，他滿不在乎地將套裝遞給他的機器人，如同以前一般等待他的機器人替他收拾：「這套裝最好還是能再改一改，不操縱機甲的時候穿著它，感覺就像被一坨冰冷的屍肉緊緊包著。」

丹尼爾忍不住噗的笑了一下，柯夏轉頭拎起那小花瓣：「小東西，你可幸福了，能跟著你的杜因爸爸，嗯？可憐我這個主人，被機器人拋棄了這麼久。」

邵鈞將衣物小心翼翼收好：「這次蟲族爆發，我們應該能夠改善得更好，這種昆蟲的肌神經纖維實在太過優秀，生物機甲將會有極大的改善。」

柯夏把張牙舞爪的丹尼爾輕擲在靠背椅裡，拿過自己的襯衣穿上：「不做了，留在我身邊吧。」

邵鈞一怔，抬眼去看他，柯夏道：「奧涅金太強勢，而且利益至上立場曖昧，你留在他身邊太不安全了。」

邵鈞訝問：「您見過他了？」

柯夏冷笑了聲：「第一軍團的那份徵召令，其他專家可以隨意徵召，奧涅金家族卻不是那麼好糊弄的。奧涅金當然會為了你以實驗室專案損失慘重的名目去跟軍方交涉，不過軍方給了個安全保證和半年期限的承諾，又額外補償了他一個軍方訂單，他就心滿意足地放著你不管了。」

邵鈞點了點頭心裡倒覺得很符合奧涅金的一貫做法，柯夏湊過來帶了一點幼稚的炫耀道：「所以還是你主人對你最負責，嗯？」

邵鈞忍不住伸手揉了一下他因為脫那累贅的套裝弄得亂糟糟的金色捲髮：「是的，非常感謝主人的關心和援救，不過我還是得回去。這次拿到了這麼珍貴的實驗資料，不轉化成為成果太可惜了，主人再忍一忍，很快。」

柯夏不滿地按住了自己的頭髮：「我總要治治你這不把主人當主人的毛病，你等著，總有一天我要想法子改寫你的內核，把我當成主人，一心一意地信賴和尊重，知道了嗎？」

邵鈞敷衍他：「好的，知道了。那些專家主人怎麼處理？」

柯夏道：「船上不許互相交談不許詢問船員，只能各自分散在房間裡待著。等到了中轉星港，每個人發點交通費，他們立刻就會散入了人群之中，誰也不會注意你們不在。」

邵鈞提醒他：「天寶外形特殊。」他們這麼大張旗鼓地去襲擊軍事基地，還這麼大搖大擺地用了機甲，雖然有所偽裝，但他們的敵人可是元帥，假如發現柯夏沒有死，他們很容易受到影響。

柯夏很是愉快地笑了下：「我的機器人可真關心主人。」他往機甲後艙的床上躺了下去拉過被子：「我提前讓人在天網的暗網上放出了十分重的懸賞，懸賞尋找參加論壇的失蹤專家。至於天寶，如今的天寶功能比之前強大太多了，加上海神的外型在外太空星盜這邊已經家喻戶曉，又有更突出耀眼的霜行者在，霜鴉帶著大部隊主攻基地吸引注意力，我負責救人，所以沒人會聯想到一個早已默默無聞的軍校畢業生只在畢業式的時候表演過一次的機甲的。」

「別擔心，我睡一下子，你負責看機甲，已經做好自動導航了。」他話說完，已經整個人深陷入了柔軟的羽被中，闔上了金色的長睫毛，幾乎是同時就進入了睡夢中。

這麼累嗎？邵鈞有些吃驚，但想著他長途奔襲，又或者是這生物系統，還是給他身體造成太大負擔？邵鈞過去調暗了後艙的燈光，轉過來仔細召喚天寶，天寶閃出了一個光球出來：「您好啊杜因主人，好久不見了。」

邵鈞道：「你好，加裝了生物系統以後感覺如何？」

天寶道：「很好，各項功能使用起來更節能，精神力操作比從前更細膩了，主人也再也沒有出現過神經痛了。」

邵鈞道：「那今天他怎麼這麼疲倦的樣子？」

天寶低聲道：「夏主人都是為了找你啊。之前還為了探聽消息和奧涅金家族的星艦護衛機甲也打了一仗！之後從奧涅金伯爵那邊的打聽出是第一軍團的軍事基地後，他整晚都對著星圖看，一個一個篩選，一個一個排查，一直沒怎麼休息好。確定專家所在基地後，他也一個人操縱機甲去引來了那群蟲族。」

天寶聲音忽然激動起來：「你知道那些蟲族有多厲害嗎！其他人都沒有把握能夠測好和蟲子的距離，只有夏不顧阻攔自己去的，他搶了牠們的母蟲，就像放風箏一樣，一個人將整個蟲群引到了軍事基地上！我每分鐘都懷疑自己要被那群憤怒的蟲子給撕碎！太噁心了！」

邵鈞沉默了，他當然知道那些蟲子有多可怕，他研究了牠們幾個月，更知道整個蟲群會為了母蟲受到攻擊會激發出多麼巨大的狂性，那是刻在牠們基因本能裡的保護欲。柯夏一人駕駛機甲，整個人一定是精神一直緊繃著的，難怪一放鬆，立刻就疲倦得能睡去。

他不過是個機器人而已，安安全全地在基地裡數百個專家裡頭偽裝著，只要仔細小心，他是不會被發現什麼異樣，奧涅金和花間風不就很放心。

只有他的小主人，還為此去和奧涅金伯爵打了一架——還是那麼讓人不放心的衝動魯莽啊，這樣以身犯險，引著一群蟲族去第一軍團的基地，冒著被失控的蟲族消滅的危險，冒著被元帥識穿的風險，就這樣冒冒失失地衝進基地裡，真不知道這算是膽大心細呢，還是太過衝動魯莽了，或者這就是屬於年輕人天然的熱血冒險精神？

機甲飛船終於到亞特蘭提斯的時候，柯夏終於睡飽了起身，精神奕奕地操縱機甲落地，彷彿得勝歸來的英雄一般在學生們歡呼愛慕的迎接中躍下了機甲。

亞特蘭提斯陽光明媚，身姿挺拔昂然站在燦爛陽光中的柯夏五官樣貌在明亮光線下纖毫畢現，邵鈞從機甲裡下來的時候，忍不住也隨著眾人關注的焦點不知不覺去注視柯夏。

三年不見，柯夏又成長了。

彷彿一座隨時爆發的火山，變成了深深埋藏在地心中的熔漿，靜默而炙熱，表面卻凝固為平靜的火山岩。

但那頭金色的頭髮彷彿比從前更為璀璨，幾乎類似燃燒著的滾燙金絲一般，陽光下他轉過頭的時候，那種明亮熾熱到死的英俊幾乎讓人窒息。

邵鈞心裡嘆氣，他不自覺又想起了過世的王妃說過的話——「我們家小王子長得真好看，將來不知道多少姑娘會為你心碎。」

亞特蘭提斯仍然是那麼美，藍天碧海，冰藍色的主城又擴大了不少，儼然一座雄偉建築群，處處都綻放著雪白的薔薇花，如夢似幻。學生們不少都已經長大了，霜鴉不知道從哪裡又收養了一批孩子來，看到海神之子回來，早就興奮地跑到了停機坪週邊欄杆處圍觀。邵鈞其實這三年還是時常上天網為他們授課的，只是他們不知道天網裡的鈞，就是眼前他們的夏老師大動干戈帶領了一整隊的星盜跑去炸了軍事基地救回來的杜因先生。

學生們好奇地打量著他，一個漂亮亞麻色頭髮和眼睛的小姑娘上來好奇地看著他肩膀上的丹尼爾：「那是白銀星的星輝花嗎？我在星網上見過。」

邵鈞伸手摸了下丹尼爾：「是星輝花外型的機器人寵物。」丹尼爾已經順著他的手掌滑了下來，對著小姑娘說話：「你好呀，我叫丹尼爾。」

小姑娘吃了一驚，笑了：「我叫碧迪。」

幾個孩子立刻迅速地圍了過來：「這機器人會說話！」

「會跳舞嗎？」

「這手腳能抓住東西嗎？」

柯夏轉過頭發現他的機器人已經被小蘿蔔頭們圍住了，有些不悅：「快過來，霜鴉和艾莎還在等我們呢。」他看著孩子們對邵鈞依依不捨的樣子，心裡嘀咕，會不會在這保母機器人的內核裡，保護幼崽是他的行為準則，已經長大的自己已經不在他照顧範圍裡了，所以他居然還把個機器人寵物帶著，說不準哪天他對這些孩子比對自己還好，畢竟自己已經長大了。

這麼一想，危機感陡然升起，他乾脆過去拉著邵鈞的手，大步離開了孩子群。

霜鴉看到邵鈞，眼裡湧動著驚喜，上前就給了他一個大大的擁抱，擁抱時間長了些，以至於柯夏都看不過去了：「好了好了，基地那邊如何了？」

霜鴉漫不經心道：「蟲子已經替我們做了許多，知道專家們安全撤離後，我們也跑了，當然，搶了不少戰利品，艾莎正在清點，裡頭有不少先進的實驗設備和實驗設施，古雷快高興瘋了。」他一雙異色雙眼流轉，仍然停留在邵鈞身上：「杜因先生這次能在基地停留住下來了吧？基地房間安置好沒有？我房間旁邊還有一間空房……」

柯夏道：「他和我住，艾莎，收穫如何？」

艾莎道：「這次收穫真的很豐富！我們已經很久沒有拿到這麼多戰利品了！果然還是聯盟軍方有錢！全都是最新的武器裝備！就是太可惜沒來得及拆那套防禦系統，好可惜！黑蠍子已經完全沉迷在那武器倉庫裡了！好些武器都還沒有在市面上見過的！」她興奮得兩眼發光，他們這次搶劫的是聯盟軍方，可以想像接下來一定會接到聯盟軍方強勢的通緝和報復，可是在座幾個人全都面不改色，彷彿只是出去買了個菜一般輕鬆。

霜鴉笑道：「黑蠍子回來了，還沒有見過杜因吧？晚上一起吃個飯我們聚一聚。」

柯夏再次否決：「不，晚上我和杜因要回一次風暴星。」

他看了眼艾莎：「沒什麼事我們先走了。」起身便拉了邵鈞走，邵鈞轉頭和霜鴉他們招了招手表示歉意，卻看到霜鴉十分促狹地給他眨了下眼睛，又揚起聲音道：「好啊，杜因，那等你從風暴星回來，我再找你喝酒，我剛搶了很好的葡萄酒。」

柯夏頭也不回，冷冷道：「他不喝酒，你自己留著吧。」

霜鴉看著他們走遠，爆發出一陣大笑，一邊還拍著艾莎的肩膀，艾莎十分無奈對霜鴉道：「你明知道夏對杜因多在意，還這樣拚命故意去撩他做什麼，杜因之前在的時候，夏基本上是不會讓任何人接近他的，也只有杜因的個性才能忍受得了他。」

霜鴉笑了下：「他們還完全沒開竅呢，只是憑著直覺在相處，我覺得真是太有意思了，忍不住想逗逗他們。」

艾莎磨了磨牙：「你還是和以前一樣惡劣。」

霜鴉眸光流轉：「其實我真的不介意收了他們中間的任何一個的，隨便一個都行，一定超級美味的。」他舔了舔嘴唇，幾乎真心真意地在憧憬：「每一個都是極品啊。」

艾莎聳了聳肩，已經放棄和這個惡劣的老大說話，也起身出去繼續清點戰利品去了。

會議室裡，第一軍團指揮長宋勞德臉色鐵青，他前面的是第一軍團的心腹們，正在彙報基地的損失。

「這次來襲擊的蟲群三十多隻，數量不算多，冰霜之刃的星盜應該也只是借機搶劫和劫走專家，因此以騷擾為主，沒有使用大面積傷害武器。正好露絲上尉所帶領的機甲小隊也在基地裡，組織了較為穩妥的防禦，因此此次沒有人員死亡，三十多名軍人和部分基地工作人員受傷，目前已經得到治療。專家們全部都已經跑了，貴重的實驗室設施、實驗材料，基地的能源、基地的武器庫、防禦設備幾乎全被星盜拆走，剩下拆不走的也被蟲族們都啃光，整個基地需要重新建設。目前申請軍費很難，建設需要的資金又太高，應該無法通過議會申請，短期之內五九七基地暫時無法正常使用了，因為維生空氣系統被完全破壞，也無法繼續派駐軍隊，目前已經暫時緊急撤離到附近的八七七基地暫時駐紮。」基地指揮官僵著臉彙報。

一個軍官怒道：「究竟是誰提出了巨額懸賞？一定要把這個人給查出來！」

一位軍官冷笑道：「可能是盟國的政敵、也可能是第三軍團的垂死掙扎，甚至可能是帝國那邊的人，全都有可能。突然緊急徵召整個論壇的專家，這事本來就容易引起各級情報機關的注意，不過查出來也沒有意義了，星盜本來就是追逐利益的，冰霜之刃如今風頭正盛，必然有人向他們提供了準確的地點，我們現在不僅僅需要彌補損失，更重要的是要評估還有多少風險和後患。」

「可以用逃避徵召令來追討那些專家的責任嗎？」一位軍官問。

「沒用，專家們回去立刻發表了公開信，說被軍方以徵召的名義非法關押，無視人權，無視人身安全，使他們身處於被蟲族威脅生命安全的危險境地中，並且逼迫他們簽訂非法保密協定，有侵吞他們研究成果的嫌疑，並且已經向科學研究委員會上書，請求徹查剛剛獲得軍方表彰的葛里所提交的科技貢獻中，是否有他們研究的成果。葛里昨天發來訊息，希望我們軍方配合他發表一個聲明，聲明軍方所採用的攻克蟲族的技術，均為他帶領的課題組專題研發的成果，沒有使用其他專家的研究成果。」一位祕書官彙報。

宋勞德沉著臉：「都這時候了還添什麼亂，他們要鬧讓他們鬧吧，過一陣子發現沒用也就不了了之了，現在關鍵是，蟲族不是分明都已經被我們引走了嗎？怎麼會又忽然出現在軍事基地裡？冰霜之刃那群星盜有這種本事？我不信！我們軍團內部必然有人洩密！」

「難道是那群專家中有奸細？但是基地遠離藍星，又隔絕天網和星網，理論上他們不應該能傳出訊息的，除非基地駐軍有人裡應外合。」有幕僚分析。

宋勞德冷哼了聲：「查吧！下去細細查對。」

一個女子抬起了頭：「葛里教授那邊，我建議還是配合一下，那些專家們成事不足敗事有餘，下一步要剿滅蟲族，我們還是需要葛里教授支援的。另外我建議這次徵召的專家也要安撫一下，可以給予一定的精神獎勵，發個獎章之類的。再分裂幾個帶頭鬧事的專家，以免壞了我們的整體謀畫。最後，冰霜之刃那邊，我有個法子可以一舉兩得。」她侃侃而談，雙眸明亮，赫然是元帥的女兒露絲。

宋勞德問道：「露絲少尉有什麼法子？」

露絲道：「剛剛遭受災劫的民眾如今正怨氣滿腹，認為軍方守衛不利，我們正可以借此次冰霜之刃襲擊軍事基地的事來轉移民眾注意力和仇恨，軍方可以召開新聞記者會，將此次軍事基地受襲擊的影像公布給聯盟民眾，並且告知民眾蟲族是星盜引來的，將此次損失的能源、設備、武器清單統統公布，受傷人數公布出去，雖然沒有殉職人數，但我認為在發表的數字中可以增加殉職、受傷人數，同時增加被劫掠的物資、能源數量……」

宋勞德眼睛一亮：「露絲少尉說得有道理，那妳遞交一個具體方案上來，我們商議後儘快辦理。」

幾個軍官交換了一下不屑的眼色，但卻也什麼都沒說，聽宋勞德又安排了些事情，便散了會。

風暴星，常年不變的風仍然呼嘯著攜帶著砂石啪啪打在強化玻璃上，柯夏還不知道一口黑鍋即將從天而降扣在他們冰霜之刃上。他正懶洋洋靠在沙發上，剛剛飽食過一頓邵鈞親自做的晚餐，一邊有一搭沒一搭地和正在收拾的邵鈞說話：

「第二軍團指揮長奧卡塔和元帥也不是一伙的，來自洛夏公國，元帥這次把第三軍團收入囊中，剩下就是第二軍團了。不過奧卡塔老將軍可不是好惹的，他在洛夏公國也是軍人家庭出身，威望很高，不像第三軍團那樣是指揮長出身吉爾尼斯小國出身，一點根基都沒有。」

邵鈞十分配合地陪他說話：「這次第一軍團損失慘重，一定會想打擊你們吧。」

柯夏陷入了軟綿綿的抱枕裡，彷彿吃飽了的幼獸一樣滿足地眯上了眼睛：「他們自顧不暇，沒空，蟲族那邊還沒清乾淨呢，而且來討伐我們，他們也討不到好處，正好讓他們試試我的三叉戟。」

邵鈞道：「也不要太自負，那可是整個聯盟軍隊。況且，霜鴉他們這麼大的基業，未必願意陪著你胡鬧。」

柯夏道：「你想太多了，霜鴉聽說是你被扣押也很緊張。而且他們星盜大多是今日不知明日事，縱情當下。」他忽然想起了奧涅金的話，忍不住引用：「他應該經歷過許多事了，非常不在意，彷彿什麼東西都能放下，每一天都當成最後一天一樣在過日子的——這些星盜流行服用軟性飲料、成癮性藥物，我前陣子好好整頓了下，仍然改不掉。」

邵鈞吃了一驚：「你沒有用吧？」

柯夏道：「我怎麼會用那些，我連止痛藥都不用，會損傷精神力的。」

邵鈞鬆了口氣，仍然諄諄教導猶如老母雞：「不要隨便用別人給的食物、水，離開視線的水就不要喝了。」

柯夏卻微微有些出神，過了一會才道：「知道了，父親母親和我說過，他們很小就說過這些了。現在我也不是從前的皇室子弟了，不會有人這麼費心謀害我的。」

邵鈞怔了怔，又有些憐惜他，沒有再說什麼，只是岔開話題：「霜鴉以前也是帝國的，你有印象嗎？說是雲首相的兒子。」

柯夏淡然道：「我那時候沒怎麼注意，也是隱約聽說過是個精神力超級高的天才，當時似乎有意將皇室郡主下嫁給他的。對了，就是柯葉的妹妹，柯瓊郡主。現在應該是公主了。帝國政變，牽連的人可多了，估計也不止他一家。」

「柯葉還會記得你的長相嗎？」

「很久沒見了，應該認不出，他之前和柯冀住在封地，一年見不上幾次。柯冀當時看上雲首相的兒子，一是看中他的軍事才能，二就是想要拉攏雲首相了，可惜最後沒拉攏。現在帝國糜爛腐敗到了一個無與倫比的程度，農奴階層已經忍無可忍，只需要一個導火線，等新能源在世界開始推廣，蟲族又在肆虐，內憂外患一來，帝國必將陷入混亂。」

邵鈞一怔：「你要將新能源公之於眾嗎？」

柯夏道：「當然不是現在，現在就是白白送政績給聯盟元帥了，我需要等一個機會，在這機會來臨前，我們還是需要隱藏，不斷擴大實力。」

邵鈞道：「那你還這麼衝動來救我，白白提前暴露在元帥視野裡。」

柯夏笑了下：「我們需要展現一定的實力給奧涅金見識。接下來我們的切入口應該在第二軍團，洛夏公國那邊不會放任第二軍團的權力旁落入布魯斯手裡的，另外這個時候聯盟元帥的政敵，甚至包括帝國，都會很樂於扶持我們起來，和元帥作對的，畢竟布魯斯的敵人可多了。當然，我最主要還是擔心你，雖然你都不知道，真是個機器人。」

邵鈞哭笑不得：「好了我知道了，感謝主人的關心。」

柯夏瞇著眼睛，眼皮又已經抬不起來，喃喃道：「抱我進去睡覺吧，讓我享受一下我的機器人的服務。」

邵鈞擦乾淨手，上前將他抱起來，抱入了臥室床上，替他蓋上被子，柯夏將頭埋入了枕頭內，嘟囔道：「我敢打賭，你在這裡留不了幾天，阿納托利那邊就要催你回去了，空間鈕快做出來了吧？」

邵鈞笑了下：「是啊，到時候你會更強大。」

柯夏道：「你以前的提議，你還記得嗎？」

邵鈞一怔：「什麼提議？」

柯夏道：「隱姓埋名，放棄仇恨，到一個誰都不認識我們的地方去，過平凡的日子。」

邵鈞沉默了。

柯夏道：「我覺得等我手刃仇人以後，可以試試看。」

邵鈞笑了下：「可能到時候，就不是你想走就能走掉的了。」

柯夏睡眼朦朧，卻還在掙扎著聊天：「也許吧，但是你這該死的機器人，也許說出了我心裡最大的渴望。」

邵鈞將燈關掉，理了理被子：「睡吧。」未來會怎麼樣，他其實也已經有些迷失，不知不覺他的未來已經和這個小主人的未來緊密糾纏在一起。

被柯夏說中了，事實上甚至第二天花間風就已經緊急請求衛星通訊。

螢幕上花間風神情嚴峻：「剛接到眼線傳來的緊急可靠消息，軍方準備召開新聞記者會，將引進蟲族的罪名扣在冰霜之刃組織的星盜頭上，而且他們還誇大了基地戰損情況，你們需要儘快想個辦法，儘量減輕損失。」

柯夏冷笑：「他們有證據嗎？」

花間風道：「蟲族與你們同時攻擊軍事基地，不需要太多確切的證據，軍方甚至可以只說『疑是』你們，人們正在恐懼之中，需要一個所謂的真相，至於這個真相是不是真的真相他們並不在意，他們只需要一個情緒的宣洩口。我要提醒你，德高魯幾乎整個島國都完全被蟲族覆滅，如今全聯盟包括帝國都對這種蟲族萬分恐懼和憤怒，一旦這個罪名扣在你們頭上，很難洗清，你們將成為眾矢之的，人類的罪人，任何人都害怕和你們合作。同時，所有人討伐你們都將變得理直氣壯。」

「還有，星盜組織歷來都是非常鬆散的組織，為利而來，同樣會為利而去，你們雖然目前有三個軍團，也有足夠的利潤，但一旦全世界都可以討伐你們的時候，恐怕將會從內部生亂。」

柯夏沉默了，花間風道：「另外我建議杜因儘快回來，穩住奧涅金伯爵，否則我擔心一旦新聞記者會召開，奧涅金家族那邊會有變化。他們是老牌家族，與軍方聯繫更緊密，知道消息的速度不會比我遲太多，必須要有杜因在那裡把控事態，否則一旦奧涅金家族生變，我們的能源等等問題都將面臨極大危機！」

「軍方還有七天召開新聞發布會，我已經讓小雪過去接杜因了，你們必須做好一切準備，必要時建議放棄一些必要的東西，保住新能源基地，有什麼需要我幫忙的，也儘快提出來。」

通訊切斷了，柯夏沉默了許久。

邵鈞寬慰他道：「我們有新能源在手，奧涅金那邊大部分技術也要依靠於新能源，情況並沒有花間風想得那麼惡劣。」

柯夏抬眼看了他一下：「沒事，不用安慰我，我在想應對方法。說起來蟲族的出現的確很突兀，要知道這麼強大的蟲族，不應該默默無聞到現在才出現，既然不是我們，那是誰？」

他起了身，忽然拍了拍他的機器人肩膀：「別擔心，我不是以前那個遇到事情就哭哭啼啼的小主人了，遇到問題，解決他就是了。誰抹黑誰還說不定。」

柯夏走了出去，腰姿筆挺，步伐堅定，邵鈞聽到他吩咐讓人緊急叫霜鴉、艾莎、黑蠍子等人來開會，聲音仍然沉著，顯然是真的沒有陣腳大亂。

邵鈞鬆了一口氣，站了起來，基地這邊其實霜鴉、艾莎他們對柯夏更有幫助，他也要儘快回洛夏，阿納托利是一個利益當先的人，他必須要穩住他。

霜鴉他們很快就過來了，黑蠍子許久不見，也和邵鈞點了個頭打了招呼。柯夏很快將花間風收到的情報說了一遍。

艾莎先反應過來：「有沒有搞錯，夏為了控制範圍，好不容易才找到了德高魯被聯盟殲滅後剩下失散的一個小蟲群，就那幾十隻蟲子，夏一個機甲都能晃悠得牠們團團轉，聯盟那麼大個軍事基地應付不過來，怕不是要笑死人？就這還好意思說戰損？這污水潑得也太黑心了吧？」

霜鴉仍然是一副風輕雲淡無所謂的樣子：「我什麼都不怕，隨便他們怎麼弄，而且我覺得這口黑鍋我們也可以想辦法蓋回去給帝國的。」

艾莎噗嗤一聲笑：「你還真是永遠不忘記坑帝國一把。」

霜鴉短促笑了下：「這真的不難，可以放點謠言出去，就說我們也是受害者，在搶劫柯楓的軍艦的時候，發現了一船孵化的蟲卵之類的。」

一旁的古雷震驚道：「這樣也可以？」

霜鴉雙手一攤：「我們是星盜啊，星盜本來就一身污水，想潑給誰還不容易，全世界都知道我和帝國是死敵，帝國搞了一堆蟲子想來害我也不奇怪嘛。」

艾莎想了一會忽然發現這說辭竟然天衣無縫完美無缺，這一個黑鍋扣過去，帝國怕是也要百口莫辯，就連聯盟不少人也會相信，畢竟星盜能有多大本事？還是聯盟的宿敵，強大又變態的帝國更有可能啊！她也震驚道：「這麼說來居然也很說得過去，所以你們帝國的人是不是都是一肚子壞水，隨時隨地都能想出幾個陰謀的啊！」

霜鴉道：「這是高精神力帶來的舉重若輕的高智商，妳這種精神力低的人是沒辦法理解的。」

艾莎啐道：「放屁！你以為我不知道嗎？你們帝國家族為了高精神力甚至近親通婚，以至於基因病盛行。」

霜鴉笑了下：「帝國那邊很殘酷的，高精神力的能夠得到家族全力培養，有基因病的會直接被放棄，自生自滅。但是很多基因病不是顯性的，它們會代代遺傳下來，比如皇室那邊，直系聽說帶有隱性的瘋病遺傳，所以皇家人往往精神特別偏執，每隔幾代就會出現一個瘋皇帝。我一直覺得現任的柯冀就是個瘋子，柯葉親王就太崇拜他父親了，也努力像個瘋子，可惜學不來那股高精神力的瘋勁，呵呵。」

艾莎聳了聳肩：「太可怕了。」

霜鴉轉眸懶洋洋笑著：「也沒什麼，有病沒病，人生也就這麼一場，能過成什麼樣，能遇到什麼人什麼事，都不好說，開心就好。不過我倒覺得，我們似乎已經身處在了一個世界歷史中非常關鍵的時間點，並且參與或者推動了它的前進，將來回想起我們這一生，實在也已經是轟轟烈烈鬧了一場，就算是被帝國、聯盟千夫所指，下場不好，大概也不會有什麼遺憾的了。」

他轉頭看到邵鈞，忍不住又想逗逗他們，便故意找邵鈞說話：「你說是不是啊，杜因？」

邵鈞卻被他這段話觸動，說道：「以前聽說過一句話，說人生『大鬧一場，悄然離去』。」

霜鴉一怔，默默重複了一次，忽然拍著桌子大笑：「不錯！我就是這個意思！就讓我們撕碎這星空，大鬧一場，這樣才痛快！」

邵鈞看他抬臉笑著，雙眸熠熠生光，一張臉上竟然絲毫陰翳都無，不由也被他感染，笑了起來，轉頭看到柯夏卻怔怔看著自己，想來是想到昨夜風暴星上柯夏所說的手刃仇人後歸隱的話。

兩人四目相對，柯夏才彷彿驚覺，對邵鈞笑了下，轉頭和古雷說話：「我們也同樣有入侵基地的錄影，晚點我們自己也弄一個影片。」

他開始冷靜而有條不紊地指揮：「現在我們要鞏固內部三個軍團，以免人心不穩；風暴星要著重布防，明天起我親自去守，好在新能源的事本來也是機密，沒有外人知曉。如今就怕奧涅金和花間風倒戈，所以杜因要儘快回洛夏；至於相關謠言，我們再研究一下，看看這個謠言要怎麼做最真，關鍵是這個蟲子的研究價值，杜因你找機會總結一下實驗室的那些結論，看看有沒有我們能用得上的。」

邵鈞道：「好的，我有一個提議。」

柯夏問：「什麼提議？」

邵鈞道：「生物機甲第一代，目前經過霜鴉和你的試用已經有相當不錯的結果，也已經可以開始量產，雖然數量不多，實驗室如今也有五台生物機甲系統的現貨。面對蟲族威脅，我覺得是機會推出生物機甲，加重我們手裡的籌碼，昨天你說，第二軍團是洛夏公國的奧卡塔老將軍，目前與聯盟元帥能夠對抗的也只剩下他。」

柯夏已經迅速反應過來：「不錯，奧涅金伯爵正是洛夏公國的人，由他出面以資助為名先支援三台機甲給第二軍團再合適不過，第二軍團不會懷疑，我們也可以以此換取更多的政治籌碼，順便把奧涅金家族再次綁上我們的戰車。」之前一筆一筆埋下的線，終於可以一點一點地聯成一張網收起，這些年他們沒有白白荒廢。

他抬眼看向邵鈞：「這個提議不錯，你儘早回去，這件事就交給你來辦吧。需要交換什麼條件我再仔細想想——我有一個想法，或許我該復活了，你等我的聯絡。」

邵鈞道：「好的，等花間雪到，我就啟程回去了。」

柯夏點了點頭，抬眼看了他一眼，臉上沉靜如常。原來別離這種事，真的會習慣，有一自然就會有二，至少現在他們滿心想著的都是如何面臨即將到來的危機，而不是迫在眉睫的離別。

雖然這一刻他們也都隱隱有預感，這一次的分別，下次見面，可能又要很多年以後了。

第二日邵鈞就踏上了返回的飛船，冰霜之刃的飛船將他送去了自由空港，然後再由花間家族的飛船將他護送去了聯盟洛夏公國。洛夏正是初春季節，冰雪消融，繁花盛開，阿納托利親自駕駛飛梭過來迎他，滿臉笑容，蜂蜜色的雙眸包含著懇切和歡喜，一見面就給了邵鈞一個大大的擁抱：「歡迎回來洛夏。」

邵鈞知道阿納托利這喜悅裡不知有多少真實，但還是給予了禮貌性回禮，阿納托利笑道：「總算回來了，我多次和軍方交涉，但是此次真的涉及到的項目太過機密，軍方一點都不願意洩漏。但看現在聯盟各國專家回饋的成果，看來你們是去研究蟲族了？」

邵鈞非常直接：「是，而且這次蟲族的研究我們有了非常大的進展，生物機甲即將可以大幅提高品質。」

阿納托利眼睛一亮：「怎麼說？」他打開了飛梭的門，邀請邵鈞先進去，自己進去後關上門，啟動了飛梭自動飛行系統。

邵鈞道：「更強大的生物肌腱和生物神經，你知道的，這種蟲族身形龐大，能夠為我們提供更為強大的生物系統，我們需要立刻投入研究中。」

阿納托利呼吸緊促了幾分，他當然理解這意味著什麼，目前的機甲生物系統已經夠強大了，然而那是建立在目前已知的生物體系上的，蟲族！他見過那生物撕碎啃噬一切的樣子，這是一種全新未知的生物，如果真的能將牠身上的生物神經、生物肌腱等等用在生物機甲上，將會是多麼大的突破！沒有任何一家機甲甚至武器能夠超越奧涅金麾下的機甲製造！

偏偏這一門技術目前牢牢掌握在眼前這個黑髮黑眼，永遠冷靜沉著的青年身上，而不是他自己手裡，他微微有些扼腕嘆息，不能說這個青年藏私，實驗室所有專家都對他讚不絕口，在生物機甲技術上，這個青年從未藏私，核心技術對所有參與項目的研究員都是開放的，身邊的機器人丹尼爾也對所有專家的問題都耐心解答。偏偏研究員們依然完全無法參透他的技術理論，面對上級的詢問，他們也只是搖頭，不可能在沒有杜因的情況下獨立開展研究，答案就是差距太大，核心研究不能沒有他。

有研究員乾脆直言不諱：「真要我們獨立開發的話，能留下小丹尼爾也行，但是人工智慧往往只聽主人的命令。」有些資深研究員甚至有些不悅：「杜因先生為人正直，只要伯爵誠心待他，沒有不留下的道理，何必要早早考慮這過河拆橋的事呢？」

阿納托利心裡其實暗自高興，他是族長，需要對一族負責，往往無法感情用事，當知道新能源背後是星盜集團時，不得不說他雖然對杜因十分欣賞，卻也還是做了可能拆伙的打算。

然而評估後卻發現，拆伙虧的是他們，無論是能源，還是人才，還是技術，仍然牢牢掌握在星盜手裡，他們甚至可以隨時踢掉自己，另外找一個家族合作，會有無數家族願意搭上這條船。畢竟現在時移世易，之前以為帝國和聯盟會和平很久，機甲和能源作用有限，如今卻出現了蟲族！

這樣一個可怕的強敵在前，生物機甲和新能源，將會獲得多麼恐怖的利潤，又將會將奧涅金家族推上如何強大的位置，簡直只要想像，就已經讓整個家族瘋狂，他如今只能期待杜因背後的那個『夏』，不要太過貪心和喪心病狂。

雖然之前匆匆見過的一面以及參觀過他們的基地，能夠感覺到他們的實力以及態度，這確實讓他安心許多，否則哪怕賠掉之前那麼多的投資，他也是要拆伙保家族平安的。

想到這一點他又有些神情複雜地看向面前這永遠從容淡定的黑髮男子：「正有一事想和你商議，第二軍團指揮長是我們洛夏公國的奧卡塔將軍，他前幾天派了特使，希望能得到一些軍火上的援助，以對抗隨時可能出現的蟲族。這種要求一般我們家族是不會拒絕的，但是今年比較特殊，我希望你能同意，捐出三台生物機甲，我個人覺得，這也該是生物機甲面向世界的時候了，所以我希望能捐贈儀式的同時，召開生物機甲發布會。」

邵鈞轉頭看了下他，微笑道：「伯爵考慮得很是周到，第一代生物機甲裝載系統的確已經可以量產，經過測試，穩定性也很好，如今人類突然面臨蟲族這個大敵，在這個時機突然推出強有力的生物機甲，並且捐贈給軍方幾台，的確會萬眾矚目，博得豐厚的政治資本和社會聲譽，更將能夠攫取豐厚的經濟利益。」

阿納托利臉上微微有些發熱，他縱橫政界商界多年，一貫遊刃有餘，今日卻彷佛被眼前這個青年的黑色眼睛完全看透了一般，竟然對接下來自己要說的那些赤裸裸的利益交換感覺到有些羞恥，他道：「只是歷來這樣的巨額捐贈，其實都是會有條件上的交換，比如接下來一些軍方訂單上的保證，某些航道、軍港的優惠，甚至安排一些家族子弟在軍中擔任一些閒職，我已經初步擬了幾條，給你看看，看你們有什麼需求，也可以提出來我們一起商議。」

邵鈞抬頭道：「好的，麻煩您稍後傳給我吧。」

阿納托利鬆了一口氣，不知為何，對面的青年總讓他感覺到一種無欲無求的態度，以至於和他說這些利益交換，都彷佛是一種褻瀆，其實就算杜因沒有要求，他身後的夏，卻是完完全全將野心寫在了眼睛裡，他實在不應該這麼糾結。

他只是一下子還拿捏不好如何對待眼前這個人而已，阿納托利有些沮喪，眼看著飛梭到了，他起身笑道：「伊蓮娜一直在期盼丹尼爾回來，所以還得請您和丹尼爾賞臉，和我們父女共進晚餐？」

邵鈞摸了摸旁邊的星輝花，丹尼爾這幾天經常長時間的沉默，不知道在想什麼，可能還是在研究生物機甲和蟲族的新發現，他也往往不打擾他，丹尼爾這才閃了閃花瓣道：「好的，謝謝伯爵閣下。」

阿納托利笑了下。

伊蓮娜卻對丹尼爾的回歸表示了真情實意地歡呼，晚餐前都一直挨著丹尼爾的手，將這幾個月的事滔滔不絕說了又說。但丹尼爾顯然不知有什麼事，好在他一貫也是時常沉默，因此也並不顯得非常反常。

飯後回到房裡安置下來，邵鈞問丹尼爾：「你是不是需要好好休息一下？這幾天看你好像有點累。」

丹尼爾緩慢搖了搖頭：「不是累，我想取回我的記憶。」

邵鈞一怔：「你知道如何取回你的記憶？你的精神體現在受得了嗎？」

丹尼爾道：「記憶一直在天網的主腦裡，理論上從我恢復精神體意識一段時間，精神體穩定下來，就可以接收記憶。我想艾斯丁不讓我接收記憶，可能只是怕他休眠的時候，擁有記憶的我太難度過這過於漫長的歲月。」

邵鈞沉默了，這已經不太像孩子會說的話了，看來丹尼爾的精神體似乎真的在這短短的一年內長大了許多。

丹尼爾閃了閃花瓣，側了下頭：「他覺得我不記得的話，在這漫長的等待中會過得比較輕鬆吧。」

邵鈞想了下溫聲道：「他休眠的時間，也許會非常長，如果沒什麼必要的話，還是建議你遵從他的心願，這樣他可能也會比較開心。」

丹尼爾道：「可是，之前我一直沒有接上天網的時候，他也帶著記憶，在天網上等了我許多許多年吧？我想知道那是什麼滋味，這樣對他才比較公平。」

邵鈞啞然，丹尼爾卻又笑了起來，星輝花瓣一閃一閃：「這只是次要原因，我其實也一直在猶豫，本來就照他的心願來做也沒什麼關係。只是最近蟲族給我的感覺很奇特，我總覺得曾經見過並研究過這生物。但我沒有記憶，只有來自於精神體內的一種熟悉感，短短的時間內，我彷彿自然而然就知道這蟲族應該如何與生物機甲結合，好像我曾經就此課題深入研究過，得出了一些方法和初步推算，我感覺這很關鍵，尤其你們現在也面臨危機，還是取回記憶比較好。」

「這是一種太可怕的生物，一不小心，整個人類都會受到威脅。」

邵鈞道：「你確定對你現在的精神體不會有影響？如果有影響，你知道艾斯丁會怎麼樣。」

丹尼爾老氣橫秋拍了拍他的手掌：「年輕人，我是生物學家兼天網創始者，可是專業的，不要質疑我的學術水準。」

邵鈞無語。

丹尼爾又咯咯笑起來：「我想幫你們，放心，我一定沒事。你要相信我比所有人都要珍惜重視艾斯丁，你如果不放心的話，和我一起上天網就好了。你的精神體也很強大，萬一有事，也可以幫我一把的。」

邵鈞點了點頭，帶著丹尼爾進去，兩人都聯上了天網。

天網一如既往，深夜有些冷清，主腦在高空，幽藍色的光芒閃動著，丹尼爾站在主腦下閉上眼睛，拉著他的手教他：「你閉上眼睛，想像用精神體進入主腦中，一定要專注。」

邵鈞抬眼看了下那主腦，也閉上了眼睛。然後就感覺到自己彷彿一股身不由己的幽魂，飄飄然拔地而起，被主腦吸了進去。

彷彿是無盡的星空，又彷彿是柔軟的溫水，他感覺到了整個人舒適無比，被牢牢包裹著，整個靈魂彷彿都在震顫著，他無法描述出那種幾近於無限舒適的感覺，大概天堂就是如此，只想永遠沉眠在此，放棄所有。

等回過神來的時候，他也不知道過了多久，精神體站在一處高高的城堡高塔頂上一處四面通透的露臺穹頂涼亭內，居高臨下地俯瞰整座天網主城群，露臺八面的柱子上垂下鬱鬱的紫藤花，卻寂靜無人，也找不到下去的樓道。

他站在露臺內四下望去，卻見遠處紫羅蘭色的天空漸漸瀝瀝下起了雨，他轉頭四顧，卻沒有找到丹尼爾，雨越來越大，漸漸滂沱，深灰色的空中不斷墜落下沉重的雨滴，整個天網世界彷彿都被籠罩在無處不在的溼氣裡，無邊無際的雨聲讓人感覺到了悲傷和沉重。

他站在露臺之上，忽然心有所感，一回頭，便看到了一個青年男子不知何時也出現在了露臺內，捲曲短髮，高鼻深目，濃黑雙眸裡飽含憂鬱，整個人帶著沉鬱和孤傲的氣質，令人畏於親近。

邵鈞瞬間反應過來，那是羅丹。

接受了所有成年羅丹的記憶，長大了的丹尼爾。

羅丹看到他，微微一笑，眼睛裡的憂鬱散去許多：「是我，我拿回來了所有記憶。」

邵鈞上前擁抱了他，羅丹回抱並拍了拍他的背道：「我想起來了，那個蟲族，我的確研究過，人類並不是第一次遇到牠們，牠們是人類的宿敵。當年人類被迫從母星背井離鄉，長途遷移，就是因為母星被蟲族所摧毀和侵占。」

邵鈞怔住了：「那為什麼人們都不知道？」

羅丹道：「太久了，這已經是發生在幾千年前的事情。離開母星，找到了今天的藍星，並且平靜生活下來。只需要兩、三代的時光，人們就已漸漸已經遺忘了傷痛，在藍星上安居樂業。然後在漫長的年代，經過數次政權更迭，形成今天的聯盟、帝國的世界大格局，無數的歷史真相和資料都已經隨著政權紛爭、領土分合淹沒在了時光中。但是蟲族有一項絕密資料，仍然一直存放在人類軍隊的資料庫中，在聯盟成立以後，便一直由聯盟元帥掌握的絕密資料，那就是蟲族的卵以及屍體。」

邵鈞怔了下，羅丹道：「軍方將蟲族的卵和屍體冷凍，是打算等將來人類科技不斷發展到更高的高度，研製出克服宿敵的方法。因為誰也不敢保證人類在漫長的未來，在新的居住星球上，會不會再次遇上這種可怕的生物。因此當時的聯盟軍方祕密凍結了一批蟲族的卵，在我的那個時代，我作為最優秀的生物學家，曾被軍方祕密徵召參與研究過蟲卵，解剖過蟲族的屍體。但當時我們一群生物學家研究下來的結論是，以當時的科技無法制服這種可怕的蟲子，因此又繼續將蟲族的卵和屍體冷凍了回去。」

邵鈞已經敏感地感覺到了不對：「你那個時代，就已經有了聯盟軍了？」

羅丹正色道：「不錯，聯盟軍方對了下了絕密徵召令，當時一起研究的還有當時最優秀的各個領域的專家，除了生物專家，還有機甲專家、武器專家、昆蟲專家等等，全都參與了研究，所以我才在第一眼看到這蟲族的時候，就感覺到了莫名的吸引力和奇怪的熟悉感。我們對這個蟲族研究了三年，甚至嘗試孵化出來過一隻，在發現無法制服後，軍方把那隻蟲族殺滅，然後再次將卵和屍體重新冷凍封存了。」

邵鈞霍然抬起頭：「那麼，這一次蟲族的突然出現——」

羅丹道：「不錯，聯盟元帥的嫌疑非常大，畢竟自人類遷移後，已經幾千年沒有再遇上這蟲族，茫茫無垠宇宙，怎麼會忽然出現？如果是地球母星那邊過來的蟲族，那經過這漫長的宇宙遷移，牠們應該規模會更大，而且不會這麼巧一開始就在第一軍團的控制、監視範圍之內，這機率太小。我認為應該是聯盟元帥一手導演了這場蟲族災害，但初衷並非故意，極有可能是研究過程出了問題導致蟲族脫逃，這種蟲子繁殖力非常強大，一旦脫逃，事態非常容易就失控。」

邵鈞道：「你能有證據能證明蟲族確實是在聯盟軍方手裡嗎？」

羅丹道：「我當初研究的絕密筆記以及軍方徵召令都還存放著，這個你可以用當初艾斯丁給你的名章加上密碼就能去我基金會裡頭領取，問題就是這個只能證明軍方絕密掌握著蟲卵，卻不能證明這是聯盟元帥這邊放出來的。」

邵鈞瞇了瞇眼：「已經足夠了。不需要實打實的證據，就彷彿軍方想要將蟲族栽贓到冰霜之刃組織頭上，只需要靠冰霜之刃和幾十隻蟲子的影片。同樣，只要我們能夠證明聯盟軍方掌握有這種蟲卵，就已經足夠了，世人是會認為是聯盟軍方更有可能呢？還是一個幾十年都默默無聞只是在外太空打劫的星盜有這樣的能力呢？聯盟元帥的政敵們，會迫不及待讓所有人都相信的。」

羅丹搖了搖頭：「你不要小看聯盟元帥的實力，能到那個位置的，背後有多少財閥、勢力在支持，你是想像不到的。」

邵鈞笑了笑：「放心，沒打算就能靠這個逼聯盟元帥下臺，畢竟沒有鐵打的證據，但是，我們至少可以化解眼前的危機了，至少能夠講講條件。我和夏商量一下。」

羅丹也有些寬慰：「能解決就好，只是如今這個局面，不知道會不會人類再次被蟲族逼得再次遷移。」他憂心忡忡，邵鈞道：「事情都已經這樣了，也只能盡全力了，好在生物機甲也正在全面研發，我們不是沒有勝算的。」

羅丹緊蹙著的眉間鬆了鬆：「這倒是，這些年機甲以及其他科技進步很大，生物機甲也算是一個非常大的突破了，我還是快點將這次生物機甲的研製進度再加快一點，我們明天就回實驗室吧，時間太少了。上一次蟲族大規模入侵被擊退，只需要半個月，牠們驚人的繁殖力又會很快繁殖出同樣規模的蟲群，更可怕的是，上一次的蟲族入侵還不是主力，那就更可怕了。這種蟲族的智力並不低，我們必須儘快做好備戰準備。」

他一說起研究，就開始滔滔不絕，那種與生俱來憂鬱的氣質也隨之被認真謹慎的態度沖淡：「我想過了，我們可以儘快研發一批僅針對蟲族戰鬥的簡易機甲，研發方向是儘量精簡功能和能源，強化防禦和對蟲族的攻擊，做出普通士兵也能使用的生物機甲，這樣才能夠對付數量過多的蟲族。」

邵鈞點了點頭，羅丹看了看線上好友後道：「古雷在，我去和他再商討一下細節，你先下去忙你的事吧。」

邵鈞提醒他：「你現在的形象，我怕是古雷認不出你。」

羅丹笑了下，動了動，一陣乳白色的光包圍了他，光芒退去後，他重新變回了那個可愛柔軟的小不點丹尼爾，邵鈞有些無語，丹尼爾向他擠了擠眼睛：「我走了。」

邵鈞看他消失，便也回到了臥室，想了一下就傳了訊息給阿納托利，想要臨時使用衛星通訊。

阿納托利很快回：「可以，我去接你。」

與外太空星球通訊必須要特殊的衛星通訊，一般人沒有，從前邵鈞要掩人耳目，只能在必要的時回洛倫找花間風與柯夏才能通訊，但如今反正已經與阿納托利攤牌了，倒是可以就近使用奧涅金家族的衛星通訊設備塔。

阿納托利很快就過來接他，一邊問：「是想和夏聯繫，討論與第二軍團的交換事宜吧？你放心，我們的衛星通訊，不會有監聽，也做了加密，不必憂心外泄。」

邵鈞斟酌了下道：「有勞伯爵費心，我還有另外一個重要消息，等確定後，我和您彙報。」

阿納托利笑了下：「不必客氣，我很好奇，但是我剛剛接到消息，軍方即將召開新聞發布會，就冰霜之刃突然襲擊聯盟軍事基地的事進行發布，如此大動干戈，怕是來意不善，雖然新聞發布會內容還不詳，但我們的參事室分析，認為極有可能會將蟲族的罪魁禍首栽贓到你們頭上。」

邵鈞微微一點頭：「已經知道了，感謝您的提醒。」

阿納托利自嘲一笑：「花間家族不同凡響，怕是你們早就已經知道了？應該做好足了準備吧？」邵鈞推門進入衛星通訊塔房之前，轉頭和阿納托利笑了下：「放心，一定會對得起伯爵的投資。」

他進入房間，將阿納托利關在了門外，很快向亞特蘭提斯發出了通訊要求。

時間有些長，但邵鈞很有耐心，等了一段時間後，通訊顯示聯上，柯夏出現在那邊，看到他還挺開心的：「怎麼樣？平安到達了？有急事嗎？」

邵鈞道：「剛收到確切消息，蟲族並非突然出現，而是軍方絕密收藏……」他將羅丹說過的話簡明扼要說清楚，又道：「還有三天就要新聞發布會了。」

柯夏雖然有些意外，卻沒有浪費時間問邵鈞消息來源，估計是花間家族打探到的消息，他略思忖了下道：「就憑這個，還釘不死聯盟元帥，畢竟證據不足，但——我們可以用這個換取更大的利益，本來也沒想過能夠一次扳倒元帥，慢慢來吧，順利的話，應該可以讓他割肉讓出利益，也已經足夠了，你將相關的資料掃描後讓花間風發給我，其他就不必操心了。」

邵鈞道：「還有一件事，奧涅金伯爵說要捐贈給第三軍團幾台生物機甲，按慣例我們可以提出一些交換條件。」

柯夏嘴角一挑：「和我想的一樣，我已經想好了。你提三個條件，都不難做到，他們應該會同意，奧涅金伯爵應該也不會阻攔。一是讓他們按要求尋找蟲族的研究實驗體給你們；二是阻攔聯盟元帥召開軍事基地被冰霜之刃襲擊的發布會，不需要他們保證辦到，只需要盡力即可。三是近期想辦法悄無聲息地將一位礦星流放的少尉安置在第二軍團內，職務不限，只要能上戰場就行。」

英俊的金髮青年嘴角含笑：「天才軍校畢業生夏柯，是時候復活了。」

邵鈞道：「你現身的話，風暴星的祕密該怎麼辦？」

柯夏道：「不必擔心，礦星目前在冰霜之刃組織控制下，我們已經有初步的想法，你今晚提供過來的情報，將會更快更穩妥地推進這一步伐，風暴星一定會牢牢在我們控制之下。」

邵鈞看他滿臉令人信服的驕傲，不由也安心了些，不知何時，小鷹已經成長才成為完全能夠獨當一面的梟雄了啊，他微微感覺到有些欣慰。

柯夏正還要和他說什麼，卻聽到門被扣響，阿納托利的聲音傳來：「對不起，實在不好意思打擾你們，但我剛剛接到了緊急消息，蟲族分兩路大規模入侵聯盟，戰爭開始了。」

Chapter 147 招撫

蟲族在深夜忽然大規模襲擊了聯盟。一處在薩克，這是一個小國，平日處於第二軍團的防護範圍，突然受到襲擊，猝不及防的國家元首親自致電聯盟第二軍團奧卡塔老將軍，請求儘快救援。職責範圍內，第二軍團當然立刻反應迅速，立刻三支星艦部隊登陸薩克，有條不紊地開展組織平民救援撤離，軍方駐紮，修建防禦工事等等工作。

蟲族另外一處位置利羅港口卻很微妙，正好處於聯盟第一軍團防護地界，緊鄰著洛倫，卻又隔著海對著帝國。這一處是個天然大港，人員密集，蟲族從天而降的時候，消息立刻飛傳四面八方。同樣也讓帝國無法安睡，立刻派了重兵把守邊界，與此同時，發了一個國書給聯盟，考慮到蟲族來勢凶猛，入侵的地點又在利羅，離帝國實在太近，建議允許帝國派軍進入利羅援助參戰。

聯盟議會召開會議，自然是斷然否決。開什麼玩笑，帝國軍用意太過明顯，三分抵禦蟲族，怕是有七分在覬覦利羅這個大港口，一旦同意帝國軍進入，戰後要退那就難了。但不同意是確然不能同意，但軍方呢？到底能不能頂住蟲族的攻擊？利羅實在太靠近洛倫首都了，一旦蟲族突破防線，接下來就是洛倫將要直面這可怕的蟲族了！

聯盟元帥布魯斯焦頭爛額，一方面對議會堅決表示一定能打退蟲族，另外一方面緊急調派第二第三兵團資源增援利羅港，但第二軍團奧卡塔表示薩克這邊戰線吃重，必須全力對抗，第二軍團暫時無法派出軍隊支援利羅。第三軍團倒是派了人，但第三軍團之前剛剛被狠狠打擊過，指揮長剛剛上任，雖然是布魯斯的心腹，卻一時尚未能完全掌控整個第三軍團，調兵遣將上頗有些指揮不動，出工不出力，磨磨蹭蹭。

於是整個利羅港的抗擊蟲族的壓力，就全部壓在了第一軍團上，第一軍團剛剛在德高魯對抗蟲族，雖然擊退了蟲族，但自身也損耗不小，如今再次與數量強大的十萬蟲族大軍對上，自然是壓力巨大。

第一軍團機甲隊已經全線告急，日夜不休，數次回傳訊息，表示再這樣下去，機甲隊也堅持不下去，此外能源也是大問題，他們的軍事基地剛剛被冰霜之刃洗劫走了一批能源，德高魯一戰又用了不少，議會那邊一時半會也還批不下軍費來，帝國又緊緊相逼，能源被帝國這邊牢牢把控著，他們只要以能源相挾，要求帝國軍進駐利羅港，到時候也只能束手待斃！太急了！蟲族怎麼會來得這麼快！

無論怎麼盤算，都感覺到有些難以周轉，承受著巨大壓力的布魯斯剛剛將新上任的第三軍團心腹貝恩將軍劈頭蓋臉罵了一頓，怒氣衝衝地走下飛梭，回了元帥府，卻發現一位不速之客正等待著他。元帥府近衛隊隊長道：「原本今晚無預約，但來客拿著一封推薦書，說是馬可議員推薦來的，有事關蟲族非常重要的研究資料，想要推薦給元帥，事關機密，又非常急，屬下不敢擅自判斷，只能先讓來客候在側廳。」

馬可議員？布魯斯回憶了一會兒才回憶起來是個非常不起眼的小國派駐在議會的代表，平日非常低調，基本不發言，是又被哪些科學家花錢影響了吧？他有些不屑一顧，但還是拿過了托盤上的信，拆開看到幾頁厚厚的論文，他漫不經心看了下標題，卻忽然瞳孔緊縮，握緊那封信，轉頭問近衛隊隊長：「來人呢？」

近衛隊隊長連忙道：「就在側廳等著。」

布魯斯面色鐵青，大步向側廳走了過去，側廳客座上，一個銀灰色長髮的年輕男子正悠然坐著，手裡端著元帥府精緻的金邊瓷器茶杯，正在細細品茶，他有著十分醒目的金銀色異色雙瞳，身上穿著精美的蕾絲襯衣和黑色禮服外套，佩戴著名貴的手錶和胸飾，整個人精緻耀眼，氣度彷彿是帝國那些講究的貴族少爺一般，也難怪近衛隊長不敢隨意推辭。

然而布魯斯看到他這標誌性的異色雙瞳，就已經再次變了臉色，他揮退了近衛隊長，示意他們都出去，冷冷對著那彷彿在自家後花園用下午茶的美少年道：「想不到冰霜之刃的大首領霜鴉，竟然敢在炸了聯盟軍事基地後，還敢隻身踏入元帥府，只要我一聲令下將你關押，你立刻就能被關進星際監獄服無期徒刑。」其他人不知道冰霜之刃首領到底是誰，他作為聯盟元帥，卻是掌握著準確情報的。

霜鴉微微一笑：「元帥看到我呈上來的蟲族研究筆記了嗎？」

布魯斯冷笑了聲：「就憑那偽造的不知什麼人的蟲族研究筆記，你才如此有恃無恐，膽敢踏入元帥府嗎？你以為這種偽造的筆記，能威脅到我？真不敢相信，冰霜之刃的大首領，竟然是如此愚蠢之徒，難怪會被帝國親王囚禁成為玩物。」

霜鴉完全沒有被激怒，而是笑吟吟伸出了一根纖長手指晃了晃：「首先，那不是隨便什麼人，那是天網之父羅丹的手書，他在四〇三二年，曾經接到聯盟軍方的祕密徵召，作為十名最優秀的生物學家中的一位，擔任了研究組組長，專題研究一種一直封存在聯盟軍方研究所的蟲卵以及蟲族屍體，並且親手寫下了這些研究筆記。我給元帥看的是影本，元帥可以對筆跡進行鑒定，當然我相信這研究資料，聯盟軍方肯定也有影本祕存，一對就知道是真是假。」

布魯斯元帥神色變化，呼吸微微急促，霜鴉卻含笑道：「百年前聯盟軍方就已經對此蟲族進行過研究，甚至用最先進的生物技術低溫保存著這種蟲卵，只因為人類在數千年前，就被這種蟲族逼得遠離母星，進行了星際大遷徙，經過上百年遷徙，才來到了今天的藍星，定居下來。為了不忘宿敵，吸取教訓，當時的人類聯合軍一直祕密封存著這種蟲族的卵以及屍體，期待著等科技發展到可以研究出克制這種宿敵的那一天。雖然後來政權更迭，最後這些軍事機密和研究所，一代傳一代，仍然傳到了聯盟軍方中。羅丹作為當時最優秀的生物學家，祕密參加過對這種蟲族的研究，並且留下了筆記，表示以當時的科技，仍然無法研製出能夠克制這種種族的武器。」

金銀色雙瞳男子慢條斯理地說著，彷彿只是在娓娓道來一個引人入勝的故事：「元帥，你說，怎麼這麼巧，這種蟲族，已經幾千年不見，忽然突然小規模出現在太空中，又如此巧合被軍方立刻發現，並且緊急徵召專家，在軍事基地上祕密開展了研究？」

布魯斯元帥瞳孔緊縮，但臉上卻仍然冷冷道：「大首領是在含沙射影威脅我嗎？你以為多少人會相信你們這些搶劫成性，甚至被帝國親王壓在床上的奴隸鬼話？」

霜鴉一笑：「不不不，元帥閣下千萬不要以為我們冰霜之刃是要威脅閣下，星盜想來只講利益，我今天親自來，就是為了表示與元帥閣下合作的誠意。」

布魯斯元帥冷笑：「誰會與星盜合作？聯盟軍方會變成民眾眼裡的笑話的！」

霜鴉笑道：「如果不是星盜，而是聯盟新成立的第四軍團呢？」

布魯斯元帥訝然：「你們的意思是，想招撫？從星盜一躍洗白成為聯盟正規軍？」

他哈哈笑了三聲，嘲道：「你們也不看看你們配嗎？手上沾滿血，滿身罪惡的逃奴、強盜、殺人犯，就想藉由招撫洗刷乾淨你們的罪行，變成正規軍，甚至還要謀取軍職，你們的臉皮也太厚了吧！你還是想想今天如何從元帥府平安離開吧！」

霜鴉從容不迫：「元帥，冰霜之刃如今有三支艦隊，每一支的兵力，都與軍團相當，還分別配有強大的機甲隊，整個冰霜之刃的兵力，就能與今天的聯盟隨意一個軍團有一戰之力，更不要說我們有充足的能源。過去幾年內，我們搶了帝國許多艦隊，想必元帥心裡也清楚得很。一旦冰霜之刃加入聯盟軍團，為元帥效勞，無論是利羅港還是薩克，我們立刻就能派兵出戰，成為一支強悍的戰力，聯盟如今面臨的難處立刻就能解決。」

「與蟲族的戰爭，如今才是一個開始，蟲族強大的繁殖力顯示了他們不是那麼容易根除的，惡魔的蓋子打開，惡魔已經飛出，追究責任已經毫無意義，我們面臨的是全人類如何面對這個曾經將人類逼得星際遷移流浪的宿敵，這是持久戰。」

「我奉勸元帥再仔細想想，優先選元帥，一是考慮到聯盟更適合我們這些黑戶生下的後代，以後總需要一個正大光明在陽光下生存的身分，二是我與帝國柯葉親王有私仇。但是如果元帥堅持一意孤行，那我也不是不能改轉與帝國交流的。相信帝國的皇帝不會拒絕我們這股強大戰力的加入，至於我與柯葉的私仇，是不會影響利益分割和交換的，這點元帥應該比我更清楚。實力強弱與正義與否無關，元帥如果要以所謂的正義之名，拒絕冰霜之刃的加入，那恐怕你們將要面臨的就是聯盟的自由、民主、正義，將被邪惡、專制的力量壓制和制裁。」

「無論元帥如何選擇，原本應該於明天召開的新聞發布會，我希望元帥能夠取消，畢竟這個時候還想把蟲族栽贓到冰霜之刃頭上，已經毫無意義。蟲族已經大規模入侵，元帥該向民眾交代的是，如何才能抗擊蟲族，防範帝國，守護聯盟人民和領地。」

「當然，元帥如今可以將我扣押下來，囚禁，移交給法庭宣判，高舉正義的錘子，判我無期徒刑甚至處死我，明天繼續召開新聞發布會，將蟲族栽贓到冰霜之刃頭上，後果就是整個冰霜之刃立刻便會與帝國聯合，趁著蟲族在聯盟肆虐之時，向聯盟也討要一點好處了。畢竟元帥也清楚的，我在柯葉親王床上的時候，冰霜之刃卻仍然不斷擴張，冰霜之刃成長到今天的地步，靠的可不僅僅是我這個逃奴的力量。」

霜鴉言笑晏晏，目光流轉：「元帥是聰明人，想必知道如何選擇。」他拿了一疊列印好的條款放在茶几上：「這是冰霜之刃接受招撫的條件，整建制招撫分封軍職，不接受打散，作為獨立軍團，僅聽從整體調度，要求與其他軍團一視同仁。所有人員調配、軍事指揮及財務都獨立，當然，招兵、購買軍火、裝備以及相應能源，我們也自行負責。同時，我們還需要合法劃分相應的勢力範圍以及基地。」

布魯斯元帥已經怒氣反笑：「這算什麼條件！也太貪心了吧！那和你們完全獨立有什麼區別？」

霜鴉意味深長一笑：「我們會服從聯盟軍的統一軍事調度，完成軍事任務。關於軍事基地和駐紮範圍，我們也不貪心，要的也都是聯盟和帝國領空邊緣的灰色地帶，都是一些不值錢的小行星和小礦星，那邊原本就是我們的勢力範圍和軍事基地，元帥就是不答應，那些也還是在我們的軍事控制範圍內。蟲族大舉入侵，聯盟和帝國，想必都是沒有時間來理會我們的。聯盟不答應，帝國答應，也是可以的，我相信柯冀陛下是一個非常有軍事眼光的皇帝，在如今這個大形勢下，一定會同意的。」

霜鴉站了起來道：「我今日就先回去了，還請元帥再好好思量，明天的新聞發布會，還開不開。」

他果然起身，不疾不徐向門口走去，當手觸及緊閉著的門背把手時，布魯斯元帥已經斷然道：「新聞發布會會取消。」

霜鴉露出了一個滿意的笑容，布魯斯元帥卻道：「招撫一事，我一個人做不了主，需提交聯盟軍委員會討論，還要通過聯盟議會才能實施。你們這樣的條款太過分，聯盟軍委會不會容忍完全無法控制的軍事力量存在，即便軍委會為了蟲族，勉強通過提案，議會也不會答應的。」

霜鴉笑意盈盈：「部分細節，是可以商量的，你們也可以提出相應的條件，我們都會儘量配合，畢竟都是為了守護人類。」

他轉過頭，看著聽他這義正辭嚴的話而滿臉噁心的布魯斯元帥，拋了個媚眼：

「那麼，為了聯盟，祝我們儘快達成合作。」

第一軍團的新聞發布會被緊急取消，第二軍團的機甲捐贈新聞發布會卻如期召開了。

新聞發布會上，奧涅金家族旗下的AG公司代表，向人們展示了他們捐贈給聯盟軍方第二軍團的五台最新生物機甲。這種最新的機甲，加裝了生物神經元系統，減輕對機甲駕駛者身體以及神經的負擔，大大降低了駕駛機甲的要求，只要是高精神力的軍人，在接受過一段時間訓練後，都能夠充分掌控機甲，並且在蟲族對抗上，有著十分卓越的表現。生物機甲的優越性主要表現在戰力和防禦力都比傳統機甲更優秀，耗能大大降低，對駕駛者的體能要求大幅下降，幾乎全方位碾壓傳統機甲。

與此同時，AG公司表示，他們目前正在研發一種簡易便攜步兵專用生物裝甲，比現在的機甲更省能源、更便攜，主要是提供給普通士兵使用，以便讓大部分士兵使用這種機甲，也能夠保護自己，對抗蟲族，不至於一個照面就猶如螻蟻一般被蟲族擊倒。當大量步兵都能夠裝備上這種步兵生物裝甲後，對抗蟲族將不再依賴於大型機甲，而是普通步兵也可以勉強一戰，數個步兵在一起，也同樣可以發揮出極大的力量。這種裝甲如果研製成功，可以大量製作，將會一舉扭轉如今與蟲族對戰僅能靠機甲的局面。

在新聞發布會直播展示了生物機甲對戰蟲族的影片，以及生物機甲的防禦、攻擊、速度、耗能等等各項數值。在新聞發布會公布後，整個世界轟動了。

布魯斯元帥召集了軍事研究所的專家來開會，商討AG公司這種生物機甲複製運行以及發布會上所說的步兵裝甲儘快投入戰場的可能性。

軍方研究所專家們盡皆搖頭：「元帥，這個生物機甲AG公司絕密研究了數年，新聞發布會我們都看過了，他們並沒有公開核心技術，不可能這麼簡單就讓我們複製的。」

「第二軍團借給研究所一台機甲，讓我們在不破壞機甲的情況下進行研究。可以說的確是技術上的極大創新，生物系統完美加裝在了機甲上，與駕駛者身體完美對接，在這種對接情況下，駕駛者幾乎和機甲同步，從而讓機甲操作更細膩和得心應手，但是除去這生物神經、肌腱等等與人體對接這一核心技術，另外還有一個技術我們不容忽視，就是能源。」

研究所一名白髮蒼蒼的老專家道：「與生物神經對接，這個只要潛心研究，遲早能研究出來，或者乾脆與AG公司買專利技術，應該也是能買到的。現在關鍵是這個機甲的核心能源，究竟是如何支撐整個生物系統運轉的，這才是整個生物機甲的關鍵技術。我記得許久以前就有生物學家論證過，現有的能源均無法支援生物系統的供能，更不要說這麼巨大的機甲，你看他整個機甲生物系統，包含有生物心臟、血管、肌腱、神經等等，這一整套運轉下來，所需的能源將會非常驚人，這是目前的金錫能源解決不了的，而且能源如何轉化，也是個大問題。」

布魯斯元帥問：「這機甲能源不能拆下來研究仿製嗎？」

老專家搖了搖頭：「我們試過，拆不下來，不僅僅做了加密處理，而且看得出來與生物神經體系連接太過緊密，一不小心整台機甲就毀了，就算毀了，也不一定能研究出來那是什麼能源技術。總之元帥，這個沒有個五年十年的時間，是研製不出來的，以現在的戰爭局勢，我們的技術力量不可能研製轉化，只能向 AG 公司買，他們一定已經籌備研究了多年，怕是投入的成本也很高，還真的是佩服奧涅金家族。大概也只有這樣的家族，才有足夠的財力和足夠的魄力在和平時期都投資研究了。」

有個專家道：「上次緊急徵召令，我就已經奇怪了，奧涅金家族那個杜因研究員，名不見經傳，一篇論文都沒有發表過，也從來沒有參與學術交流。但奧涅金伯爵似乎為了他多次與軍方交涉，甚至動用了關係給研究所壓力，說他在負責非常重要的項目，必須放他回去。後來在研究所我和他打過一兩次交道，就感覺他的確學術素養不錯，人品也很沉穩扎實。如今想來，那個杜因，估計就是這個項目的研發核心人員，至少是高層，所以才會為了蟲族研究，破例參加了論壇交流。」

一時在座諸位專家十分遺憾道：「可惜，這次蟲族研究，他應該也拿到了不少珍貴資料和成果，只怕他們這生物機甲還能再更新換代。這樣的人才如果能進入聯盟軍事研究所就好了。」

「怎麼可能，奧涅金那邊怎麼會放人，人家肯定是高薪供養著的，你看他根本沒有參與過任何專案，說明一開始本來就是人家家族自己培養的人才，眼見接下來這生物機甲將創造的利潤，怕也是豐厚到無與倫比，無論是帝國還是聯盟，都只能和他們訂製。」

「這幾年議會批給我們聯盟軍事研究院的研究經費都是吝嗇小氣，捨不得給錢的，特別是帝國和聯盟簽訂和平公約後，研究經費更是直接下壓一半，我們哪有這種財力去研究這種一看就覺得沒希望的生物機甲？如果研究幾年什麼成果都出不來，議會勢必要彈劾我們浪費納稅人的錢，這樣子怎麼可能專心做研究……」

布魯斯元帥心煩意亂，十分不滿打斷了專家們的七嘴八舌：「所以就是你們完全沒辦法做出類似的裝甲？」

為首的老專家道：「確實不行，元帥，葛里大師也是內行，您問問他就知道了。」

軍事研究所們的專家全都交換著不屑嘲笑的目光，紛紛附和道：「是啊元帥，葛里大師技藝高超，他都做不出來的東西，我們肯定也做不出來，說起來他稱病也很久了，生物機甲出現這麼大的事，他應該也很感興趣吧？如果他都無法仿製成功，我們更不可能的，畢竟剛拿了聯盟金鷹獎章呢。」

布魯斯啞然，只能道：「你們先試著研究吧。」

會議不歡而散，專家們走後，布魯斯元帥又緊接著找了幕僚們來開會：「生物機甲只能和AG公司訂購了，即刻派人去和奧涅金伯爵交流，要求最優惠的價格，訂下生物機甲和步兵生物裝甲，這很重要，否則戰局立刻就要分出高下。奧卡塔有了生物機甲，如虎添翼，第一軍團元氣大傷，我們接下來的情勢相當不妙。」

一位幕僚道：「元帥，我們的軍費不夠了，今年下撥的軍費早已用光，立刻申請軍費又要經過議會漫長的審批，雖然如今情勢如此，議會應該會加快步伐，但怕是其他人也要從中作梗，就算批下來，怕也會被大量刪減，連發軍餉都險得勉強，前幾日遞交的軍費審批，我聽說都還卡在議會財務部那裡。」

布魯斯勃然大怒：「這群官僚！什麼民主程序！都什麼時候了？這是戰時！人類生死存亡之際！找奧丁總統沒有？」

「總統府也只能向議長那邊打招呼，請他們加快審批步伐。」

布魯斯怒道：「這時候反而覺得帝國那邊效率高了，振臂一呼，十萬大軍立時全壓著利羅港，我怕是等第一軍團辛辛苦苦打退了蟲族，接下來立刻就會被帝國那邊以剿滅蟲族之名悍然侵占利羅港，到時候帝國軍直接迫近聯盟首都，我們怕是有亡國之憂！」

「聯盟這一套漫長的民主程序已經積弊多年，實在是很掣肘。但是元帥，目前我們再不儘快給蟲族以沉重打擊，恐怕以他們的繁殖力，很快又要生出無窮無盡的蟲子了，到時候第一軍團、第三軍團都要遭到重創，反而是第二軍團冷眼旁觀，保全實力。我聽說薩克那邊的局勢分明早已得到控制，第二軍團偏偏就是不來支援我們……」

「沒錯元帥！到時候等我們辛辛苦苦打退了蟲族，他們卻能撿便宜……」

「還有，急需緊急徵兵，結果戰時強制徵兵法案，竟然一樣還卡在議會那裡，說要充分徵求意見！現在都什麼時候了！聽說各國都還在為本國的徵兵數額在吵架，每一個國家都不願意讓自己國家徵兵數額過大！」

「不止徵兵，軍費催繳也是一個情況，因為軍費增加，按比例攤至聯盟各國，但各國則提出了種種理由，先是德高魯出來說自己整個國家都被蟲族洗過了，要求減免聯盟軍費，其他國家也紛紛叫苦，不願意增加軍費。」

「更可惡的是軍火、能源紛紛漲價了！這群黑心販子，人類生死存亡之際，他們卻還在加價販售！」

……

布魯斯元帥怒喝了一聲：「夠了！」

眾人都停止了抱怨，布魯斯元帥狠狠道：「我是來聽你們提出建設性意見，不是來聽你們抱怨的！總之我只看結果！如果做不到的，儘早辭職！平日裡高薪拿著，房子飛梭隨便買，如今聯盟有難，你們倒是怕了？」

會場一片寂靜。

過了一會兒終於有人有些猶豫地道：「元帥，打蟲族是個苦差事，聯盟各國既然徵兵困難、軍費困難，不如就還是答應星盜的要求，讓那些罪大惡極惡貫滿盈的星盜們去對付蟲族吧。」

「是啊元帥，這樣我們也能保全實力。」

「雖然他們的要求過分了些，但是這不是戰時嗎？等打退了蟲族，來日方長，只要他們在軍方體制內，以後慢慢再磨掉他們，分化他們就好了。」

「沒錯，戰時本就要特殊，聯盟體制積重難返，從議會這邊走正規途徑時間太久了，到時候我們的人和機甲都被消磨光了，不值得。不如讓星盜先頂上，我們也好保存實力。」

「是啊，蟲族這麼凶狠，到時候冰霜之刃三個艦隊的實力，也能被大大消耗掉，我們也算是為民除害啊，等他們被削弱後，我們才好壓制他們，如今他們在星空逍遙，有著充足能源和軍火，還有無數窮凶極惡的星盜，就怕他們到時候聯合帝國，反過來搞我們啊，不如先納入聯盟體系再說。」

布魯斯元帥看著麾下各部精英們自私軟弱的嘴臉，再想起聯盟政府、議會處處掣肘的醜惡行徑，心裡長而沉重地嘆息了一聲，知道如今這個局面，誰先上，誰就吃虧，耗得越久，吃虧越多，連自己的部下們都已經退縮，寧願引狼入室。

但看來招撫星盜，也只能勢在必行。

如部下說的一樣，只能先藉蟲族來消耗他們的實力以後，再做打算了。

翡翠星亞特蘭提斯上，柯夏剛剛從一節機甲課訓練中結束，從學生們孺慕的目光中走出了訓練場，金色的髮絲在他肩膀上熠熠生輝，學生們依然是包圍著他，用各種問題阻攔他下課的步伐。

即便是多忙，他的機甲課也從來沒有停止過，這幾年來，他親手教出了十來個對他忠心耿耿崇拜無限的學生，全都是十三四歲的少年，卻都有著相當不錯的機甲操控力，比那些科班出身的軍校機甲生不同，他們早早就已在和星盜們的火拼，在與帝國艦隊的對抗中參加過了實戰，等再與蟲族磨煉上幾年，毫不意外他們將會成長成為優秀的機甲駕駛者。

柯夏好不容易解答完所有的問題，走到操場，卻看到艾莎帶著一群孩子走了過來，看到他笑道：「又來了一批新生，這批新生品質都很不錯，你看看要不要挑幾個去你的班？」

柯夏漫不經心道：「你選就好了，哪裡來這麼多孩子？」

艾莎道：「劫了一艘星盜從帝國運出來的倒賣奴隸的船，霜鴉去帝國辦事回來，順路撞上就劫下來的，要說他們走的航道還真的很隱蔽，要不是霜鴉遇上了，他們可就慘了。全是挑選過的漂亮孩子，據說是要送去再做點基因手術後再倒賣的，真的很可憐。救下來後大部分孩子都說要回家，就送到帝國的教會去，再給了一筆錢請他們送回去。這些是黑戶孤兒，已經無家可歸了，霜鴉就帶回來了。」

柯夏道：「他什麼時候能改掉這撿孩子的毛病。」

艾莎笑了下：「改不掉了。他說以前還是個孩子的時候被人撿了，那種以為從地獄到了天堂的感覺實在太幸福了，雖然最後發現是到了另外一個地獄，他還是永遠忘不掉那種被拯救的感覺。所以他這麼多年一直不停地在撿孩子，也許對他來說，不斷地給予不斷地感覺自己被需要，才是證明自己存在的方式吧。」

柯夏一哂，想起自己被機器人從帝國撿到了聯盟，竟然沒有遇到什麼特別壞的事，倒也算得上是幸運。艾莎身後的孩子們一直安靜而專心看著他們說話，他卻感覺到一股過於執著的目光，他精神力高，本就敏感，不由轉頭望去，卻與其中一個大約十三四歲樣子的淡金色少年四目相對，那少年有著分外精緻的五官和灰藍色的眼眸，相貌與柯夏竟然有幾分相似。

他一直帶著猶豫和遲疑觀察著柯夏，柯夏看到他並且臉上明顯出現錯愕的時候，他臉上隱隱出現了一絲激動的樣子，灰藍色的眼眸也迅速湧上了淚意，張嘴就喊：「夏！」

艾莎吃驚道：「呀？你們認識？」柯夏上前一手拎住了那少年纖細脖子後的衣領，將他扯到一旁，一邊道：「這孩子交給我了，妳忙妳的。」

在眾人驚愕的目光中，柯夏一路拖著他到了一處安靜無人的教室內，將他擲回了椅子上，抱著雙臂道：「無家可歸的黑戶孤兒，嗯？我沒記錯的話，你今年也已經二十了，再怎麼發育遲緩，也不是還需要照顧和上學的孩子了吧？」

那少年淚水盈盈：「夏哥哥！你還活著！太好了！我以為你已經死了，你變化得太大了，我認了許久，幸好對你的精神力還算熟悉……」

柯夏抱著雙臂面如冰霜，只是冷冷看著他，一言不發。

少年在他冰冷的目光逼視中終於慢慢收起了淚水，意識到他們之間如今還要敘兄弟情誼的舊已經有多麼不合時宜，他低低解釋道：「大哥二哥都恨不得我不要在這世界上，我——不想回去爭權奪利了，所以就編造了年齡和身世，想隱姓埋名在外頭生活，不是故意欺騙的。」

柯夏冷笑了一聲：「我想知道，帝國皇帝最寵愛的三皇子，是怎麼成為一個無家可歸的黑戶孤兒，出現在星盜的祕密基地裡的？對，柯葉和柯楓如今勢頭正猛，柯樺皇子如果要立功，只能深入虎穴，想辦法破解帝國大敵的基地祕密，然後通風報信？讓我猜猜你身上哪裡有定位器？艾莎他們很小心，你一根髮絲都別想帶進來，身體也做過安全掃描，你要怎麼傳遞情報出去？取得我們的信任，然後再慢慢傳出消息？」

帝國三皇子——柯樺被他鋒利的言辭刺得眼圈又紅了：「夏哥哥……我絕對不會傷害你，如果你怕我洩露基地的祕密，你就把我永遠關在這裡好了，或者把我殺了也行，就當——」他臉色慘白，嘴唇顫抖：「就當給叔叔、嬸嬸還有小琳償命……」

他話還沒有說完，就已經被暴怒地柯夏一拳打到了地上，他趴在地上，不由自主地吐出了一大口血，柯夏冷冷道：「你不配提他們。」

他心裡那股被驟然拖進往事的戾氣尚未平息，上前又朝他踢了兩腳，直到看著柯樺慘白著臉暈了過去，才勉強拎著他，一路拖著他到了衛星通訊塔上，接通了和花間風的通訊。

花間風那邊接通得很快：「好消息，聯盟那邊軍委會已經通過了招撫的提案，就等議會了——這是誰？」

花間風看著柯夏粗暴地將那少年的臉抬起，露出那張分外精緻如天使的臉，倒吸了一口冷氣：「柯樺皇子？」

柯夏冷冷道：「他不知怎的出現在販賣奴隸的船上，被霜鴉給救回來了，然後他謊稱自己是黑戶孤兒，無家可歸，霜鴉就把剩下的孩子都帶回基地了。」

花間風一怔：「他在自己的房間裡失蹤了，帝國正在翻天覆地地找他，只是消息是絕密，因為正值與蟲族交戰的時刻，所以不允許外泄。但帝國皇帝非常震怒，聽說因為懷疑大皇子二皇子，已經分別將柯葉、柯楓的親近手下，都派去戰場前線吹冷風，就等著和蟲族交戰。」

柯夏冷冷道：「所以他是真失蹤還是假失蹤？」

花間風微微思忖了下：「我覺得很可能是真的，柯樺——實在是個一言難盡的性子，任誰都想不到他會是柯冀的親生兒子，柯葉、柯楓的弟弟，他簡直就是個狼窩裡出來的小兔子，我開始也覺得他是裝的，後來感覺似乎是真的。柯冀奸雄一輩子，到老了開始猜忌自己的親兒子，卻對這個最小的兒子特別寵愛，是真的寵愛，封地、府邸、老師統統都是最好的，甚至親自教他。」

「柯樺自幼就有天才之名，精神力極高，又因為用了皇室的祕藥，發育特別緩慢，他的精神力分外敏感，會十分敏感地覺察有惡意的人。據說柯冀有一次抱著年幼的他在花園裡，他忽然哭鬧不休，指著柯冀身邊一個極為信任的侍衛大哭，柯冀讓人上來將那侍衛拿下拷問，原來那侍衛想要暗殺柯冀，那日竟然已經在茶裡下了毒，要不是柯樺哭鬧，柯冀早已喝下那杯茶。為此柯冀對柯樺一直十分寵愛，往往說他是自己的福星。」

柯夏早已聽過這個在皇室裡流傳的典故，有些不耐煩道：「說些有用的。」

花間風尷尬笑了下：「忘了你也知道，這幾年柯冀因為猜疑柯葉、柯楓，父子鬧得有些難看，但柯冀對柯樺倒是一直信任有加，對他仍然特別寵愛。有極隱祕的傳言，柯冀在私下與信任的大臣說，覺得帝國戰爭多年，需要休養生息，也需要一個仁和寬恕又聰明的皇帝，即便是好戰的自己，也不適合再帶領帝國走下去了。這句話不知怎的被人傳了出去，竟然大臣們也頗為贊許，畢竟他們在柯冀手下也實在難捱，對和柯冀太過相似的柯葉，以及人品過於狡猾才華卻平庸的柯楓都不是很喜歡，卻都覺得柯樺能成為一個好皇帝，不免有些大臣就開始悄悄向柯樺示好。

「帝位之爭，生死之戰，柯葉這麼多年還是親王，早就變得偏執猜疑，聽說了這傳言，自然也視柯樺為眼中釘。我看這次柯樺莫名其妙失蹤，不是柯葉動的手，也是柯楓動的手。」

柯夏冷冷道：「是柯楓。」

花間風詫異：「怎麼說？」

柯夏雙眸透著刺骨的寒意：「因為太蠢，有這樣的能力和機會將人偷出來拿去賣為奴隸，竟然不直接殺掉斬草除根，顯然是因為殺了也輪不到他，還是賣為奴隸。基因改造後精神力會被大幅度破壞，人也廢了，然後又能栽贓給老大，一舉除掉兩個競爭對手，這樣的思路，一看就知道是蠢貨柯楓的手筆。如果是柯葉，會毫不猶豫殺掉柯樺的。」正如柯冀當年殺掉他的父親一樣。

花間風道：「那現在你打算如何？殺掉他嗎？還是囚禁？」

柯夏淡淡道：「當然是要送他回去了，還要支持他，讓他有機會殺掉他的兩個兄長。帝國如果平平安安的，兄弟有愛，父子信任，我連飯都吃不好了。」

「無論他是裝的還是真的善良，都可以好好利用，裝的最好，實力會讓他閉嘴，借助我們的力量幹掉他的兩個哥哥，真的善良的話，那我們就只好助他一臂之力，省得他被他兩個虎狼兄弟給撕碎了。」

「你派一個飛船到附近的中轉港，我會讓人儘快送他出去，他今天才來，也沒探聽到什麼機密，你想辦法把他平安送回帝國，不要節外生枝，這條線，以後我們還要用起來。」

花間風愕然道：「你不怕他把你還活著的消息洩露給柯冀？」

柯夏淡淡道：「他們都弄了個假的柯夏在那邊養著了，我活著也沒什麼奇怪的，我淪為星盜，他們說不定還會高興呢。一個微不足道的星盜，如何撼動他們的帝國？當然，柯樺如果還想要利用我，他不會說。如果他是真的同情我，他也不會說。為了保險，我也還是要編一點我身患疾病活不了多久的故事給他才好。」

花間風遲疑了一會兒，忽然嘆息：「要論陰謀和心眼，花間家族比起你們帝國皇家，那可真是一萬個比不上，佩服佩服。」

柯夏抬起冰藍色的眼眸，冷笑：「不必自謙，我看你在帝國曾經埋下的種子，也可以好好用起來的，畢竟也是個曾經一手促成帝國聯盟和平公約的奇男子啊，花間族長。」

兩人隔著星空對視，然後都極為厭惡地同時按下了中斷通訊的按鈕。

真是一個討厭的人啊，兩人默默地想著，也不知道是討厭不擇手段的對方，還是因為無能軟弱只能放棄光明淪陷在陰謀詭計裡不堪的自己。

柯樺在頭顱劇痛中醒了過來，發現自己頭上已經被包紮好了，柯夏坐在他床邊，淡淡道：「星盜這邊可沒有什麼能源能讓你用治療艙，我已經安排等一下就送你上飛船，送回帝國去，你有什麼可靠的連絡人，到時候告訴他們就行。」

柯樺按著額頭，一時不知道如何面對這個和自己父親有著不共戴天仇恨的堂兄弟，心裡又愧又痛：「你——不和我一起回去嗎？」

柯夏嘲道：「回去做什麼，和那個假冒郡王一樣，被軟禁到死嗎？你可以回去告訴你的父兄，讓他們派人來捉我回去，斬草除根。」

柯樺臉色白了又紅：「我不會洩漏哥哥的一字一詞，我可以起誓，如果有害哥哥的心，無論是有心還是無意洩漏了哥哥的行蹤，就讓我身墮地火岩漿之中，不得好死。」

柯夏一哂：「無所謂，反正我本來就已經活不久了。」

柯樺吃驚：「怎麼了？您病了嗎？」

柯夏語聲帶了些無所謂：「默氏病，已經病發了，活不了幾年。」

柯樺大驚失色，卻也知道柯夏不是說謊，柯氏皇族挑選高精神力結婚以得到精神力更高的後代，付出的代價就是基因病發生的機率極高。皇室的確有其他郡王得過這個病，因為發病時年紀太大了，治療太痛苦，便放棄了治療，到最後全身癱在床上，猶如活死人一樣毫無知覺，吃喝拉撒全部由機器服侍，直到死亡。

他嘴唇抖了抖，想說什麼卻什麼都沒說出來，只是淚水一滴一滴地再次落了出來，想來是真傷心，哭得淚流滿面，渾身顫抖。

柯夏冷眼看著他，他已經不太記得這個堂弟比自己小多少歲了，三歲？還是四歲？皇室的優渥生活以及柯冀對他的寵愛讓他仍然保持著少年的體型和心智，緩慢地發育著，哭起來還像個孩子一樣，還有人寵愛還有人在乎他的哭泣的那種。

自己曾經也是這個樣子，無憂無慮地被寵愛著，沒有任何壓力，只需要做自己喜歡做的事情就好，對未來也沒有什麼太大的期待，因為明確知道自己不會吃苦。

和柯樺認識，也只是因為母親和柯樺的母親，也就是柯冀的第三任王妃私交不錯，是同一所大學的同學，因此時常來往。他們年齡差不多，也在一起玩過，當然都是自己欺負他比較多，但也很無趣，因為柯樺一被欺負就只會眼淚汪汪地小聲哭，一點都不好玩。

柯樺哭了一會兒，才抽抽噎噎地住了淚水，用袖子擦乾了眼淚，低聲道：

「哥，你和我回去吧，我求父皇一定能治好你的。」

柯夏道：「我在外頭自在得很，為什麼要回去和仇人朝夕相處，你不怕我反正活不了了，直接幹掉柯冀？真是沒腦子。」

柯樺被他噎得有些窘迫，低低道：「你為什麼不殺了我？」

柯夏微微有些不屑笑了聲，什麼都沒解釋，起身走了出去，過了一會兒拿了一個背包過來扔給他：「送你走的人到了，你走吧，不要再這麼沒腦地在外頭亂晃了。人類正在和蟲族打仗，情勢亂得很，你可能不知道還有比淪為奴隸更可怕的事情吧，小兔子就好好回去躲在窩裡叫爸爸保護吧。」

柯樺張嘴還想要說什麼，但柯夏已經決然轉頭走了。他低頭打開背包，裡頭是幾套乾淨的衣物和一個錢包，裝著一些錢，另外還有一些旅行餅乾和水，他低下頭，咬著唇不想讓淚水再落下來，但是還是再次泣不成聲，對著空氣抽泣著道：「哥，對不起。」

他知道這句對不起毫無意義，全帝國都知道他的父親為了奪位滅了柯榮親王的門，他不知道柯夏這些年在外頭遇到了什麼，但一定很辛苦。

他紅腫著眼睛踏上了飛船，飛船往無垠星空躍遷而去，很快就能到達帝國，恢復他金尊玉貴的三皇子的身分，而柯夏將會消失在茫茫星塵中，猶如一粒微塵，誰也不知道他的存在。他對此無能為力，無論是父皇，還是自己的兩個哥哥，絕對都不會容下真正的柯夏回來，一旦知道柯夏還活著，更會想方設法將他再次殺掉。

難怪柯夏輕蔑到連和他多說一句話都不屑。

因為他的的確確就是一個懦弱的無能者，軟弱到只會哭的失敗之人。

他看著寬大的星艦舷窗外廣袤無垠的星空，忽然一個念頭浮了起來，如果自己是帝國的皇帝，是不是就可以把柯夏哥哥接回來了？

這念頭也不過是一閃而過，之後便被自己壓下了，兩個哥哥咄咄逼人，如今已經為了自己太受寵而向自己下手了。父皇雖然寵愛自己，卻也不過是因為喜歡自己不爭的個性，若是自己也對那位子生出了念頭，怕是最先摁死自己的，就是父皇。那是燃著地獄之火的權力血池，那是立著鋒刃的荊棘寶座，他不願意捲入這樣可怕的令所有人扭曲變樣的爭鬥中。

然後他再次陷入了不可自拔的慚愧和挫敗感中，他永生永世，都要對不起這個哥哥了。

柯夏並不知道他隨手灑下的一把火星，卻讓一向柔軟平和的柯樺三皇子心中埋下了一點野心的火種。他忙著安排招撫的事，以及——第二軍團調令安排下來了，他於十五日內必須要報到，因為第二軍團的機甲隊不少駕駛軍人受傷，繼續補充人手，在報到之前，他必須要安置好他統領的艦隊。

黑蠍子卻有些不滿：「去第二軍團做什麼？在我們軍團當家做主不好嗎？你帶著我們，才是如虎添翼，去對其他人做小伏低當個小兵，哪有在我們這裡發揮作用大？少了你指揮，我們對上蟲族，怕要折損不少。」

艾莎道：「你傻了嗎？夏可是聯盟軍校畢業的高材生！要不是元帥打壓，現在也是飛黃騰達了，和我們這群星盜混在一起做什麼？有了我們這個星盜出身的污點，將來永遠也不可能再往上走了。」她語氣微微有些悵然，雖然也知道這次即使能夠因禍得福，借了蟲災得以轉正，拿到正大光明的聯盟軍職身分，從此在陽光下，和普通女孩子一樣穿上漂亮的大擺裙，吃著霜淇淋，和高大的男子約會。但是想到就連一起戰鬥過的夏，也會嫌棄他們，選擇更光明正大的第二軍團，寧願從底層做起，不免心裡也有了些自卑和酸澀。

古雷卻道：「糊塗！這可不是污點不污點的問題，我們要放長遠看，夏和我們捆在一起有什麼用？他軍校出身，又正好是戰時，軍功是打壓不了的！那都是要看實力的！軍校高材生，能力又好，清清白白的底子，是我們之中最有可能進入軍方高層的，在第二軍團一定很快就能出頭。沒人知道他和我們有關係，將來反而和我們才好守望相助。我們整個星盜團，將來一定是會被敵視和排擠的，在正規軍必須要有人幫才好，夏你一定要衝到軍方高層，這樣我們才能有話語權。」

霜鴉笑道：「沒錯，聯盟三個軍團，第一軍團牢牢地被元帥把持在手裡，第三軍團原指揮長剛剛被弄下來，被元帥放了自己人上去，但目前還沒有能夠完全控制，只有第二軍團是洛夏公國的勢力，元帥把持不住，我們和奧涅金伯爵合作已久，在第二軍團有他這個大軍火商支持，必然順風順水，老將軍老了，總要培養接班人，夏很有希望。我們的目標，可不僅僅是站在陽光下，我們還要站得比別人更直，笑得比別人更燦爛才是。」

柯夏倒是一直沉默，過了一會才道：「並不僅僅是為了那些。我將最重要的能源交給你們，否則一旦被元帥發現我和你們有關，遲早會敏感地想到小行星上有問題，更會反過來阻撓對我們的招撫。我必須儘早和你們剝離，不能引起元帥過多的注意，要讓他認為，我只是被他的政敵利用來噁心他的道具，沒有任何權勢和依靠的黑戶畢業生，對他並沒有太大的威脅。這樣，我們才能爭取更多的時間，慢慢、慢慢地蠶食並分享他們手中的權力。我們需要足夠的耐心和謹慎，你們一定要知道我們面臨的是多麼強大的敵人，蟲族比起同樣身為人類的他們，甚至都顯得孱弱。」

「我的仇人，分別站在聯盟和帝國的頂峰，他們強大到無以倫比，我積累了這麼多年，才堪堪勉強不被他們碾碎，但即便是今天，只要我的實力暴露在他們跟前，被他們發現我有威脅，他們一定會全力以赴，將我再次毀滅。」

三人第一次看到他提及過去，全都一怔，霜鴉笑道：「這麼說來，我也和你差不多，帝國的柯葉，聯盟的元帥，我也全得罪過了。」

柯夏抬眼看了他一眼：「不是貶低你，你在他們眼裡還真的就是螻蟻，並不配作為他們的對手，但我不一樣。」

「我是可以取代他們的人。」

「我是可以毀滅他們的人。」

年輕的金髮青年，睫毛低垂，眸光冷冽，薄唇開合，吐出的是會讓人嗤笑不自量力的豪言壯語，但是三個縱橫星空多年的老練星盜，卻莫名感覺到了不寒而慄。

這個神祕出現的金髮青年，像在深海中安靜潛伏的巨鯨，他心中有恨，卻平靜冷漠，他有著極佳的忍耐力，步步為營的謹慎，當風暴出現之時，他將橫空出世，一舉顛覆巨輪，讓舉世震驚。

Chapter 151 緊急軍情

柯樺回去帝國後發生的事，是花間風告訴柯夏的。

畢竟他也是個高精神力的三皇子，雖然單純了些，卻也不是傻子。他要送他的人先聯繫了自己的母舅羅科大公，大公連忙派了一隊可靠人手接了他回來，親自護送他回了皇宮。柯冀原本已經做好了最寵愛的幼子已經被慘遭謀害的心理準備，忽然看到幼子平安回來，連忙要醫生好好檢查。

當知道柯樺是被賣到了奴隸船上，差點就要被送去做基因改造，幸好被路過的冰霜之刃的大首領順手救下來的驚險經歷，柯冀震怒，下令細查。

這些都有據可查，同時被遣退的孩子很多，整個帝國的地下人販子集團都受到了一次沉重的清洗和打擊，但幕後主使人仍然沒有查出來。他隻字未提柯夏的事。醫生全面檢查過柯樺身體，發現確實沒有大恙，只是受了點皮肉傷，治療艙躺一躺就恢復如初，精神力也完好，真是不幸中的大幸，只是三皇子應該受了驚嚇，需要精神治療。

柯楓正率領大軍在前線和蟲族作戰，派人慰問了下受驚嚇的幼弟，因為被猜忌閒在首都的柯葉倒是親自來看了看自己這個沒用的三弟弟，在病房上居高臨下，猶如禿鷹一般俯視著自己的弟弟道：「你見到霜鴉了？」

柯樺強忍著過於敏感的精神力在對上這個暴戾大哥時造成的不適，道：「他戴著面具，沒見到臉，但是聽說以前做過奴隸，所以對奴隸都很同情。」

柯葉冷笑了聲，沒再糾纏這個話題，倒是對柯樺說了句：「誰幹的你我心知肚明，你也該長大了，皇家哪來的清白人。」他倨傲地留下了慰問的禮物，轉身離開。

柯樺咬緊了唇，想起流浪在外的柯夏，他和自己一樣，只是因為生在皇室，莫名其妙地失去了父母親人，一個人漂泊在宇宙中，淪為星盜，發病然後一個人孤獨地等待死亡，他又有什麼錯？

父皇殺弟奪位，自己兩個哥哥怕是難保不效仿一二，就算自己什麼都不爭，等到他們登上帝座，是否也要殺掉看不順眼的自己？像當年的柯榮親王一樣，懷著孕的妻子，幼小的女兒深夜被屠戮，唯一的兒子流落在外，淪為星盜，生不如死。

柯樺忽然叫住了走到門口的柯葉：「只要大哥保我富貴閒王一世，我願支持大哥。」

柯葉頓住了身子，沒有轉身，冷笑了一聲：「我就算如今許諾你，你信嗎？能不能活下去就看你是不是聰明人了。」他大步走了，倒是完全不顧忌眼前這個幼稚的天才弟弟成為自己的敵人，也並不稀罕他的相助，柯樺緊緊咬住了自己的唇。

他太弱了，弱得連柯葉都並不忌憚他，連言語上都懶得與他虛以委蛇地敷衍，更看不上他那點助力。如今不過是他背後有著父皇，但皇帝老了。

帝國暗潮湧動，聯盟也不太平。

冰霜之刃星盜團被招撫在聯盟引起了強烈反響。第二軍團奧卡塔老將軍在軍委會憤怒離席而去，但並沒能阻止招撫方案通過了軍委會決議，然後遞交到了議會。

議會群情激昂，爭論得非常激烈。

然而這個時候，蟲族忽然大規模進攻，不僅僅是聯盟原本受攻擊的兩個地方，帝國這次也被蟲族大規模進犯，蟲族這次彷彿比之前更強了一般，遮天蔽地的蟲族猶如疾風驟雨一般猛攻著城堡，同時彷彿生了靈智，有時候密集攻擊，有時候又忽然全體分散逃竄。

聯盟機甲隊本就有限，當密密麻麻的蟲族分散開的時候，很難集中攻擊，不少四散的蟲族飛入了新的城市內，引起了民眾的極大恐慌，雖然零星幾隻，沒有形成氣候，很快就被趕來的軍人消滅，但仍然讓民眾們產生了毀滅性的恐慌和不安全感。

工廠、學校、商場開始紛紛關閉，民眾們開始爭相往地下躲藏，食物和能源、日用品被恐慌的民眾們搶購一空，末日的氛圍開始籠罩著整個藍星。

聯盟議會在這樣的壓力下，通過了對星盜的招撫議案。冰霜之刃星盜團，整建體制成為了聯盟第四軍團，與此同時，全聯盟徵兵法案也迅速通過，在各國全方位猛烈宣傳下，無數年輕人唱著聯盟戰歌，懷著拯救人類、保衛家園的遠大理想的加入了聯盟軍，加入了與蟲族的戰爭中。

這個時候，AG 公司緊急研發出來的步兵便攜生物裝甲也開始研製出來，正式大量生產，步兵生物裝甲大大提升了聯盟軍的戰力，不再依賴於機甲對戰，瞬間大大改善了人類與蟲族的戰局。

當年年底，剛剛招撫入了聯盟的第四軍團，在與蟲族對戰的戰場上取得了非常亮眼的成績，他們在與蟲族對戰之時，紀律嚴明，戰術優秀，而且對明顯過重的對戰任務，第四軍團從未推拒和退縮，毅然站到了與蟲族對戰最艱難的最前線，很快用實力與犧牲換取了聯盟原本異見者的閉嘴和被衛護營救的民眾們的尊重。他們駐紮的城市，安全可靠，民眾們很快自發歡迎這個對居民秋毫無犯的星盜軍團，他們對上蟲族悍不畏死，天生一股勇武匪氣，換來了城市的安寧。

然而蟲族只是暫時被擊退，卻彷彿根本沒有被剿滅絕的希望，牠們無休無止地繁殖，形成一定規模後繼續進攻，牠們開始占領無人的原始森林，占領海島，形成聚集地，產卵繁衍，擴張全新的族群，不斷擠占人類的生存空間。

帝國和聯盟開始就組成聯軍對抗進行談判，但談判並沒有形成一致意見，無疾而終。

世界形勢風起雲湧，邵鈞卻與羅丹一頭栽在了實驗室裡，步兵裝甲的改善，新一代生物機甲的提高，需要太多的實驗以及無數次的驗證。在外人眼裡看來，杜因研究員基本吃住都在實驗室裡，從來沒有出來過，幾乎沒日沒夜地在研究機甲，這也讓實驗室裡所有的研究員都肅然起敬，也都紛紛自願加班，只為了儘快研發最新的生物機甲系統。

資金充足，奧涅金又花重金招了許多的研究員來配合他們的研究。如今邵鈞負責的實驗室，已經是整個聯盟最大規模的生物機甲實驗室，無數資金不要錢一樣的砸進去，終於做出了三套最新的生物機甲系統，這利用的就是如今的蟲族生物基因製作出來的。在實驗室內實驗成功後，邵鈞便派人送了兩套給第二軍團，其中一套指名由夏試用，一套送去給第四軍團讓霜鴉試用，只有真正在實戰中，才能真正看出問題來，並且及時改善。

又是一個通宵研究的夜，邵鈞走出自己的辦公室，帶著羅丹想去機甲試驗場再看看機甲實驗。

然而實驗室裡卻來了一群不速之客。

第一軍團機甲戰隊副隊長露絲中尉帶著一群隨從站在實驗室大廳，一身深藍色的聯盟軍服勾勒出她美好高挑的身段，她面如寒霜，冷冰冰道：「我們這是事關緊急軍情，你們要是阻攔我們耽誤了軍情，負得起責任嗎？我們只是要見見杜因研究員，有緊急軍務需要他參詳。」

實驗室裡同樣駐紮著的伯爵府私人衛隊隊長面無表情帶著一批人高馬大的衛隊隊員手裡按著槍一字排開，與第一軍團機甲隊對峙著：「不好意思，這裡是機密實驗室，所有人未經允許不得擅入。還請這位中尉大人先和我們伯爵大人商量，只要伯爵大人一聲令下，我們即刻放行，我們的職責就是對實驗室實行最高級別的安全保衛工作，無論您是誰，還請先和伯爵大人交涉。」

露絲氣得俏臉通紅：「就說了是緊急軍情。利羅港目前蟲族肆虐，隨時可能侵襲首都，你們再攔下去耽誤了軍情，到時候讓你們上軍事法庭！」

衛隊隊長不屑一哂：「中尉，我們拿錢辦事，要上軍事法庭，也是伯爵的事，你們只要找他就好。讓我們擅自放你們進去，才是我們瀆職，這可是要賠上巨額違約金的。」

露絲一哽，忽然看到一個黑髮黑眼穿著白色實驗服的青年男子從後走上前來，衛隊們紛紛向他點頭，青年男子問道：「什麼事？」

露絲看那衛隊隊長也向他點頭致意，反應過來：「你是杜因研究員嗎？我是第一軍團的機甲隊副隊長，聯盟中尉露絲。」

邵鈞淡淡道：「您好露絲中尉，請問找我有什麼事呢？」

露絲看他神情冷淡，也沒有邀請她們入座，一副不打算深談的樣子，有些不悅，但也只能壓下脾氣道：「杜因先生，我們聽說 AG 公司有新研發出來的新一代生物機甲系統，在對戰蟲族上十分有效，聽說也已經給了第二、第四軍團試用，我們希望杜因先生也能提供幾套系統給第一軍團試用，如今第一軍團這邊與蟲族對戰壓力很大，機甲急需要的更新，希望杜因先生能從全人類的角度出發，支持我們第一軍團。」

邵鈞面無表情：「我只負責研發，產品銷售和試用都是其他人在負責，露絲中尉最好還是找奧涅金伯爵。」

露絲眼睛裡帶上了不耐煩：「我們事先已和奧涅金伯爵交流過，他說新一代的機甲目前還在臨床試驗階段，試用是您主導的，試用的對象也是您選定的，他不好干預。」

邵鈞不疾不徐：「新一代的生物機甲目前設計還有些缺陷，因此只能找合適的試用實驗對象來進行試用，以發現其中的缺陷，我們目前選的幾個實驗對象，都是精神力很高的人選，這樣才能儘快發現不足。」

露絲急切道：「第一軍團也有精神力高的機甲隊員，我們願意自己承擔試用的後果，簽訂相關協定，還請杜因先生也給我們試用。」

邵鈞並沒有放在心上，彷彿不知道自己跟前的是聯盟元帥的女兒：「目前做出來的幾套實驗生物系統已經都分送出去試用了，暫時沒有新的需要試用了。」

露絲臉上微笑，誠懇道：「我們知道杜因先生因為上次被強行徵召的事，對我們第一軍團心有芥蒂，只是如今杜因先生新研發出的生物機甲系統，我聽說用的就是當初在第一軍團基地蟲族研究出來的成果，從這一方面來說，我們第一軍團也算是有功的，如今蟲族當前，人類生死存亡關頭，還請杜因先生拋棄成見，一視同仁，給予我們支持。」

邵鈞並沒有對此流露出什麼神色：「露絲中尉言重了，我只是個研究員，沒什麼成見不成見的。您和奧涅金伯爵那邊商量即可，第二代生物機甲系統立刻也要上市了，到時候聯盟採購，我們都是一視同仁的。」

怎麼還能等到他們上市？雖然第四軍團加入後，第一軍團壓力驟然減輕，但最近蟲族進攻越來越激烈，他們機甲隊已經快撐不下去了。但每次似乎只有他們第一軍團每次戰損巨大，後來才聽說第二、第四軍團機甲隊用了最新生物機甲系統，用了那個系統的機甲十分神勇，以一敵百毫不費力，而且還不容易疲倦，才各種打聽到了這裡，但奧涅金伯爵是個老狐狸，她索性直接找到了實驗室主導專案研究的邵鈞。

如今看邵鈞還在推辭，她也微微有些不耐煩，語帶威脅：「杜因先生，我想您需要知道這一點，聯盟軍委會能發第一次強制徵召令，就能發第二次徵召令……」

「露絲中尉還是一如既往，一點都沒變啊。」一個聲音忽然突兀地插入。

露絲轉頭，寬闊的大廳內，不知何時已經站了一隊同樣穿著深藍色軍服的軍人，為首的青年軍官金髮藍眸，身姿筆挺，猶如一把出鞘的劍。

露絲嘴唇微張，眼睛瞪大，幾乎不敢相信自己的眼睛：「夏柯！」

柯夏漫不經心地舉手在額側向她行了個懶散得所有人都看得出他在敷衍的軍禮：「第二軍團機甲隊少尉夏柯，長官。」他的語氣裡充滿了嘲諷，露絲卻眼圈迅速變紅，嘴唇微微顫抖著張開了卻又說不出話來，竟然連回禮也忘了。

她身後帶來的機甲小隊的隊友卻有人也同是聯盟軍校畢業生的，自然認得柯夏，吃驚道：「夏柯？你什麼時候到第二軍團去了？」

柯夏冰藍色的眼眸掃了露絲一眼：「蟲族進攻，第二軍團機甲隊出了很多缺，軍中選調過來的。」

露絲這時候才彷彿回過神來一般：「夏……你來這裡，是做什麼？」她心煩意亂，轉頭看到邵鈞，又有些恍然：「也是來找杜因研究員的嗎？」

柯夏似笑非笑：「我是試用者，過來向杜因研究員回饋最新的生物機甲系統實驗情況。不巧過來就聽到露絲中尉就要『代表』軍委會下緊急徵召令。」

他在代表兩個字上微微重讀，十分諷刺地又看了眼露絲：「我只想提醒露絲中尉，即便是軍方強制徵召，使用已經被註冊的專利技術，仍然是要根據聯盟法支付相關費用的。聯盟的軍費夠支付這項生物機甲系統專利嗎？據我所知奧涅金家族已經在這個項目上投入了鉅資成本，目前也不過剛剛收回一點點成本而已，聯盟軍方就要巧取豪奪，將民間企業研發出來的項目技術據為所有嗎？那可是要上軍事法庭的，元帥一生清清白白，可不要被自己親女兒給玷汙了名聲才好。」

露絲面露難堪，過了一會才低低道：「我只是來向杜因先生表示我們第一軍團的誠意，希望杜因先生理解我們的難處。」

柯夏又輕輕笑了下，那燦爛如陽光一樣的英俊面容讓露絲都微微恍神：「我們第一軍團也缺人，夏要不要回第一軍團？」

這下連第二軍團後方的機甲隊員都忍不住嘲笑起來：「不是吧，當著我們第二軍團的人的面就直接挖人不好吧，雖然我們沒有後臺，夏柯隊長也只是個少尉，但總比得罪了大小姐，一不小心就被發配到礦星去吃土挖礦的好呀！」

眾人哄堂大笑，想來隨著夏柯在機甲隊中嶄露頭角，他在聯盟軍校的那些軼事再次被四處流傳，自然包括他曾經拒絕了元帥女兒的表白，被發配到礦星的故事來。

這樣的傳奇故事讓人們對他也分外感興趣，大多數人對他的血氣方剛表示了贊許和肯定。少部分人覺得他實在是有些傻，但卻又因此覺得他人品不錯，算是個忠良之人，不會為了權勢輕易折腰，普通人很可以結交一二，也因此他在第二軍團很快如魚得水，加上戰鬥中又分外悍勇，不過數月，就已破格被任命為機甲隊隊長，想來不日論功行賞，升為中尉也是綽綽有餘的。

在嘩笑中，露絲一張臉漲得通紅，連耳朵都紅透了，也沒辦法再說什麼下去，只得勉強對邵鈞說話：「那還請杜因先生下一批生物機甲系統出來後，考慮下我們第一軍團的試用，感謝您的支持——前線軍情緊張，我就不久留，先回去了。」她深深看了眼柯夏，轉頭帶著人走出了實驗室大廳，踏上軍用飛梭，離開了實驗室。

柯夏看著她們離開的身影，無聲地冷笑了下，又轉過頭對邵鈞笑道：「我有一些試用過程的問題，想和杜因研究員好好說一說。」

邵鈞點了點頭：「好。」

柯夏看了眼身後躍躍欲試的隊友們，笑道：「這幾位也是第二軍團機甲隊的隊友，也很想試用一下新的生物系統。」邵鈞點了點頭，交代了一下身後的其他研究員讓帶著他們去試用剛完成的幾套機甲，又叫羅丹跟著他們去看看回饋，便帶著柯夏回了自己的實驗室內。

進了實驗室柯夏把軍帽、軍服外套脫了下來掛在衣帽架上，將身體往長沙發上一擲，幾乎立刻就是躺了下來閉上了眼睛：「我休息一下，剛剛從戰場下來，我已經連續作戰三天了。聽隊友說有人看到第一軍團的人來洛夏，還直奔實驗基地來，應該是想打最新生物機甲的主意，我就連忙帶了人趕過來了——大小姐還是那麼橫行霸道。」

邵鈞讓中控系統將窗簾拉上，燈光調暗，從櫃子裡拿了張毯子替他蓋上，半蹲下一隻腿在沙發前替他脫靴子：「不必這麼擔心地親自過來，有奧涅金家族擋著，他們不敢做什麼的。你多休息一會兒，最新的生物機甲系統仍然會對神經系統和身體造成負擔，你還是要適可而止，我已經讓人趕工多製作幾套，主要都會送往你那邊，這樣就不會都靠你一個人了。」

柯夏微微半睜著眼睛，看邵鈞半跪在那兒替他脫靴，身上穿著白色的實驗室白袍，黑髮黑眼讓他顯出一種拒人於千里之外的冰冷，這樣的一個人，手上卻十分細心地替自己脫靴，順手和從前一樣替自己按揉著痠脹的肌肉。

連續作戰對肌肉和神經帶來的痠痛被這樣力度適中的按摩過後，舒適了許多，疲乏也隨之湧了上來，他勉強抬著眼皮：「蟲族實在太多——很想和你說說話，但是你的小主人實在有點睏了。」

邵鈞忍不住笑了下，替他蓋好被子，解開他襯衫衣領最上邊的釦子讓他更舒適些，然後替他理順頭髮：「睡吧。」

柯夏側頭握住他的手腕，感覺到了熟悉的安心，想再說點什麼，卻無法抵禦那洶湧而上的困乏，終於放棄抵抗埋入柔軟抱枕內，含糊道：「只請了四個小時的假外出，五點前必須返回營地，你看著時間叫我起來。」

邵鈞道：「好。」

這一覺實在酣暢，大約睡了兩個小時後邵鈞便準時叫了他起來，拿了水給他喝，柯夏睡眼惺忪，也不接水杯，就只懶洋洋靠在靠背上，張嘴就著水杯喝，邵鈞只好拿了水杯餵他，一邊調侃撒嬌的柯夏：「聯盟機甲戰隊的強者，踏破星空的海神之子，喝水還要人餵？你沒長大嗎？」

柯夏喝了好幾口水才算清醒了些，懶洋洋道：「我還是不是你小主人了，嗯？等我老得動不了的時候，還要你餵水給我喝呢。」

邵鈞哭笑不得：「起來吧，小主人。」他放了水杯，替他穿靴，整理襯衣穿好軍服，柯夏道：「這段時間戰事緊張，等閒了再來看你。」

邵鈞道：「新一代生物機甲系統研製其實已經告一段落，可以正式大量製作，投入市場了。接下來我可能要帶著一個團隊專攻空間鈕，那個理論也有了很大突破，我們要去奧涅金家族名下的一個小行星的實驗基地進行空間實驗，才能驗證是否可行，在洛夏這裡沒辦法做實驗，時間可能會很久。」

柯夏正在戴上軍帽的手頓了頓，知道這個很久，應該是以年計，一個研究專案的研發往往甚至十幾年也不過是只取得一點點的成果，但空間鈕的確對機甲來說是劃破時代的進步，想想蟲族戰場上，機甲戰士幾乎可以隨時召喚機甲加入戰鬥，那將會是多麼振奮人心的局面。

他閉了閉眼睛，將軍帽整理好後才面無表情道：「好吧，到時候再想辦法聯繫吧。」他從鏡子裡看了眼仍然平靜的機器人，知道想要從機器人身上看出什麼情緒來實在太難，然而前邊的路實在太遠，他要面臨的事情也還很多，和機器人聚少離多，似乎是一件太小的事情。他深吸了一口氣，讓自己也平靜下來，轉過身大步走了出去。

邵鈞送了他出去，看著他的隊員們迎了上來，拍著他的肩膀，大呼小叫說著剛剛試用的感受，誇張地驚嘆著那生物機甲系統的好用，又磨著他和奧涅金伯爵說情，要再多給機甲隊配幾套機甲，眼裡都是信服和友善的目光，整個隊伍氣氛十分融洽。看來柯夏在新的環境裡，仍然當之無愧地成為了人群焦點，他應該就是天生就必須閃耀的星星，無論在哪裡都遮掩不住他發光。

柯夏帶著他的隊員上了軍用飛梭，呼嘯著走了。邵鈞看著他離開，心裡微微有些悵然，他其實也很想看著柯夏駕駛著他親手做出來的機甲在戰場上大放光芒，可惜軍隊不好時常進入，如今研發空間鈕也急需在安靜寬闊的場地，去太空行星基地是最恰當的，也能保證機密不會外泄，否則如今這般局勢，阿納托利也害怕隨時再被軍方強行插手。畢竟空間鈕現在還沒有正式研製出來，未註冊專利，一旦被軍方再次強行徵召，他們就保不住這個項目了。

柯夏才走，奧涅金伯爵也帶著人匆匆趕來了，看到他鬆了一口氣：「聽說今天元帥的女兒來了？衛隊隊長說你親自出來，沒有必要。我早已吩咐過，任何人都不能隨意見你，除非得到你同意，只要你不願意，誰也不能直接闖進實驗基地來把你帶走。現在可是非常時期，你千萬不要隨意出基地，隨意見人。」

邵鈞點了點頭：「好。」

阿納托利鬆了口氣：「等過了這段時間，你去太空基地後就會好一點。你不知道無論是聯盟或是帝國軍方，都對這種新的生物機甲系統發了瘋，我這幾天接到來自四面八方的壓力太大了，保全級別已經上了最高等級，所有人都在找我，要訂單，要大量機甲，想買技術，買專利，各個專家聽說也被騷擾……」他嘴上說著無奈，眼睛卻亢奮得熠熠生輝，充滿著無限的野心和欲望，這次大戰後，奧涅金家族，將毫無疑問成為最強家族，當時冒著巨大風險的選擇和押寶，現在看來果然沒有錯！

「夏柯在第二軍團？」布魯斯元帥皺起眉，看向自己的女兒，露絲臉上蒼白一片，但仍然盡力保持著平靜：「是，想來是被第二軍團那邊故意調過去來給您難堪的。」

布魯斯冷笑了聲：「他竟然還活著？」

露絲眼皮一跳，卻沒敢說話，布魯斯不屑道：「奧卡塔是老糊塗了，不過是趁著我忙，弄這點小手段給我添添麻煩罷了，不用理他。」他看了眼露絲：「妳去洛夏做什麼？那邊是第二軍團的地盤，現在是戰時，隨便殺了妳再扔給蟲族，誰都查不出來。」

露絲垂眸低聲道：「我帶了人，前線吃緊，我聽說AG公司實驗室有最新的生物機甲系統，用蟲族的神經和肌腱製作的，一台機甲就能毫無問題地同時對戰上百隻蟲族，對體能的要求很低，所以想去和那邊的公司交涉，讓他們也給我們試用一下，他只給了第二軍團和第四軍團試用，他們戰損就已經大為減少……」

布魯斯已經打斷了她：「妳還要我說多少次？戰場讓那些星盜去打，妳好好地養精蓄銳，等一個關鍵時刻拿下最亮眼的戰功就行。AG公司是洛夏奧涅金伯爵的，他們必然支持第二軍團。至於為什麼給第四軍團支援，當然是因為他們也打著和我們一樣的主意，讓第四軍團先上，盡量利用消耗星盜們的能量。你根本不必送臉上門去給人打，自取其辱。他們是絕對不會私下給我勢力範圍下的第一、第三軍團任何援助的，妳信不信到時候等那生物機甲系統上市，訂單價格最貴肯定還是我們。」

「妳是女子之身，原本就不可能在戰場上能和男人相比，歷代哪一任元帥，又是以勇武為第一的？靠的還不是智謀和指揮？妳打出再多戰功，別人仍然還是不會服妳，因為男人天生體力勝於妳，妳要發揮妳的特長。戰功的事我會替妳安排好，妳只需要在適當的時候出現在適當的地方就行。」

露絲那些話默默吞回了肚子去，她知道父親一向獨斷，容不得人違逆。但那種生物機甲，聽說對精神力高的女子十分適用，對身體造成的負擔很輕，她只是想著能夠讓眾人心服口服罷了，軍中實力至上，沒有確實的戰功，只靠著那點巧取和父親的威勢，她才勉強壓服眾人，但這並不是長久之計。要是如父親打算的那樣，以後在大戰要結束的時候才去搶功，但其他將軍們眼睛都是雪亮的，誰不知道她那是奪人之功？

布魯斯仍然在數落：「這是持久戰，蟲族沒那麼容易剿清，保全實力，知道嗎？至於那什麼AG公司，資本這種東西，都是慕強逐利的，他們有什麼良心，等我們將所有的軍團牢牢掌握在手心，妳等著瞧阿納托利那混蛋自然會跪到妳裙底下求妳看他一眼。當然如果妳早按我的安排和奧涅金伯爵聯姻，那今天也不至於變成這樣。」

他看了露絲一眼，冷冷警告：「妳不要告訴我，妳現在還在對那小子心存幻想。」

露絲陡然抬眼：「他已經恨死了我，我們已經——不可能了。」她臉色蒼白，不能再讓父親再下手殺他。

布魯斯冷笑了一聲：「妳要清楚為什麼權力的頂層依然很少有女子，因為她們很難突破感情的樊籠，以至於無法專心在事業上，這就是最大的弱點。愛人、孩子，等等都將是妳的軟肋，妳想清楚妳要什麼，否則我不介意再殺他一次，上一次我採用的手段已經很溫和委婉了。」

他銳利的雙目審視著露絲：「他一日不死，妳永遠都會如此軟弱。」

露絲抬起眼來和父親正視：「不，父親，知道他活著，我反而解脫了，如果他就這麼死了，反而是我一輩子的障礙。請您相信我，讓我自己走出來吧。」她的聲音裡甚至帶上了祈求，當年父親冷漠地告訴她早就在那礦星的地下礦道上安裝了定時爆破裝置，他已經死了。

她的心也死了，從此以後她再也無法接受任何一個男子的追求，她害死了她愛的人，那個金髮藍眸男子從此深深烙印在了她的心裡，她自己囚禁了自己的心。只有天知道，她今天忽然看到他，心裡那一瞬間的狂喜和解脫。

她甚至並不敢奢望他不記恨她，那都是她應得的報應，但她依然希望他活著，活在這世上。

她的聲音微微有些抖：「父親，你殺了他，讓他死在最美好的年華，我便永遠忘不掉他了。但他活著，他會老去，會娶別的女人，會變醜，會做出一些愚蠢的事讓我心目中的幻夢崩塌。他會仇恨我，會傷害我，然後我就能如您的願，再也不愛他了。」

布魯斯沉默了一會兒，低聲道：「妳是我唯一的女兒，我不會害妳。」

露絲垂眸，眼淚落了下來，她忍住了沒有哭出聲音來，輕聲道：「是我太軟弱，我會努力克服。」她從來不知道愛情能這麼痛，讓她從此低人一等，但只要那個人活著，她總能走出來。

等露絲走後，布魯斯面露凶光，找了下屬來問：「去查一下當初那個夏柯，怎麼沒死，必要時去那小礦星看一下，再查一下第二軍團是怎麼無聲無息地把人調走的。」他面上雖然和女兒說不在意，其實心裡早已充滿了領地被侵犯冒犯的憤怒，奧塔卡那老東西，欺人太甚了！

他這段時間心力交瘁，來自各方面的壓力都非常大，軍務繁忙，女兒又無法讓他放心，政敵們則一刻不停地盯著他，想要將他拉下來，一發現沒機會，乾脆做點小動作噁心他。奧涅金——那個年輕的家族掌權人實在太過狡猾，說到底當初他真應該逼著女兒，促成聯姻的，實在是可惜了。不過本來也不該如此，要不是蟲族……蟲族爆發得太快，他本來還有機會慢慢物色人選，建立起自己的機甲實驗室。

布魯斯握緊拳頭，又想起了一事，自己轉身往元帥府的地下室走去，穿過長長的地下通道，他用手掌和瞳孔開啟了一處地下建築，走入了裡頭長長的通道，兩側全是一間一間的監牢，這裡是元帥府的地下監牢，祕密關押著一些重犯，全部只由機器人負責日常食水問題，無人知曉元帥府裡竟然還有著這樣限制人身自由的黑牢。

他想著將夏柯弄來這裡關押一輩子的可能性，興許女兒真的把這個人弄到手了，執念也就沒這麼大了，一邊轉入一個房間內，按開外邊的門，走入裡間，隔著玻璃看著裡頭關押著的人。

裡頭一個男子白髮蒼蒼，鬍子未經修剪也已經很長，他正拿著一本書在看著什麼，抬頭看到布魯斯，憤怒道：「元帥又來找我做什麼？」他聲音嘶啞，目光炯炯，赫然卻是前些日子還因為研發克制蟲族的武器而被授予了聯盟傑出貢獻獎章的葛里大師。

他對外一直稱病，原來本人卻已被布魯斯祕密關押在元帥府內。

布魯斯道：「只是來告訴你，葛恩已經順利接手了你的工作室，你也應該放心了。」

葛里嘲道：「他是我的長子，本來就一直協助我負責工作室的事，你想換人也沒那麼容易，你怎麼和他說的？」

布魯斯道：「只是告訴他你在軍方祕密基地裡參與一項絕密研究，可能很多年都不回來了，要他主導你的所有工作。」

葛里喘著粗氣，卻也無法：「元帥，蟲子脫逃一事，不是你想扣在我頭上就能扣的，蟲卵是你提供給我的。如今事態如此，你還想要瞞著全人類，將我祕密囚禁，是不是太過分了！」

布魯斯冷笑了一聲：「大錯是你釀成的，然後我就要任由你公布出去，將軍部的人全部拖下水嗎？人類如今需要的是信心，這麼多年你從我手裡拿了多少好處，如今看情況不好，便又想要投靠別人，順便拿著這事要脅我拿到利益，扯什麼為了全人類，騙得過誰？」

葛里冷笑：「元帥要扣我什麼帽子隨便你，拿著我兒子來威脅我，也隨你，但是我也有話在前了，那什麼生物機甲，我是做不出來的，你別指望了。我如果能做出來早做了，金錫能源根本不可能與生物系統對接，根本的能源問題無法解決，就算是目前的蟲族也不行，技術不成熟，AG 公司能做，他們用的肯定是別的能源，絕不可能是金錫能源。」

布魯斯想起那些老專家也說過能源的事，心中微動：「等生物機甲系統上市，我弄一套來給你，你拆出來看看他們到底用的什麼能源。」

葛里呸了一聲，卻到底沒有說出什麼來。布魯斯心知肚明他還要忌憚他的兒子，便也沒說什麼，又緩緩走了出來，卻看到他的衛隊隊長已等著他了：「元帥，您剛才交代的事，已查了下，有了點初步結果，要和您彙報。」

布魯斯道：「說吧。」

「夏柯被第二軍團調走，正是大規模蟲族入侵，各地缺人缺的厲害，當時軍部就讓一些閒置的低等軍官調動到前線去，第二軍團正是趁那個時候調走的，因為當時調動的軍人太多，沒時間一個個審核，才讓他們渾水摸魚調走了。」

布魯斯道：「這我也猜到了，然後呢？他怎麼沒死？」

衛隊隊長十分尷尬道：「想來那天礦星出事的時候他可能不在，逃過了一劫吧，當時元帥也沒要求一定要核查……我原本想派人去那礦星核查，結果發現如今那邊一整塊星域包括一些不起眼的礦星、小行星都已是第四軍團駐地了，我們如今去查怕反而引來是非，所以特來和元帥請示。」

布魯斯被他提醒，也想起來當時為了安撫第四軍團，的確劃了一大塊邊緣星域出去，最近自己實在是太忙了，也便道：「那就算了，那都是星盜頭子，突然派人過去的話，他們一定會多想，現在還要靠他們打蟲族，也不是什麼重要的事，當時也就是順手布下一個陷阱，算他幸運，我現在忙，以後再說吧。」

衛隊隊長心裡暗暗鬆了一口氣，不用把自己的人跑那麼遠去吃沙，又是往星盜那邊的地盤送就好。布魯斯百事纏身，無暇理會這些小事，想著任由這些小跳蚤去鬧吧。

許多年以後，當布魯斯知道新能源星的存在，才知道自己曾經在真相邊緣擦肩而過。只是這一刻，他萬萬沒有想到他曾經流放小螻蟻過去的礦星，蘊含著多麼恐怖的新能源，也沒有想到奧涅金家族會與星盜勾結，開發新能源，自己一手主持了星盜的招撫，親自將新能源星球名正言順地劃分到了星盜手裡。

而他曾經不放在眼裡的螻蟻，也終於得以潛伏下來，有著足夠的時間長成巨獸。

——〈第四集待續〉

高寶書版集團
gobooks.com.tw

FH062

鋼鐵號角 3

作　　者　灰谷
繪　　者　HONEYDOGS 蜜犬
編　　輯　賴芯葳
美術編輯　彭裕芳
排　　版　彭立瑋
企　　劃　黃子晏

發 行 人　朱凱蕾
出　　版　朧月書版股份有限公司
　　　　　Hazy Moon Publishing Co., Ltd
地　　址　臺北市內湖區洲子街 88 號 3 樓
網　　址　www.gobooks.com.tw
電　　話　(02) 27992788
電　　郵　readers@gobooks.com.tw（讀者服務部）
傳　　真　出版部　(02) 27990909　行銷部 (02) 27993088
郵政劃撥　19394552
戶　　名　英屬維京群島商高寶國際有限公司台灣分公司
發　　行　英屬維京群島商高寶國際有限公司台灣分公司 / Print in Taiwan
初版日期　2023 年 3 月

本著作物《鋼鐵號角》，作者：灰谷，由北京晉江原創網絡科技有限公司授權出版。

國家圖書館出版品預行編目 (CIP) 資料

鋼鐵號角 / 灰谷著 .-- 初版 . -- 臺北市：朧月書版股份有限公司出版：英屬維京群島高寶國際有限公司臺灣分公司發行 , 2023.03-
面；　公分 . --

ISBN 978-626-7201-45-9(第 3 冊：平裝)

857.7　　111020689